KB076857

Arsène Lupin

3

L'Aiguille creuse

아르센 뤼팽 전집 3
기암성

1판 1쇄 펴냄 2015년 3월 1일
1판 3쇄 펴냄 2021년 5월 7일

지은이 모리스 르블랑
옮긴이 바른번역
감수 장경현, 나혁진
펴낸이 하진석
펴낸곳 코너스톤
주소 서울시 마포구 독막로 3길 51
전화 02-518-3919
ISBN 979-11-85546-28-5 04860

아르센 뤼팽
전집

3

A r s è n e   L u p i n

기암성

모리스 르블랑 지음 **바른번역** 옮김
장경현, 나혁진 감수

코너스톤
Cornerstone

일러두기

저자 모리스 르블랑은 아르센 뤼팽 시리즈의 초기작에서 영국 작가 아서 코난
도일의 추리소설에 등장하는 주인공 셜록 홈즈Sherlock Holmes를 등장시켜 뤼
팽과 대결하게 한다. 모리스 르블랑은 아서 코난 도일에게 캐릭터 사용을 허락
받고자 했지만 거절당하자 셜록 홈즈의 성과 이름의 머리글자를 바꿔 힐록 숌
즈Herlock Sholmes로, 셜록 홈즈의 파트너인 왓슨Watson은 윌슨Wilson으로 수정
해 등장시킨다. 이 책에서는 모리스 르블랑의 표기를 따랐다.

차례

1
총소리

　레이몽드는 귀를 바짝 기울였다. 또다시 두 번의 소리가 들렸다. 쥐 죽은 듯이 고요한 밤 속에 뒤섞인 소음들보다는 또렷했지만 가까운 곳인지 먼 곳인지, 혹은 넓은 성벽 사이인지 바깥인지, 아니면 정원의 어두운 구석에서 들려오는지는 알 수 없을 정도로 희미한 소리였다.

　레이몽드는 천천히 일어났다. 그리고 반쯤 열린 창문을 활짝 열어젖혔다. 달빛이 잔디와 덤불숲의 고요한 풍경을 비추었다. 반쯤 남은 기둥, 부서질 것 같은 주랑, 이가 빠진 아치 등 낡은 수도원 건물이 비장한 그림자를 드리웠다. 한 줄기 바람이 꿋꿋이 서 있는 큰 나무들의 헐벗은 나뭇가지를 스치며 어린잎들을 살랑살랑 흔들었다.

　그런데 갑자기 아까 들었던 바로 그 소리가… 레이몽드가 있는 층의 왼쪽 아래, 그러니까 성의 서쪽 날개에 해당하는 회랑의 거실에서 들렸다.

　신중하고 심지가 굳은 레이몽드도 두려움과 불안감을 느꼈다. 레이몽드는 잠옷을 걸치고 성냥불을 켰다.

"레이몽드… 레이몽드….."

옆방에서 마치 숨소리처럼 희미한 목소리가 레이몽드를 불렀다. 옆방 문은 닫혀 있지 않았다. 레이몽드는 더듬거리며 옆방으로 갔다. 그때 사촌 동생인 쉬잔이 방에서 나와 레이몽드의 품으로 덥석 안겼다.

"레이몽드… 레이몽드 맞아…? 들었어…?"

"응…. 안 자고 있었어?"

"개 짖는 소리에 잠이 깬 줄 알았는데… 한참 전에 말이야…. 그런데 개가 더 이상 짖지 않는 거야. 지금 몇 시쯤 되었을까?"

"한 4시쯤."

"들어봐…. 누군가 거실을 걷고 있어."

"떨 필요는 없어, 쉬잔. 너희 아빠가 계시잖아."

"하지만 아빠가 위험할 수 있어. 작은 거실 옆방에서 주무시잖아."

"다발 씨도 있잖아."

"성 반대쪽에 있잖아…. 다발 씨가 어떻게 소리를 들을 수 있겠어?"

레이몽드와 쉬잔은 무엇을 어떻게 해야 할지 몰라 머뭇거렸다. 누군가를 불러야 할까? 도와달라고 소리쳐야 할까? 하지만 두 사람은 아무것도 할 수 없었다. 오히려 자신들의 목소리에 더 놀랄 것 같았다. 창문 가까이 다가간 쉬잔은 갑자기 비명을 지를 뻔했다.

"저기 좀 봐…. 분수 가까이에 남자가 한 명 있어."

정말로 한 남자가 빠른 걸음으로 저 멀리 멀어져가고 있었다. 남자는 무언가 큰 물건을 팔에 끼고 있느라 걸음걸이가 부자연스러웠다. 레이몽드와 쉬잔은 남자가 오래된 예배당 근처를 지나 갈라진 벽에 난 쪽문 쪽으로 향하는 것을 봤다. 그 쪽문은 이미 열려 있는 것 같았다. 남자가 감쪽같이 사라졌지만 문을 열 때 나는 돌쩌귀 소리가 들리지 않았기 때문이다.

"저 남자는 거실에서 나왔어." 쉬잔이 중얼거렸다.

"아니야, 그랬다면 계단과 현관을 지나 좀 더 왼쪽으로 나왔겠지…. 아마도…."

순간 레이몽드와 쉬잔의 머릿속에 똑같은 생각이 스쳤고, 그들은 서둘러 몸을 움직였다. 창문 아래를 보니 사다리 하나가 건물 벽에 기대진 채 2층에 맞닿아 있었다. 그때 또 다른 남자 한 명이 사다리를 타고 내려갔고 아까 본 남자와 같은 방향으로 달아났다.

쉬잔은 겁에 질린 나머지 힘없이 주저앉아 더듬거렸다.

"도와달라고… 도와달라고 하자…!"

"누구더러? 너희 아빠에게…? 그러다 숨어 있던 또 다른 남자들이 너희 아빠에게 달려들기라도 하면?"

"그럼 하인들을 부르자…. 언니 방 벨은 하인들의 방과 연결되어 있잖아."

"그래…. 그래… 좋은 생각일지도 몰라…. 하인들이 제때 와준다면!"

레이몽드는 침대 가까이에서 전기벨을 찾아 손가락으로 눌렀다. 즉시 위층의 벨이 진동했다. 레이몽드와 쉬잔은 벨소리가 아래층에도 들릴지 모른다고 생각했다.

두 사람은 기다렸다. 적막이 으스스하게 느껴졌다. 이제는 나무의 잎사귀들도 더는 바람에 흔들리지 않았다.

"무서워… 무서워…." 쉬잔은 무섭다는 말만 여러 번 반복했다.

그런데 갑자기 컴컴한 어둠 속에서 아래층에서 투닥거리는 소리, 가구가 쓰러지는 소리, 고함, 그리고 끔찍하고 무섭게 헐떡이는 소리, 마치 누군가 목이 졸리는 것 같은 소리가 들렸다.

레이몽드는 얼른 문 쪽으로 뛰어가려 했다. 쉬잔은 두려움에 떨며 레이몽드의 팔을 잡았다.

"그러지 마…. 날 놔두고 가지 마…. 무섭단 말이야."

그러나 레이몽드는 쉬잔을 뿌리치고 복도로 나왔다. 곧이어 쉬잔도 훌쩍이고 비틀거리며 따라나왔다. 레이몽드는 계단에 도착하자 거실의 커다란 문을 향해 서둘러 내려가더니 못 박힌 것처럼 그대로 서 있었다. 뒤따라온 쉬잔은 그 옆에 털썩 주저앉고 말았다. 레이몽드와 쉬잔에게서 세 발짝 떨어진 곳에 한 남자가 손에 등불을 들고 서 있었다. 남자는 두 여자 쪽으로 등불을 들이댔다. 레이몽드와 쉬잔은 빛 때문에 눈이 부셨다. 남자는 두 사람의 얼굴을 오랫동안 물끄러미 바라보더니 느긋하게 모자를 쓰고 종잇조각 하나와 지푸라기 두 개를 주운 다음 양탄자에 있는 흔적을 깨끗이 닦아냈다. 남자는 발코니로 다가가 레이몽드와 쉬잔 쪽을 돌아본 다음 고개를 숙여 예의 바르게 인사하고는 모습을 감추었다.

먼저 쉬잔이 아빠의 방과 거실 사이에 있는 작은 건넛방 쪽으로 달려갔다. 하지만 들어가자마자 보게 된 끔찍한 장면에 잔뜩 겁을 먹고 말았다. 희미한 달빛이 바닥에 나란히 누워 있는 두 구의 몸뚱이를 비추었다.

"아빠…! 아빠…? 무슨 일이에요?"

쉬잔은 그중 한 명 위로 몸을 숙이며 큰 소리로 물었다.

잠시 후 제스브르 백작이 몸을 움직였다. 제스브르 백작은 희미한 목소리로 이렇게 말했다.

"무서워하지 않아도 돼…. 난 다치지 않았어…. 그런데 다발은? 다발은 살아 있니? 칼… 칼은…?"

바로 그 순간 하인들이 촛불을 들고 들어왔다. 레이몽드는 백작 옆에 누워 있는 사람 앞으로 달려갔고 그 사람이 백작의 신임을 한몸에 받는 비서, 장 다발임을 알아보았다. 장 다발의 얼굴은 이미 죽은 사람처럼 핏기 없이 창백했다.

레이몽드는 일어나 거실로 돌아간 뒤 벽에 걸린 무기 중 자신이 사용할 수 있는 장총을 뽑아들고 발코니 쪽으로 갔다. 아까 본 그 남자가 사다리를 내려간 지 분명 50초에서 60초밖에 되지 않았다. 그러니 멀리 달아나지 못했을 것이다. 더욱이 다른 사람이 사용하지 못하게 사다리를 옮겨놓느라 시간을 썼을 테니까. 정말로 얼마 되지 않아 오래된 건물을 따라 달려가는 남자의 모습이 레이몽드의 눈에 들어왔다. 레이몽드는 장총을 어깨에 얹고 가만히 조준한 후 방아쇠를 당겼다. 남자가 쓰러졌다.

"맞았다! 맞았어요!" 하인 한 명이 소리쳤다. "제가 가보겠습니다."

"아니에요, 빅토르…. 남자가 다시 일어서고 있어요…. 계단으로 내려가서 쪽문 쪽으로 달려가 보세요. 달아날 곳은 그 문 밖에 없으니까요."

빅토르가 서둘러 달려갔지만 정원에 도착하기도 전에 남자는 다시 한 번 푹 쓰러졌다. 레이몽드가 다른 하인을 불렀다.

"알베르, 저기 저 남자 보여요? 커다란 아치문 근처 말이에요…."

"예, 남자가 풀숲으로 기어가고 있군요…. 다 틀린 것 같지만…."

"여기서 저 남자를 잘 지켜보세요."

"어차피 도망치지 못합니다. 오래된 건물에서 오른쪽으로 가봐야 훤하게 드러난 잔디밭이 있을 뿐이니까요."

"그리고 빅토르가 왼쪽 문을 지키고 있지요." 레이몽드가 다시 장총을 들며 말했다.

"아가씨, 가시면 안 돼요!"

"아뇨, 가볼 거예요." 레이몽드가 굳게 결심한 듯 말했다. "그냥 내가 가볼게요…. 아직 탄약이 하나 남아 있으니까… 만일 저 남자가 움직이면…."

레이몽드가 미소 지었다. 알베르는 레이몽드가 건물 잔해 쪽으로 향하는 모습을 바라봤다. 알베르는 창문에서 레이몽드에게 큰 소리로 알렸다.

"남자가 아치문 뒤로 기어갔어요! 더는 보이지 않아요…. 조심하십시오, 아가씨…."

레이몽드는 남자가 도망칠 길을 차단하고자 오래된 회랑의 모퉁이를 돌았다. 이어서 레이몽드 역시 알베르의 시야에서 사라졌다. 몇 분이나 지났을까. 레이몽드가 다시 나타나지 않자 알베르는 걱정스러웠다. 알베르는 계단으로 내려가는 대신 잔해들을 감시하듯 지켜보며 저만치 옮겨 세워진 사다리를 잡으려고 애썼다. 사다리를 잡는 데 성공한 알베르는 재빨리 사다리를 타고 내려가 아까 마지막으로 남자의 모습이 보였던 아치문 쪽으로 곧장 달려갔다. 서른 발짝 이상 떨어진 곳에서 알베르는 빅토르를 찾는 레이몽드를 발견했다.

"어떻게 되었어?" 알베르가 물었다.

"놓쳤어." 빅토르가 말했다.

"쪽문은?"

"방금 다녀왔어…. 열쇠는 여기 있어…."

"그래도…."

"아! 걱정하지 마…. 10분 안에 놈을 잡을 테니까."

오른쪽으로 한참 멀리 떨어진 농장에서 총소리를 듣고 잠이 깬 농부와 아들이 놀란 채 이리로 달려왔다. 농부와 아들은 오는 길에 아무도 보지 못했다고 했다.

"제기랄! 놈이 낡은 건물 잔해를 빠져나갔을 리가 없는데…. 구석 어딘가에 숨어 있을 거야!"

알베르 일행은 샅샅이 찾아보기로 하고 회랑 기둥 주변에 늘어선 덤불을 하나하나 헤치며 앞으로 나아갔다. 예배당은 분명히 잠겨 있고 유리창 하나도 깨지지 않았다. 회랑 주변을 찾아봐도, 구석구석을 다 뒤져봐도 남자의 흔적은 어디에도 없었다.

다만 아까 레이몽드가 쏜 총에 맞고 남자가 쓰러졌던 바로 그곳에서 야들야들한 마부용 가죽 모자 하나를 발견했을 뿐이다. 이것 말고는 아무것도 없었다.

오전 6시에 신고를 받은 우빌라 리비에르의 경찰은 디에프 검찰지청에 급행으로 간결한 보고서를 보낸 후 현장으로 출동했다. 보고문에는 범죄 발생 경위와 함께 주범이 곧 체포될 것이고 **범행에 사용한 모자와 단도가 발견되었다**는 내용이 적혀 있었다. 오전 10시에는 두 대의 마차가 성으로 통하는 완만한 언덕을 내려왔다. 마차 하나는 사륜마차로 검사대리와 예심판사가 재판소 서기를 대동한 채 타고 있었다. 또 다른 마차 하나는 수수한 이륜마차로 〈주르날 드 루앙〉 신문과 파리의 한 일간지를 대표하는 젊은 기자 두 명이 타고 있었다.

고성이 눈앞에 나타났다. 예전에는 앙브뤼메지 수도원장들이 대대로 살았던 저택이었으나 대혁명 당시 파괴되었다가 20년 전부터 새로운 주인이 된 제스브르 백작이 복구한 곳이다. 현재 고성에는 안채를 굽어보는 첨탑과 각각 석조난간의 계단으로 둘러싸여 날개처럼 펼쳐진 회랑 두 채가 있다. 정원의 담장 너머로 눈을 돌리면 깎아지른 듯한 노르망디의 절벽들이 지탱하는 고원 아래로 생 마르그리트와 바랑즈셀의 마을이 있고 그 사이사이로 바다의 푸른 수평선이 보였다.

이 오랜 성에서 제스브르 백작은 금발의 아름답고 연약한 딸 쉬잔과 조카 레이몽드 드 생 베랑과 함께 살았다. 2년 전에 백작은 갑작스럽게 부모를 여읜 후 고아가 된 조카 레이몽드를 거둬들였다. 이웃 몇 명이 가끔 찾아올 뿐 성에서의 생활은 한

적하고 규칙적이었다.

여름이면 백작은 쉬잔과 레이몽드를 데리고 거의 매일 디에프로 가곤 했다. 백작은 키가 훤칠하고 회색빛 머리칼에 진지한 표정을 가진 미남이다. 게다가 대단한 부자로서 재산을 직접 관리했고 비서인 장 다발의 도움을 받으며 토지를 감독했다.

입구에 들어서자마자 예심판사는 마을 군경반장 크비용의 초동수사 결과부터 보고받았다. 체포가 임박하다던 범인은 여전히 잡히지 않았다. 정원의 출입구는 전부 통제되고 있었다. 밖으로의 탈출은 불가능했다.

수사관 몇 명이 1층 회의실과 식당을 지나 2층으로 향했다.

잠시 후 말끔히 정돈된 거실이 나타났다. 가구 하나하나, 골동품 하나하나가 전부 제자리에 그대로 있었다. 좌우 벽면에는 인물 그림이 있는 멋진 플랑드르 태피스트리가 걸려 있었다. 맨 안쪽에는 신화의 내용이 그려진 훌륭한 그림 네 폭이 걸려 있었다. 모두 루벤스가 그린 유명 작품들이었고 제스브르 백작이 물려받은 것이다. 플랑드르 태피스트리들은 백작의 외삼촌인 에스파냐 귀족, 보바디야 후작에게 물려받았다.

예심판사 피율이 말했다.

"절도가 목적이었다면서도 이 거실을 노리지는 않았군요."

"어떻게 아십니까?" 검사대리가 물었다. 평소 검사대리는 말수가 적었지만 예심판사의 말에 늘 토를 달았다.

"보십시오, 검사대리님. 절도가 목적이었다면 이 유명한 그림과 태피스트리들을 제일 먼저 훔쳤을 것입니다."

"어쩌면 그럴 여유가 없었을 수도 있지요."

"그러니 그 점에 대해 알아봐야 합니다."

바로 그때 제스브르 백작이 의사를 대동한 채 들어왔다.

백작은 예심판사와 검사대리를 친절하게 맞이했다. 백작은 전날 당한 공격의 충격에서 벗어난 것처럼 보였다. 이어서 백작은 안방 문을 열었다.

범행이 일어난 후 의사 외에는 그 누구의 출입도 허락되지 않은 안방은 거실과 달리 매우 정신없이 어질러져 있었다.

의자 두 개가 뒤엎어졌고 테이블 하나는 부서져 있었으며 그밖의 여러 물건, 즉 여행용 추시계, 파일, 편지 상자 등이 바닥에 나뒹굴었다. 그리고 여기저기 흩어진 흰 종이들 위에는 핏자국이 묻어 있었다.

의사는 시신을 덮어놓았던 이불을 거두었다. 비로드로 만들어진 평상복을 입고 링이 박힌 구두를 신은 장 다발은 한쪽 팔이 접혀 몸 아래에 깔린 채 똑바로 누운 자세였다. 셔츠를 열자 가슴에 난 큰 상처가 보였다.

"즉사한 것으로 보입니다." 의사가 말했다. "단칼에."

"혹시 거실 벽난로 위로 가져다 놓은 가죽 챙모자 근처에 있던 칼 아닙니까?" 예심판사가 물었다.

"그렇습니다. 바로 여기에 있던 단도였습니다. 거실에서 제 조카 드 생 베랑이 장총을 꺼낸 무기 선반에 있던 단도입니다. 마차꾼의 챙모자는 범인의 것이 분명합니다."

피율은 방 여기저기를 다시 한 번 주의 깊게 살핀 후 의사에게 이런저런 질문을 했고 이어서 제스브르 백작에게 사건 당일

봤던 것과 알고 있는 것을 이야기해달라고 요청했다. 백작이 들려준 이야기는 이러했다.

"장 다발이 절 깨웠습니다. 밝은 불빛이 느껴지고 발걸음 소리가 들리는 것 같아 잠을 뒤척이고 있었는데 문득 눈을 떠보니 침대 발치에 장 다발이 손에 촛불을 들고 있었습니다. 장 다발은 평소 밤늦게까지 일할 때가 잦아 그날도 평상복 차림이었습니다. 장 다발은 크게 동요한 듯 보였는데, 제게 이렇게 속삭였습니다. '거실에 사람들이 있습니다.' 정말로 소리가 들렸습니다. 저는 자리에서 일어나 안방 문을 천천히 열었습니다. 바로 그 순간, 넓은 거실로 통하는 다른 문이 열리고 한 남자가 나타났습니다. 그 남자는 제게 달려들어 관자놀이를 주먹으로 때렸습니다. 순식간에 일어난 일이라 이 정도밖에 기억나지 않습니다. 상세히 말씀드리지 못하는 것을 양해해주시기 바랍니다, 예심판사님."

"그다음에는요?"

"그다음은 잘 모르겠습니다…. 정신을 차렸을 때는 다발이 이미 죽어 있었습니다."

"당장 의심 가는 사람은 없습니까?"

"없습니다."

"원한 관계는 없으신가요?"

"없습니다."

"다발 씨도 원한 관계가 없었습니까?"

"다발에게 원한 관계가 있느냐고요? 다발만큼 훌륭한 사람은 없었습니다. 장 다발은 20년 동안 제 비서로 있었는데 속마음을 털어놓을 수 있는 친구나 다름없는 사람이었습니다. 언제나 헌신과 우정을 보여주었지요."

"하지만 가택 침입과 살인이 일어났습니다. 분명 동기가 있을 거예요."

"동기라고요? 그저 절도 사건일 뿐이지요."

"도난당한 물건이 있습니까?"

"없습니다."

"그런데 절도라니, 무슨 말씀입니까?"

"아무것도 도난당하지 않은 것처럼 보여도 범인이 무엇인가를 가져가긴 했을 겁니다."

"무엇을 말입니까?"

"모르겠습니다. 하지만 제 딸과 조카가 자세히 이야기해줄 겁니다. 제 딸과 조카의 말에 따르면 연속해서 두 남자가 정원을 지나가는 것을 봤는데 꽤 무거운 것을 들고 갔다고 합니다."

"두 아가씨가…."

"제 딸과 조카가 꿈을 꾼 것이라고요? 오늘 아침부터 이것저것 알아보고 추측하느라 지친 상태입니다. 저도 제 딸과 조카가 꿈을 꾸었다고 믿고 싶습니다. 하지만 둘에게 직접 물어보는 게 나으실 겁니다."

쉬잔과 레이몽드가 큰 거실로 불려 왔다. 쉬잔은 여전히 백지장처럼 창백한 안색으로 오들오들 떨고 있어서 말도 제대로 하지 못했다. 그러나 금빛이 감도는 갈색 눈을 가진 아름다운 레이몽드는 훨씬 활기차고 강인하게 전날 밤에 일어난 사건과 자신이 한 일을 이야기해주었다.

"그러니까 레이몽드 양의 증언은 확실합니까?"

"물론이에요. 정원을 가로질러 가던 두 남자는 물건을 들고 있었습니다."

"세 번째 남자는요?"

"그 남자는 이곳에서 빈손으로 나갔습니다."

"그 남자의 인상착의를 말씀해주시겠습니까?"

"그 남자는 계속해서 등불로 우리 얼굴을 비추었어요. 그래서 기억은 잘 나지 않지만, 키가 크고 체격이 당당했던 것 같아요…."

"쉬잔 양도 그렇게 보였습니까?" 예심판사가 쉬잔 드 제스브르에게 물었다.

"그런 것 같기도 하고… 아닌 것 같기도 하고…. 제가 보기에 그 남자는 키가 중간 정도에 호리호리한 몸매였던 것 같아요."

피율은 같은 사건임에도 증인들의 생각과 진술이 서로 달랐던 경험을 많이 해왔기에 이번에도 역시나 하는 생각이 들어 쓴웃음을 지었다.

"즉 거실에 있던 남자는 키가 크기도 하고 작기도 하며 체격이 당당하기도 하고 호리호리하기도 하단 말씀이군요? 게다가 정원에 있던 두 남자는 이 거실에서 무언가를 가져갔다고 하는데 물건들은 멀쩡히 이곳에 그대로 있고요."

피율은 매우 빈정거리는 타입이며 자신도 그 점을 인정한다. 그러면서도 사람들 앞에서 자신의 수완을 보여주는 자리와 기회는 절대 놓치지 않는 인물이기도 했다. 거실로 밀려오는 사람들이 점점 늘어났다. 기자들에 이어 농부와 아들, 정원사와 아내, 성에서 일하는 사람들, 디에프에서 마차를 몰고 온 마부 두 명까지 피율의 이야기를 듣고 있었다. 피율이 말을 이었다.

"세 번째 남자가 어떻게 감쪽같이 사라졌는지에 의견 일치가 이루어져야 할 것입니다. 레이몽드 양, 창가에서 이 장총으로 그 세 번째 남자를 쏘았다고 했지요?"

"예, 남자가 회랑 왼쪽의 가시덤불 속에 파묻히다시피 하여 묘석으로 갔을 때요."

"그런데 남자가 다시 일어섰습니까?"

"거의 반쯤 일어섰어요. 빅토르가 쪽문을 지키기 위해 즉시 내려갔고 저도 뒤따라갔습니다. 여기 있는 하인 알베르에게 지켜보도록 했어요."

알베르가 이어서 진술했고 예심판사는 결론을 내렸다.

"결론적으로 알베르 씨의 진술로는 부상당한 그 남자는 동료인 빅토르 씨가 지키는 왼쪽 문으로는 도망쳤을 리가 없고, 잔디밭을 지나갔다면 알베르 씨의 눈에 띄었을 테니 오른쪽 역시 아니군요. 그러면 논리적으로 생각했을 때 현재 그 남자는 우리의 시야에서 벗어나지 않은, 비교적 제한된 공간에 있겠군요."

"그렇다고 확신합니다!"

"레이몽드 양의 생각도 그렇습니까?"

"예."

"제 생각도 그렇습니다." 빅토르가 말했다.

그러자 검사대리는 빈정거리는 어투로 이렇게 큰 소리로 말했다. "수사 범위가 좁혀졌군요. 이제 네 시간 전부터 해온 수사만 계속하면 되겠어요."

"아마 그러면 더 낫겠지요."

피율은 벽난로 위에 있는 가죽 챙모자를 집어들고 살펴본 후 군경반장을 불러 따로 지시했다.

"반장, 즉시 부하 한 명을 디에프 시의 매그레 모자 가게로 보내 이 챙모자를 누구에게 팔았는지 알아보세요."

검사대리의 표현대로 하면 '수사 범위'가 성채와 오른쪽 잔디밭 사이의 공간, 왼쪽 성벽과 맞은편 성벽으로 둘러싸인 구석진 공간으로 한정된 셈이다. 즉 대략 한 면이 100여 미터인 사변형의 터에 중세시대 유명 수도원이던 앙브뤼메지의 폐허가 군데군데 펼쳐진 공간이다.

즉시 수색이 이루어졌고 잡초 더미에서 도망친 범인이 지나간 흔적이 발견되었다. 두 군데에서는 거의 시커멓게 마른 핏자국이 발견되었다. 그러나 회랑의 맨 끝 지점인 아치문을 돌아서자 더 이상의 흔적은 찾을 수 없었다. 솔잎이 깔린 땅에는 시신의 흔적도 없었다. 그렇다면 부상당한 남자는 레이몽드, 빅토르, 알베르의 눈을 피해 어떻게 달아날 수 있었던 걸까? 하인들과 군경들이 덤불숲을 뒤졌고 묘석도 살펴보았지만 아무것도 발견되지 않았다. 예심판사는 열쇠를 가진 정원사에게 샤펠 디외 예배당의 문을 열어달라고 했다. 샤펠 디외는 오랜 세월과 혁명의 시기에도 끄떡없는 조각술의 진정한 보석이다. 또한 섬세한 현관 조각과 세밀한 조각상 덕분에 노르망디 고딕 양식의 최고봉 중 하나로 손꼽힌다. 하지만 예배당 내부는 대리석 제단 외에는 특별한 장식이 없어 소박하기 그지없고 숨을 만한 공간도 없었다. 더구나 굳게 잠긴 이곳에 무슨 수로 들어 왔겠는가?

예심판사는 쪽문으로 갔다. 폐허를 구경하러 오는 사람들이 입구로 사용하는 문이다. 쪽문은 성벽과 관목 숲 사이의 좁고 한산한 길로 이어져 있었다. 길에는 버려진 채석장들이 보였다. 피욜이 몸을 숙여 땅을 살폈다. 흙먼지를 살펴보니 미끄럼 방지 바퀴가 지나간 흔적이 있었다. 실제로 레이몽드와 빅토르는 총을 쏜 이후에 자동차 엔진이 덜덜거리는 소리를 들은 것 같다고 말했다. 예심판사가 넌지시 말했다. "부상당한 범인이 공범들과 합류했나 보군."

"말도 안 됩니다! 이곳에 제가 있었고 아가씨와 알베르가 줄 곧 남자를 감시했다고요." 빅토르가 외쳤다.

"그렇다면 그자가 어딘가에 있어야 할 게 아닙니까? 안이든 밖이든 말입니다. 더는 생각할 여지가 없군요!"

"그자는 여기에 있을 겁니다." 하인들은 고집스럽게 말했다.

예심판사는 어깨를 으쓱했고 침울한 표정으로 성으로 돌아 갔다. 결국 사건은 미궁 속으로 빠질 듯했다. 도난당한 것이 없 는 도난 사건과 감쪽같이 사라진 범인 등 수사에 활기를 불어 넣는 요소는 하나도 없었다. 시간만 흘러갔다. 제스브르 백작 은 사법관들과 기자 두 명에게 점심을 대접했다. 모두 아무 말 없이 식사했다. 피욜은 거실로 돌아가 하인들을 상대로 조사를 벌였다. 갑자기 안뜰에서 말발굽 소리가 들렸고 잠시 후 디에 프로 보낸 군경이 들어왔다.

"자, 모자 가게 주인은 만나봤나요?" 사소한 정보라도 듣고 싶은 예심판사가 초조하게 물었다.

"챙모자는 어느 마차꾼에게 팔았다고 합니다."

"마차꾼이라!"

"예, 어느 마차꾼이 가게 앞에 마차를 세우고는 손님 한 분이 원한다며 노란색 가죽 챙모자를 사갔다고 합니다. 챙모자가 하나밖에 없었고 그 마차꾼은 치수도 묻지 않고 계산한 뒤 얼른 가게를 나갔다고 합니다. 꽤 바빠 보였다고 하더군요."

"어떤 종류의 마차였다고 합니까?"

"접이식 덮개가 달린 사륜마차였다고 합니다."

"날짜는요?"

"날짜라니요? 오늘 아침이라고 하던데요."

"오늘 아침? 지금 무슨 소리를 하는 겁니까?"

"챙모자는 오늘 아침에 팔렸다고 합니다."

"말도 안 돼, 챙모자는 정원에서 어젯밤에 발견되었으니 그전에 사야 했던 게 아닙니까?"

"모자 가게 주인은 오늘 아침이라고 했습니다."

예심판사는 놀라 한동안 멍하니 있었다. 그러고는 곧 무언가 알아챈 듯 흥분하며 갑자기 벼락에라도 맞은 듯 펄쩍 뛰었다.

"오늘 아침에 우리를 이곳으로 데려다준 마차꾼을 데려와요!"

군경과 부하가 서둘러 마사로 달려갔다. 얼마 후 군경이 혼자 돌아왔다.

"마차꾼은?"

"마차꾼이 주방에서 점심을 들고 난 다음에…."

"그리고?"

"사라졌답니다."

"마차와 함께?"

"아닙니다. 우빌에 있는 친척 한 명을 보고 오겠다 하고는 마부의 자전거를 빌려 타고 갔다고 합니다. 여기 이렇게 모자와 겉저고리를 놔둔 채로요."

"모자도 안 쓴 채 갔단 말입니까?"

"호주머니에서 다른 챙모자를 꺼내 쓰고 갔다고 합니다."

"챙모자?"

"예, 노란 가죽으로 된 챙모자 같답니다."

"노란 가죽? 그럴 리가, 그건 여기에 있는데."

"예심판사님, 그 마차꾼 모자도 노란 가죽 챙모자라고 합니다."

검사대리가 히죽거리며 말했다.

"정말 코미디가 따로 없군요! 정말 재미있어요! 모자가 두 개군요…. 하나는 우리의 유일한 증거품이자 지금은 가짜 마차꾼이 쓰고 나간 진짜 모자, 또 다른 하나는 예심판사님이 들고 있는 가짜 모자입니다. 아! 그 대담한 자가 우리를 완전히 골탕먹인 셈이군요."

"그놈을 잡아! 잡아오라고요! 크비용 반장, 부하 두 명에게 말을 타고 달려가 잡아오라고 하세요!" 피욜이 외쳤다.

"벌써 멀리 갔을 겁니다." 검사대리가 말했다.

"아무리 멀리 갔어도 그놈을 잡아야 합니다."

"저도 그러고 싶습니다. 하지만 예심판사님, 지금은 특히 여기에 노력을 집중해야 합니다. 이 쪽지 좀 보십시오. 제가 외투 주머니에서 발견한 쪽지입니다!"

"무슨 외투요?"

"마차꾼의 외투입니다."

검사대리는 피율에게 네 번에 걸쳐 접힌 쪽지를 건넸다. 쪽지에는 연필로 쓰인 다소 투박한 글씨체로 이렇게 적혀 있다.

대장이 죽었다면 그 아가씨는 각오해야 할 것이다.

쪽지 내용이 공개되자 사람들이 술렁였다.

"쪽지는 경고장인 거군요." 검사대리가 중얼거렸다.

"백작님, 걱정하실 필요 없습니다. 아가씨 두 분도요. 법이 있으니 이따위 협박은 신경 쓸 필요가 없습니다. 만반의 대비를 할 것입니다. 제가 세 분의 안전을 책임지겠습니다." 이어서 피율이 기자 두 명을 돌아보며 덧붙였다. "두 기자분께서는 비밀을 지켜주시리라 믿습니다. 제가 특별히 허락하여 이 사건을 취재 중이신 두 분이 쪽지 내용을 언론에 터뜨리면 배은망덕하다고 볼 수밖에 없습니다…."

피율은 불쑥 어떤 생각이 떠오른 듯 갑자기 말을 멈추고는 기자 두 명을 차례로 바라보고 그중 한 명에게 다가섰다.

"어느 신문사 소속입니까?"

"〈주르날 드 루앙〉입니다."

"신분증이 있나요?"

"여기 있습니다."

신분증에 이상한 점은 없었다. 피욜은 다른 기자에게도 물었다.

"당신은요?"

"저요?"

"예, 어느 신문사 소속이십니까?"

"이런, 예심판사님. 저는 여러 신문사에 글을 쓰고 있습니다."

"신분증은요?"

"없습니다."

"아! 어떻게 없을 수가 있습니까…?"

"한 신문사에 소속되어 신분증을 받으면 늘 그 신문에만 글을 써야 합니다."

"그래서요?"

"저는 한시적인 집필진으로 활동하고 있을 뿐입니다. 여기저기 기사를 보내면 실리기도 하고, 어떤 때는 거부당하기도 하지요."

"그럼 성함은요? 신분은 어떻게 되십니까?"

"제 이름은 말씀드려도 모르실 겁니다. 신분증은 없습니다."

"그렇다면 기자직을 증명할 만한 신분증이 없다는 거군요!"

"전문 기자라 할 수는 없으니까요."

"설마 속임수를 써서 여기로 들어와 수사의 기밀을 염탐하려고 했던 것은 아니겠지요."

"예심판사님, 제가 이곳에 왔을 때 아무것도 묻지 않으셨기에 아무 말도 하지 않은 것뿐입니다. 이 점을 먼저 짚고 넘어가고 싶군요. 게다가 모두가 이렇게 모여 있으니 수사가 비공개로 진행되는 것 같지도 않고요. 이 사람들 가운데 범인이 섞여 있을 수도 있지 않습니까."

젊은 기자는 한없이 점잖은 어투로 말했다. 상당히 젊은 남자였는데 키가 매우 크고 호리호리했으며 짧은 바지와 몸에 꼭 끼는 모닝코트 차림이었다. 얼굴은 소녀처럼 핑크빛 홍조를 띠고 있었고 짧게 깎은 머리에 이마를 시원하게 드러내놓았다. 턱 주위에는 제대로 다듬지 않은 금빛 수염이 나 있었다. 젊은 남자의 눈은 총명함으로 빛났고 당황한 기색이나 빈정거림은 전혀 없는 호감 어린 미소를 보였다.

피율은 기분이 나쁜 듯 젊은 남자를 의심의 눈초리로 바라봤다. 군경 두 명이 다가왔다. 젊은이는 유쾌하게 큰 소리로 말했다. "예심판사님, 절 공범 중 하나로 의심하시는군요. 제가 조금이라도 켕기는 점이 있다면 왜 굳이 도망치지 않고 여기에 있겠습니까?"

"도망치고 싶었겠지…."

"그렇게 믿고 싶으시겠지만 아닙니다. 생각해보십시오, 예심판사님. 논리적으로 생각해보면…."

피율은 차가운 표정으로 젊은이의 눈을 또렷하게 바라봤다.

"헛소리 그만하고! 이름은 무엇인가?"

"이지도르 보트를레입니다."

"직업은?"

"장송 드 사일리 고등학교 수사학급 학생입니다."

피율이 차가운 표정으로 젊은이의 눈을 또렷하게 바라봤다.

"뭐라고? 수사학급 학생이라…."

"퐁프가에 있는 장송 고등학교입니다, 번지수는…."

"아, 그렇군. 하지만 날 그만 놀리게! 장난도 정도껏 해야지!"

"예심판사님, 왜 그렇게 놀라시는지 모르겠습니다. 제가 장송 고등학교 학생이면 안 되는 이유라도 있습니까? 제 수염 때문입니까? 안심하십시오, 이 수염은 가짜니까요."

이지도르 보트를레는 턱 주변의 곱슬곱슬한 털을 잡아 뜯었다. 수염이 없어지자 얼굴은 더욱 어려 보였고 홍조가 두드러졌다. 그야말로 앳된 고등학생의 얼굴이다. 이지도르는 어린아이처럼 순진하게 웃으며 새하얀 치아를 드러냈다.

"이제 아시겠습니까? 증거가 더 필요하신가요? 자, 그럼, 읽어보십시오. 우리 아버지가 보내준 편지들인데 주소가 있습니다. '이지도르 보트를레, 장송 드 사일리 고등학교 기숙생.'"

피율은 믿든 안 믿든 간에 이야기가 원치 않는 방향으로 흘러간다는 듯한 표정을 지었다. 피율은 퉁명스럽게 물었다.

"그렇다면 여기서 무얼 하고 있나?"

"그저… 공부하고 있습니다."

"공부라면 고등학교에서 해야지…. 자네 학교에서 말이네."

"예심판사님, 깜빡하신 듯한데 오늘 4월 23일은 부활절 휴일입니다."

"그래서?"

"휴일을 어떻게 보낼지는 제가 결정한다는 말입니다."

"부친은?"

"아버지는 멀리 사부아 지방 깊숙이 사십니다. 이곳 도버해협 쪽으로 여행을 다녀보라고 권한 분도 저희 아버지입니다."

"가짜 수염을 달고 말인가?"

"아! 그건 아닙니다. 가짜 수염을 만든 건 제 생각이었습니다. 고등학교에서 친구들과 미스터리한 모험 이야기를 많이 나누고 변장술이 등장하는 추리소설도 많이 읽었습니다. 우리는 복잡 미묘하고 이상한 상상을 많이 합니다. 그래서 저도 장난 좀 칠까 해서 가짜 수염을 붙였습니다. 이렇게 수염을 붙이고 다니면 사람들에게 진지한 대접을 받기도 하고 파리에서 온 기자처럼 행세하는 데도 유리하거든요. 어쨌든 별로 하는 일 없이 일주일 이상 지내다가 어젯밤에 루앙 친구를 한 명 알게 되었습니다. 그리고 오늘 아침 그 친구가 앙브뤼메지 사건 소식을 듣더니 저보고 마차를 빌려 함께 가보자고 했습니다."

이지도르 보트를레는 이 모든 이야기를 거리낌 없이 다소 순진하게 털어놓았다. 매력을 느끼지 않을 수 없는 청년이었다. 경계의 끈을 늦추지 않던 피용마저도 자신도 모르게 이지도르의 말에 귀를 기울였다.

피용은 아까보다는 덜 퉁명스러운 어조로 물었다.

"이곳을 살펴보니 마음에 들던가?"

"대단합니다! 이런 종류의 사건을 본 적이 없어서 그런지 정말 흥미롭습니다."

"자네가 빠져 있다는 미스터리한 복잡 미묘함도 풍부하겠군."

"정말로 범상치 않은 사건처럼 느껴집니다, 예심판사님! 여러 사실이 어둠에서 나와 서로 밀쳐내고 모이며 점차 그럴듯한 진실을 형성하는 모습을 보는 것만큼 흥분되는 일은 없습니다."

"그럴듯한 진실이라… 과장이 심하군, 젊은이! 그렇다면 자네가 수수께끼의 답을 벌써 찾아냈다는 것인가?"

"아! 그건 아닙니다. 다만… 이 사건은 이런저런 의견을 갖지 않을 수 없겠어요. 어떤 부분은 너무 뻔해서… 금방 결론을 지을 수 있을 정도고요." 보트를레가 히죽 웃으며 말했다.

"아! 그렇다면 정말 궁금하군. 앞으로 내가 한 수 배워야겠어. 털어놓기 창피하지만 난 아직 아무것도 아는 게 없으니까."

"충분히 생각할 시간이 없었기 때문입니다, 예심판사님. 중요한 것은 생각을 깊이 해보는 일입니다. 그 안에 해답이 없는 사실은 드무니까요. 예심판사님의 의견도 그렇지 않습니까? 어쨌든 저도 조서에 적혀 있지 않은 것은 아직 확인하지 못했습니다."

"대단하군! 그렇다면 이 거실에서 도난당한 물건이 무엇인지 물어봐도 되겠군?"

"알고 있다는 대답을 드리겠습니다."

"브라보! 주인보다 여기 있는 이분이 더 많이 알고 있습니다! 제스브르 씨가 강적을 만났군. 보트를레 씨에게는 강적이 없고. 서가에 실물 크기의 조각상이 없어졌지만 그 누구도 눈치채지 못했을 뿐이겠지. 그럼 살인범의 이름을 알고 있는지 물어봐도 되겠나?"

"알고 있다고 대답하겠습니다."

구경하고 있던 사람들은 소스라치며 놀라워했다. 검사대리와 다른 신문기자가 다가왔다. 제스브르 백작, 쉬잔과 레이몽드는 보트를레의 자신감에 찬 확신에 압도되어 주의 깊게 귀를 기울였다.

"살인범의 이름을 알고 있다고?"

"예."

"그럼 살인범이 어디에 있는지도 알겠군?"

"예."

피욜은 손바닥을 비볐다.

"대단한 행운이군! 이번 사건의 범인을 잡아 경력을 빛낼 수 있겠어. 그럼 지금부터 충격적인 폭로를 해주겠나?"

"지금부터라, 예…. 하지만 불편하지 않다면 예심판사님께서 한두 시간 동안 계속할 수사를 다 지켜본 다음에 해도 될까요?"

"그건 안 되지. 지금 당장 말해보게, 젊은이…."

바로 그때 처음부터 이지도르 보트를레에게서 시선을 떼지 않던 레이몽드 드 생 베랑이 피욜에게 다가왔다.

"예심판사님…."

"레이몽드 양, 무슨 일이십니까?"

레이몽드는 잠시 머뭇거리더니 보트를레에게 시선을 고정한 채 피욜에게 말했다.

"이분에게 어제 쪽문으로 통하는 한적한 길을 걷고 있었던 이유를 물어봐 주세요."

갑작스러운 상황에 이지도르 보트를레는 당황한 듯 보였다.

"아니, 그럴 리가! 저를요! 어제 절 보셨다고요?"

레이몽드는 생각에 잠겼지만 시선은 여전히 보트를레에게 고정되어 있었다. 마치 무엇인가를 확신한 듯 보였다. 이어서 레이몽드는 단호한 어투로 말했다.

"오후 4시에 그 길에서 이분을 만났습니다. 당시 전 숲을 지나고 있었는데 이분과 똑같은 키에 똑같은 옷에 똑같은 수염을 한 젊은 남자와 마주쳤습니다…. 왠지 자신을 숨기고 있다는 느낌을 받았습니다."

"그게 저였다고요?"

"확실히 그렇다고 단정할 수는 없을 것 같아요. 저도 어렴풋하게 기억하는 거라서요. 하지만… 하지만… 어쩐지 너무 이상할 정도로 닮아서…."

피율은 당황했다. 이미 공범에게 골탕을 먹었는데 이 애송이에게 또 당할 뻔하지 않았는가!

"어디 한번 대답해보겠나?"

"아가씨가 잘못 보신 거지요. 알리바이를 증명하기는 어렵지 않습니다. 어제 그 시각에 전 뷜에 있었으니까요."

"증명해줘야겠어, 꼭. 지금은 아까와는 상황이 다르니까. 군경반장, 부하 한 명을 이분에게 붙여 감시하도록."

이지도르 보트를레의 얼굴이 심하게 일그러졌다.

"오래 걸립니까?"

"필요한 정보를 모을 시간만큼은 걸리겠지."

"예심판사님, 가능한 한 빠르고 조용히 정보를 모아주시길 부탁합니다….”

“왜지?”

“아버지가 연로해서요. 우리 부자는 사이가 아주 돈독합니다…. 그래서 저 때문에 아버지가 걱정하는 걸 원치 않습니다.”

엄살 부리는 듯한 말투는 마음에 들지 않았지만 피욜은 애처롭게 느껴졌는지 이렇게 약속했다.

“오늘 밤이나… 늦어도 내일이면 끝낼 수 있을 거야.”

오후 시간이 지나갔다. 예심판사는 구경꾼들이 들어오지 못하도록 출입을 통제하고 다시 오래된 회랑의 폐허로 돌아가 일정 구역을 나누고는 차례로 조사했다. 예심판사는 혼자 수사를 진행해갔다. 하지만 오후가 끝나가도록 성과가 없자 성 전체에 몰려든 기자들 앞에서 이렇게 선언했다.

“여러분, 부상당한 범인이 손 닿는 곳에 있으리라고 예상했지만 현재 상황은 그와는 반대로 돌아가고 있는 듯합니다. 그래서 말인데, 범인이 탈출했을 거란 의견도 조심스럽게 나오고 있습니다. 외부에서 범인을 잡을 수도 있을 것 같습니다.”

하지만 예심판사는 필요한 정보를 모두 수집한 다음 군경반장의 도움을 받아 정원 감시팀을 구성했고 그다음에는 거실 두 곳과 성 전체를 살펴보고 나서야 검사대리와 함께 디에프로 돌아갔다.

밤이 되었다. 안방은 폐쇄되었고 장 다발의 시신은 다른 방으로 옮겨졌다. 마을 여자 두 명이 쉬잔과 레이몽드의 도움을 받아 시신을 지켰다. 아래층에서는 지역 방범대원의 감시 아래

이지도르 보트를레가 낡은 예배당의 벤치에 앉아 졸았다. 바깥에는 군경들, 농부, 주민 열두 명 정도가 감시팀을 이루어 폐허와 성벽을 따라 보초를 섰다.

11시까지는 쥐죽은 듯이 조용했지만 11시 10분이 되자 성채 맞은편에서 총소리가 들렸다.

"조심해! 포시에와 르카뉘… 둘은 여기에 남는다! 나머지는 최대한 서둘러!"

모두 달려가 왼쪽으로 성채를 돌아들었다. 그때 어둠 속에서 누군가의 모습이 보였다. 이어서 저 멀리 농장 끝에서 두 번째 총소리가 울렸다. 모두 과수원 주변 울타리에 도착한 순간, 갑자기 농장 집 오른쪽에서 불길이 피어올랐고 이어서 또 다른 불길이 두꺼운 불기둥이 되어 솟구쳤다. 짚단으로 가득 찬 헛간이 불에 타고 있었다.

"망할 놈들! 놈들이 불을 질렀을 거야. 자, 모두 날 따르도록. 놈들은 멀리 못 갔을 테니까." 크비용 반장이 외쳤다.

하지만 불길이 안채 쪽으로 번질 것 같았기에 일단은 불길부터 막아야 했다. 모두 있는 힘껏 진화 작업에 나섰다. 놀란 제스브르 백작이 달려와 불을 꺼주면 보상하겠다고 약속하자 더욱 열심이었다. 불길이 잡혔을 때는 새벽 2시가 다 되어서였다. 범인 추적은 실패로 돌아가고 말았다.

"날이 밝으면 살펴봅시다. 분명 놈들이 증거를 남겼을 테니 다시 찾아봅시다." 군경반장이 말했다.

"왜 이런 방화가 일어났는지 궁금합니다. 짚단에 불을 질러 얻을 건 없어 보이는데 말입니다." 제스브르 백작이 말했다.

"백작님, 잠깐 함께 가시지요. 방화 이유에 대해 말씀드릴 수 있을 것 같습니다."

군경반장과 백작은 회랑의 폐허에 도착했다. 군경반장이 부하들을 불렀다.

"르카뉘…? 포시에?"

군경들은 보초를 서던 동료 두 명을 찾아 나섰고 마침내 쪽문 어귀에서 두 사람을 발견했다. 두 사람의 눈은 붕대로 가려지고 결박당한 채 바닥에 뻗어 있었다.

"백작님, 아무래도 놈들에게 당한 것 같습니다." 군경반장이 중얼거렸다.

"무엇 때문에요?"

"총소리… 공격… 방화… 이 모든 것이 우리 주의를 딴 데로 끌려는 수작이었습니다…. 교란 작전이지요…. 놈이 우리 쪽 경찰 두 명에게 재갈을 물리는 동안 사건을 저질렀습니다."

"어떤 사건이요?"

"부상자를 구출하는 일 말입니다, 젠장!"

"그렇게 생각하십니까?"

"그렇습니다! 정말 그렇습니다. 10분 전부터 그런 생각이 들었습니다. 좀 더 일찍 생각하지 못한 제가 바보지요. 진작 알았다면 놈들을 잡을 수 있었는데."

크비용은 분을 삭이지 못해 땅을 걷어찼다.

"도대체 어디로 출입한 거지? 놈들은 어디로 들어와 어디를 통해 부상자를 데려간 거야? 놈은 어디에 숨어 있는 거야? 제길! 종일 풀잎을 샅샅이 뒤졌고 그 안에는 한 사람도 숨어 있기

어려운데. 더구나 부상을 당한 몸으로…. 정말 모든 것이 감쪽
같군!"

그런데 크비용 반장이 놀랄 일은 이뿐만이 아니었다. 새벽에
이지도르 보트를레를 가둬놓은 예배당에 들어갔는데 그가 감
쪽같이 사라져버린 것이다. 의자에는 지역 방범대원이 잠들어
있었다. 지역 방범대원 옆에는 물병과 잔 두 개가 있었다. 잔 하
나에는 흰색 가루가 조금 남아 있었다.

조사 결과 보트를레는 방범대원에게 마취제를 먹였고 높이
2.5미터에 위치한 창문으로 달아났다. 잠이 든 방범대원의 등
을 발판 삼아 창문까지 올라간 것으로 보였다.

2
수사학급 학생 이지도르 보트를레

다음은 〈르 그랑 주르날〉에 실린 기사의 일부다.

간밤의 소식

대담한 들라트르 박사 납치 사건

신문을 인쇄에 넘기려는 순간 새로운 소식이 들어왔다. 황당
하기 이를 데 없어 믿어지지 않는 소식이지만 제보 내용을 그
대로 공개한다.

어제저녁 저명한 외과의사 들라트르 박사는 아내와 딸을 데리
고 '코미디 프랑세즈'에서 〈에르나니〉를 관람하고 있었다. 3막
이 시작되는 6시경, 박스석 문이 열리더니 한 남자가 다른 두
명의 남자들과 함께 들어와 박사에게 몸을 숙이고는 무슨 말
인가를 속삭였다고 한다. 들라트르 부인이 충분히 들을 수 있
는 소리였다.

"박사님, 어려운 임무를 띠고 이렇게 왔습니다. 절 도와주신다
면 감사하겠습니다."

"누구십니까?"

"경찰서장 테자르라고 합니다. 박사님을 경찰청의 뒤부아 씨에게 모셔오라는 지시를 받았습니다."

"그게 무슨…."

"박사님, 아무 말씀도, 어떤 행위도 하지 마시길 간곡히 부탁드립니다. 골치 아픈 문제가 생겨서 누구의 눈에도 띄지 않고 조용히 처리해야 하는 상황입니다. 공연이 끝나기 전에는 이리로 다시 모셔다 드릴 수 있을 듯합니다."

박사는 자리에서 일어나 경찰서장을 따라갔다. 그런데 공연이 끝나도 박사는 돌아오지 않았다고 한다.

걱정스러운 마음이 든 들라트르 부인은 경찰서를 찾아갔고 진짜 테자르 서장을 보고 소스라치게 놀랐다고 한다. 남편을 데리고 나간 사람은 가짜였던 것이다.

초기 탐문 수사 결과 박사는 어느 자동차에 올라탔고 자동차는 콩코르드 광장 방향으로 멀어져갔다고 한다.

믿기 어려운 이 사건에 대한 상세한 내용은 독자 여러분께 다음 호에서 전할 예정이다.

얼마 후 〈르 그랑 주르날〉은 사건의 놀라운 면모를 공개했다.

사건의 종결과 온갖 억측

오늘 아침 9시에 들라트르 박사는 자동차에 실려 뒤레가 78번지 문 앞에 내려졌고 자동차는 곧바로 사라졌다. 뒤레가 78번지는 들라트르 박사가 매일 아침 9시에 출근하는 병원 주소다.

기자들이 면담을 요청하자 박사는 치안국장과 이야기를 나누고 있었음에도 면담에 응해주었다.

"여러분께 분명히 말씀드릴 수 있는 것은 제가 극진한 배려를 받았다는 사실입니다. 저와 함께 있던 세 명의 남자는 예의가 매우 깍듯하고 재치와 학식이 뛰어났습니다. 제가 아는 사람들 가운데 가장 매력적이었습니다. 덕분에 차로 가는 시간이 지루하지 않았습니다."

"목적지까지 얼마나 걸렸습니까?"

"약 4시간 정도였습니다."

"박사님을 그곳까지 데리고 간 이유는 무엇입니까?"

"응급 외과 수술이 필요한 어느 환자에게 절 데려갔습니다."

"수술은 성공적이었습니까?"

"예, 하지만 그 후가 문제입니다. 여기라면 제가 환자를 돌볼 수 있지만 그곳은… 환경이…."

"환경이 열악하다는 말씀입니까?"

"형편없더군요…. 여인숙 방에… 간호를 받기 어려운 환경입니다."

"그렇다면 환자가 위독할 수도 있다는 말입니까?"

"기적을 바라야지요…. 하지만 환자는 건강한 체질처럼 보였습니다."

"그 낯선 환자에 대해서 더 하실 말씀은 없나요?"

"더 이상은 말씀드릴 수 없습니다. 우선 제가 그러지 않겠다고 맹세했고 그 대가로 서민 환자들을 치료할 비용인 1만 프랑을 받았습니다. 제가 맹세를 어기면 다시 가져간다고 했습니다."

"세상에! 그 말을 믿으십니까?"

"믿습니다. 그 사람들은 매우 진지해 보였습니다."

이상이 들라트르 박사가 기자들에게 들려준 이야기다. 치안국장 역시 들라트르 박사가 시술한 수술, 치료한 환자, 자동차로 이동한 장소에 대해서는 정확한 정보를 얻지 못했다고 알려졌다. 따라서 진실을 밝히기는 어렵다고 생각된다.

인터뷰를 주도한 기자는 진실을 밝히기가 어렵다고 했지만 약삭빠른 기자들은 진날 모든 신문에서 세세하게 공개된 앙브뤼메지 성에서 일어난 사건과 이번 사건을 비교해보는 것만으로도 무엇인가 연관되어 있다고 생각했다. 부상당한 채 사라진 도둑과 유명 외과의사 납치 사건 사이에는 분명 어떤 관계가 있을 것이라는 이야기이다.

수사 결과 이 같은 가정이 타당성이 있다고 밝혀졌다. 자전거를 타고 달아났던 가짜 마차꾼의 종적을 추적하자 그 마차꾼이 성에서 약 15킬로미터 떨어진 아르크 숲에 자전거를 버린 다음 생 니콜라 마을로 가 다음과 같은 전보를 부쳤다는 사실이 확인된 것이다.

파리, 45번 국, A.L.N.

긴급 상황. 응급 처치 필요. 14번 국도를 통해 유명 의사를 급파해주기 바람.

분명한 단서가 되는 증거였다. 전보를 받은 파리의 공범들은 서둘러 조치에 들어갔을 것이다. 저녁 10시, 이들은 아르크 숲 주변의 14번 국도를 통해 유명 의사를 디에프로 보냈을 것이다. 이 사이에 이들과 한패들은 방화를 일으켜 혼란을 틈타 대장을 구해 여인숙으로 옮겼고 새벽 2시쯤에 도착한 박사에게 수술을 받게 한 것이다.

아귀가 모두 맞았다. 파리에서 특별 파견된 가니마르 경감은 폴랑팡 형사와 함께 퐁투아즈, 구르네, 포르주에서 수사를 벌이며 간밤에 어느 자동차가 지나간 흔적을 확인했다. 디에프에서 앙브뤼메지까지 연결된 도로에서도 같은 작업을 벌였다. 그 결과, 자동차의 흔적이 성에서 약 2킬로미터 떨어진 곳에서 갑자기 사라지긴 했지만 적어도 정원의 쪽문과 회랑의 폐허 사이에 찍힌 여러 발자국을 발견할 수 있었다. 게다가 가니마르는 쪽문의 자물쇠가 강제로 열려 있다는 점도 발견했다.

모든 게 착착 설명되었다. 이제 박사가 말한 여인숙을 찾는 일만 남았다. 끈질기고 참을성 있는 수색광 가니마르에게는 식은 죽 먹기처럼 쉬운 일이다. 여인숙의 수는 한정적이고, 부상자의 상태로 보아 앙브뤼메지에서 가까운 여인숙이었을 것이다. 가니마르와 크비용 군경반장은 여인숙을 찾으러 출발했다. 두 사람은 사방 500미터, 1000미터 그리고 5000미터에 걸친 지역에서 여인숙이라 불릴 만한 곳을 전부 뒤졌다. 하지만 두 사람이 찾는 부상당한 범인은 끝끝내 모습을 드러내지 않아 무참히 기대를 꺾어버렸다.

가니마르는 포기하지 않고 수사에 전념했다. 토요일 저녁에는 서에서 잠을 잤다. 일요일에 따로 개인적으로 조사하기 위해서였다. 그런데 일요일 아침 가니마르는 전날 밤 순찰한 군경들로부터 성벽 바깥쪽 길에서 누군가의 그림자가 지나가는 것을 봤다는 보고를 받았다. 염탐하기 위해 온 공범 중 한 명일까? 아니면 대장이 회랑 혹은 그 주변을 떠나지 않은 걸까?

그날 저녁 가니마르는 소규모 부대 정도의 군경들과 함께 직접 농장 쪽으로 갔고 폴랑팡과 함께 벽 바깥, 문 근처에 숨어 기다렸다.

자정이 되기 얼마 전 누군가 숲에서 나오더니 두 형사를 지나 문턱을 넘어 정원으로 들어갔다. 세 시간 동안 이 정체 모를 사내는 폐허들을 지나고 낡은 기둥들을 넘고 잠시 오랫동안 그대로 서 있기도 했다. 그러다 문 쪽으로 다가가 다시 한 번 두 형사 사이를 지나갔다.

그때 가니마르가 사내의 목덜미를 붙잡았고 폴랑팡은 양팔로 허리를 끌어안았다. 뜻밖에도 상대는 저항하지 않았고 세상에서 가장 온순한 사람처럼 손목을 묶인 채 성으로 끌려갔다. 가니마르와 폴랑팡이 조사하려고 하자 사내는 두 사람에게는 할 이야기가 없고 예심판사가 올 때까지 기다리겠다고만 대답했다. 가니마르와 폴랑팡은 자신들의 숙소 한곳의 침대 발밑에 사내를 꽁꽁 묶어두었다.

월요일 아침 오전 9시, 피욜이 도착하자마자 가니마르는 전날 누군가를 체포했다고 알렸다. 예심판사 앞에 출두한 용의자는 바로 이지도르 보트를레였다.

"이지도르 보트를레!" 피욜은 기쁜 듯이 두 팔을 내밀며 소리쳤다. "놀라운데! 우리의 훌륭한 아마추어 탐정님께서 여기에 이렇게 있다니…! 어쨌든 횡재했군! 경감님, 여기 장송 드 사일리 고등학교 수사학급 학생인 이지도르 보트를레를 소개합니다."

가니마르는 당황한 표정을 지었다. 이지도르는 마치 경의를 표하듯 깍듯하게 허리를 굽혀 인사했다. 그러고는 피용을 향해 돌아섰다.

"예심판사님, 저에 대해 충분히 알아보신 것 같군요?"

"물론이지! 레이몽드 드 생 베랑 양이 길에서 자네를 봤다고 한 그 시각에 자네는 정말로 뷜 레 로즈에 있었더군. 자네의 신원도 확인했지. 틀림없이 수사학급의 학생, 그것도 부지런하고 모범적인 뛰어난 학생 이지도르 보트를레가 맞더군. 부친께서는 시골에 사시는데 자네는 한 달에 한 번 시골에서 나와 부친의 친구분인 베르노 씨의 집에서 머물더군. 베르노 씨도 자네 칭찬을 아끼지 않더군."

"그렇다면…"

"자넨 자유의 몸이야."

"완전히 자유의 몸이란 말이지요?"

"그렇다니까. 아! 다만 한 가지 아주 사소한 조건을 하나 내걸지. 나로서는 마취제를 사용해 창문으로 도망치고 사유지 주변을 어슬렁거리다가 현장에서 체포된 사람을 마음대로 놓아주기는 곤란하거든. 대신 어느 정도 보상을 해준다면 놓아주겠네."

"하시고 싶은 말씀을 해보세요."

"좋아! 지난번에 하다가 그만둔 이야기를 다시 해보지. 자네의 수사가 어느 정도 이루어졌는지 말해주면 좋겠는데…. 이틀 동안 자유롭게 수사했으니 꽤 깊이 진행되었을 게 아닌가?"

가니마르가 이 상황을 이해하지 못해 그냥 나가려 하자 피욜이 외쳤다.

"그대로 있어요, 경감님! 경감의 자리는 여기입니다…. 장담하건대 이지도르 보트를레 군이 하는 말은 들어볼 만합니다. 조사한 바로는 작은 것 하나도 놓치지 않는 뛰어난 관찰력으로 유명하다더군요. 학교 내에서는 경감님과 비견될 수준일 뿐만 아니라 헐록 숌즈의 맞수로도 볼만한 실력이라고 합니다."

"그렇겠지요!" 가니마르가 빈정대며 대답했다.

"그렇다니까요. 학교 동기 중 한 명이 내게 이런 편지를 보냈습니다. '보트를레가 무엇인가를 알고 있다고 말하면 믿어야 합니다. 보트를레의 말은 그야말로 진실이라고 보면 됩니다'라고 말입니다. 자, 이지도르 보트를레, 지금이 동급생들의 믿음을 증명해 보일 기회라네. 진실을 말해주길 부탁하네."

이지도르는 미소를 지으며 듣다가 대답했다.

"예심판사님, 짓궂으시군요. 그저 장난 좀 쳐본 어린 학생들을 놀리시다니. 저는 놀림감이 될 빌미는 드리지 않으려고 합니다."

"그렇다면 아는 것이 없다는 이야기군, 이지도르 보트를레."

"사실대로 겸손하게 고백하자면 아는 게 없습니다. 예심판사님이 지나쳤을 리 없는 두세 가지 사항에 대해 더 자세한 정보를 알고 있다고 해서 이것만으로는 '무엇인가를 알고 있다'고 말하고 싶지는 않기 때문입니다."

"예를 들면?"

"예를 들면 도둑맞은 물건입니다."

"아! 그렇다면 도둑맞은 물건이 무엇인지 알고 있다는 말인가?"

"예심판사님도 알고 계시겠지요. 가장 쉬워 보여서 맨 먼저 조사한 사항입니다."

"그 문제가 정말로 쉬웠나?"

"이런, 그렇고말고요. 논리적으로 생각만 하면 되니까요."

"더 필요한 게 없나?"

"더 이상은 없습니다."

"그럼, 논리적으로 생각해보면?"

"자, 쓸데없는 말은 그만두고 간단히 설명하겠습니다. 우선 두 아가씨가 물건을 들고 도망치는 두 남자를 봤다고 이구동성으로 이야기했으니 분명 도둑이 들었던 겁니다."

"도둑이 들었다."

"그런데 그 누구보다 정신이 멀쩡한 제스브르 백작이 없어진 물건은 아무것도 없다고 했으니 없어진 물건도 없는 거고요."

"없어진 물건이 없다."

"이 두 가지 사실을 가지고 추리해보면 이런 결론이 나옵니다. 도둑이 들었는데 아무것도 없어진 물건이 없다면 도난당한 물건이 똑같이 생긴 가짜 물건으로 바꿔치기 당했다는 이야기지요. 물론 이는 추리일 뿐이지 꼭 사실이라고 단정 지을 수는 없습니다. 하지만 우리가 맨 먼저 유념해야 할 사항이고 진지하게 검토한 후라야 배제할 수 있는 가정입니다."

"그래… 그렇지…." 예심판사가 큰 흥미를 보이며 중얼거렸다.

"그렇다면 이 거실에서 도둑들의 흥미를 끌 만한 게 무엇일까요? 두 가지가 있습니다. 우선 태피스트리. 하지만 아닐 수도 있습니다. 오래된 양탄자는 위조가 쉽지 않고 위조된다 해도 곧장 눈에 띄기 때문입니다. 그렇다면 이제 루벤스 그림 넉 점이 남았습니다." 이지도르가 말을 이어갔다.

"그게 무슨 소리인가?"

"벽에 걸린 루벤스 그림 넉 점은 가짜입니다."

"그럴 리가!"

"가짜입니다, 분명해요."

"다시 한 번 말하지만 그럴 리가 없어."

"예심판사님, 1년 전에 샤르프네라는 이름의 어느 청년이 앙브뤼메지 성을 찾아와 루벤스의 그림들을 모사할 수 있게 해달라고 청한 적이 있습니다. 제스브르 백작은 청을 승낙하셨습니다. 다섯 달 동안 매일 아침부터 저녁까지 샤르프네는 이 거실에서 작업했습니다. 그 당시에 샤르프네가 모사했던 그림들이, 제스브르 백작이 삼촌 보바디야 후작에게 물려받은 진짜 그림들을 대신하고 있습니다."

"증거는?"

"증거는 없습니다. 가짜 그림이니 가짜입니다. 조사할 필요도 없다고 생각합니다."

피욜과 가니마르는 놀란 눈으로 서로 쳐다보았다. 가니마르도 흥미가 있는지 자리를 뜰 생각을 전혀 하지 않았다. 마침내 예심판사가 중얼거렸다.

"제스브르 백작님의 의견을 들어야겠군."

가니마르도 동의했다.

"백작님의 의견을 들어봐야겠습니다."

두 사람은 제스브르 백작을 거실로 모셔오라고 지시했다.

나이 어린 수사학급 학생이 거둔 진정한 승리였다. 전문 베테랑 수사관인 피율과 가니마르에게 자신이 세운 가정을 증명해보도록 상황을 몰고 간 것이니, 평범한 청년이었다면 우쭐한 마음이 들었을 것이다. 하지만 보트를레는 쉽게 자만하지 않고 줄곧 미소를 머금고 있었다. 미소에는 조금의 빈정거림도 없었다. 이지도르는 기다렸고 제스브르 백작이 들어왔다.

"백작님, 수사 결과 생각지 못한 사안이 떠올랐습니다. 다시 말씀드리지만 가정일 뿐입니다. 도둑들이 이곳에 침입해 백작님의 루벤스 그림 넉 점을 모사품으로 바꿔치기한 게 아닌가 합니다. 1년 전 샤르프네라는 화가가 모사한 그림들로 말입니다. 이 그림들을 살펴보시고 진품인지 알려주시겠습니까?" 예심판사가 말했다.

백작은 당혹스러운 기분을 애써 억누르려는 듯 보였고 보트를레와 피율을 번갈아 보기만 할 뿐 그림들 곁으로 다가가지 않았다.

"예심판사님, 진실이 그대로 묻히길 바랐습니다. 그렇지 않았다면 벽에 걸린 그림 넉 점이 가짜라는 사실을 주저하지 않고 밝혔겠지요."

"그럼 이미 알고 계셨다는 겁니까?"

"처음 보았을 때부터 알았습니다."

"그럼 어째서 말하지 않으셨습니까?"

"소유자로서 물건이 가짜임을 밝히기는 쉽지 않으니까요."

"하지만 말씀해주셔야만 진품을 되찾을 수 있지 않습니까?"

"더 좋은 방법이 있습니다."

"무슨 방법입니까?"

"비밀을 공개하지 않고 도둑들을 자극하지 않으며 도둑들에게 진품을 되사겠다고 제안하는 것입니다. 어차피 도둑들에게 그림들은 짐만 될 테니까요."

"그자들과 어떻게 연락한다는 말입니까?"

백작이 대답하지 않자 이지도르가 나섰다.

"신문에 공고를 내면 됩니다. 〈르 주르날〉, 〈르 마탱〉에 '그림을 되사들일 준비가 되었음'이라고 올리는 겁니다."

백작은 그렇게 할 생각이었다는 듯 고개를 끄덕였다. 또 한 번 젊은이가 노련한 선배들보다 앞선 순간이다. 피욜은 이 사실을 깨끗이 인정했다.

"이봐, 자네 친구들 말이 하나도 틀린 게 없군. 정말 눈썰미가 대단해! 직감도 대단하고 말이야! 이대로만 계속 가면 가니마르와 나는 더는 할 일이 없어지겠군."

"아! 이 정도는 그리 어려운 게 아닙니다."

"그럼 나머지는 더 복잡한가? 내가 기억하기로 우리가 처음 만났을 때 자네는 좀 더 많이 아는 것처럼 보였는데. 맞아, 내 기억으로 자네는 살인자의 이름을 안다고 했지?"

"사실입니다."

"그렇다면 누가 장 다발을 죽인 건가? 그자는 아직 살아 있는가? 아니면 어디에 숨어 있는가?"

"예심판사님, 무엇인가를 오해하시는 것 같습니다. 실제 일어난 사건과 예심판사님의 생각 사이에 오해의 골이 있는 듯합니다. 처음부터 말씀드리자면, 살인자와 도주자는 동일 인물이 아닙니다!"

"무슨 소리를 하는 건가? 제스브르 백작이 안방에서 격투를 벌인 남자, 두 아가씨가 거실에서 보았으며 레이몽드 드 생 베랑 양의 총을 맞고 정원에서 쓰러졌다가 사라진 그 남자가 장 다발을 죽인 범인이 아니라고?"

"아닙니다."

"두 아가씨가 오기 전에 자취를 감춘 제3의 공범이 있다는 말인가?"

"아닙니다."

"도통 이해를 못 하겠군…. 그렇다면 누가 장 다발을 죽인 건가?"

"장 다발을 죽인 건…."

보트를레는 잠시 입을 다물고는 무엇인가를 생각하더니 다시 입을 열었다.

"그전에 우선 제가 확신에 이르게 된 수사 과정과 살인 동기를 알려드리고 싶습니다. 이 이야기를 먼저 드리지 않으면 제 말이 황당하게 들릴 수 있으니까요. 가장 중요한데도 정작 그냥 지나친 사안이 있더군요. 바로 장 다발은 공격당하던 순간, 옷을 차려입은 데다가 징이 박힌 구두까지 신고 있었다는 사실입니다. 한마디로 마치 대낮인 것처럼 완전히 갖춰 입고 있었습니다. 사건은 새벽 4시에 일어났는데 말이지요."

"나 역시 그 점을 이상하게 생각했지만, 제스브르 백작이 다발이 밤늦게까지 일할 때가 있다고 하여 별다른 의심은 하지 않았네." 예심판사가 말했다.

"하지만 하인들 말은 다르더군요. 장 다발은 늘 규칙적인 시간에 잠자리에 든다고 했습니다. 장 다발이 자지 않았다고 가정해봐도 도대체 왜 자신의 침대를 흐트려 놓았을까요? 마치 잠자리에 들었다는 흔적을 만들 듯이 말입니다. 그리고 장 다발이 잠을 잤다 쳐도 소리를 듣고 깬 사람이 어째서 머리부터 발끝까지 차려입었을까요? 간단히 가운만 걸치면 되지 않습니까? 첫날 두 분이 점심을 드시는 동안 장 다발의 방에 들어가 봤습니다. 슬리퍼가 침대 아래에 있었습니다. 사건이 벌어진 날, 굳이 징이 박힌 무거운 구두를 신을 이유가 무엇이었을까요?"

"아직은 잘 모르겠군…."

"사실 지금까지의 이야기만으로는 그저 무엇인가 이상하다는 느낌만 들겠지요. 저 역시 샤르프네라는 화가, 즉 루벤스 그림을 모사하러 온 화가를 장 다발이 직접 백작에게 소개해주었다는 사실을 알고 나서야 의심했습니다."

"그렇다면."

"그렇다면 장 다발과 샤르프네는 한통속이라는 결론이 나옵니다. 예심판사님과 전에 이야기를 나누었을 때 제가 짚고자 했던 부분입니다."

"너무 성급한 결론 같군."

"사실 물증이 필요하긴 합니다. 다발의 방에서 다발이 종이 위에 쓴 이 주소를 발견했습니다. 이 주소는 종이 아래에 카본지를 넣고 베낀 것입니다. 주소가 여전히 눌린 자국으로 남아 있습니다. 'A.L.N. 씨, 45번 국, 파리'라고요. 다음 날 가짜 마차꾼이 생 니콜라에서 보낸 전보 역시 같은 주소임이 밝혀졌습니다. A.L.N., 45번 국. 물증이 발견된 셈입니다. 장 다발은 그림을 훔친 도둑들과 한패였습니다."

피용은 아무런 반론도 제기하지 않았다.

"좋아. 공범이라고 하지. 그래서 결론은?"

"우선 장 다발을 살해한 사람은 부상당한 채 도망간 자가 아닙니다. 공범인 장 다발을 죽일 리가 없지요."

"그러면?"

"예심판사님. 제스브르 백작이 기절했다 깨어나 처음으로 했던 말을 생각해보십시오. 제스브르 백작의 따님이 진술했고 조서에도 적혀 있습니다. '난 다치지 않았어…. 그런데 다발은? 다발은 살아 있니…? 칼… 칼은…?'이라고 말하셨지요. 제스브르 백작이 공격당한 상황을 설명한 조서 내용과 같이 비교해보시기 바랍니다. '그 남자는 제게 달려들어 관자놀이를 주먹으로 때렸습니다.' 백작은 기절했다고 했는데 어떻게 깨어나자마자 다발이 칼에 맞았는지 알 수 있었을까요?"

보트를레는 질문의 답을 기다리지도 않았다. 오히려 서둘러 스스로 대답하고는 구차한 이야기는 듣고 싶지 않다는 듯 곧바로 말을 덧붙였다.

"즉 장 다발은 도둑 세 명을 이곳 거실까지 안내했습니다. 그리고 대장이라고 불리는 자와 일을 꾸미고 있었는데 안방에서 어떤 소리가 들렸습니다. 다발이 문을 열었는데 제스브르 백작이 서 있자 단도를 들고 백작에게 달려들었지요. 제스브르 백작은 칼을 뺏어 다발을 찔렀으나 곧 대장의 주먹에 맞아 기절한 거고요. 그 대장이라는 자는 두 아가씨에게 몇 분 후 발각당하지요."

피욜과 가니마르는 다시 한 번 서로를 쳐다봤다. 가니마르는 승복한 듯 고개를 끄덕였다. 예심판사가 말을 이었다.

"백작님, 이 모든 게 사실입니까…?"

제스브르 백작은 아무 말도 하지 않았다.

"백작님, 아무 말씀도 안 하신다면 우리로서도 사실이라 생각하…."

제스브르 백작이 분명히 말했다.

"전부 사실입니다."

예심판사가 화들짝 놀랐다.

"그렇다면 지금까지 수사를 혼선으로 몰고 가신 겁니까? 정당방위라 책임을 지지 않으셔도 될 텐데 어째서 숨긴 겁니까?"

"다발은 20년간 내 곁에서 일했습니다. 다발을 무척 신뢰했지요. 다발은 제게 돈으로 환산할 수 없는 귀한 도움을 주었습니다. 어떤 꾐에 빠져 날 배반했는지는 모르겠으나 우리 사이의 지난 과거를 생각해서라도 다발의 배신이 알려지길 원치 않았습니다."

"그걸 원치 않으셔도 제대로 말씀을 해주셨어야…."

"예심판사님, 제 생각은 다릅니다. 진실을 숨겨 무고한 사람이 억울하게 누명을 쓴다면 모르겠지만, 그게 아니라면 나로서는 범인이자 피해자였던 다발에게 벌을 줄 수 없습니다. 다발은 이미 죽었습니다. 그것으로도 벌은 충분히 받았다고 생각합니다."

"백작님, 이제 진실은 밝혀졌으니 모든 것을 말씀해주시기 바랍니다."

"알겠습니다. 여기 다발이 공범들에게 보낸 편지 초고 두 장이 있습니다. 죽은 후 얼마 되지 않아 제가 다발의 지갑에서 발견했습니다."

"도둑질에 가담한 동기는요?"

"디에프의 드라바르가 18번지로 가보십시오. 베르디에 부인이라는 여성이 살고 있습니다. 다발이 2년 전부터 알고 지내오며 생활비를 대준 여성인데 이 여성 때문에 다발이 도둑질에 가담했습니다."

이렇게 해서 모든 것이 밝혀지는 듯했다. 비극의 전말이 어둠에서 나와 조금씩 진실의 빛을 받으며 나타났다.

"백작님이 가신 후에 우리끼리 계속 이야기해보지." 피욜이 말했다.

"이런! 전 이제 해드릴 이야기가 거의 바닥났는데요." 보트를레가 유쾌하게 말했다.

"하지만 도망자, 그 부상당한 남자 이야기가 있지 않은가?"

"거기에 대해서는 예심판사님도 저만큼 알고 계십니다…. 그 남자가 회랑의 풀숲에 난 길을 따라갔고… 그리고…."

"그래, 알기는 알지…. 하지만 그 후 공범들이 그를 데려갔으니, 내가 원하는 정보는 어느 여인숙에 숨어 있느냐는 거라네…."

이지도르 보트를레가 웃음을 터뜨렸다.

"여인숙! 여인숙은 있지도 않습니다! 여인숙은 수사를 엉뚱한 방향으로 몰고 가기 위한 속임수였지요. 성공을 거두었으니 대단한 속임수입니다."

"하지만 들라트르 박사의 말은…."

"아! 들라트르 박사의 말이니까 더욱 믿어서는 안 됩니다. 그렇고말고요…. 들라트르 박사는 자신이 겪은 일에 대해 모호한 정보만 주려고 했습니다! 고객의 안전을 위협할 그 어떤 정보도 줄 마음이 없었지요…. 그런데 갑자기 박사는 여인숙 이야기로 시선을 집중시켰습니다! 박사는 그저 시키는 대로 여인숙 이야기를 했을 뿐입니다. 박사가 들려준 이야기는 보복이 두려워 지어낸 말에 불과합니다. 박사에게는 사랑하는 아내와 딸이 있기에 강한 상대방들에게 복종할 수밖에 없었습니다. 그래서 오히려 혼선을 빚고자 여인숙 정보를 자세하게 흘린 것입니다."

"정보가 너무나 상세한데도 여인숙을 찾지 못하고 있지."

"자세한 정보가 나왔으니 수사를 중단할 수도 없지요. 하지만 정작 도망친 자가 있을 가능성이 높은 장소에는 관심을 두지 않았습니다. 드 생 베랑 양이 쏜 총에 부상을 당한 그 순간부터 한순간도 떠나지 않은 그 비밀의 장소 말입니다. 그자는 짐승이 땅굴로 들어가듯 그곳으로 갔습니다."

"젠장, 그곳이 어디인가…?"

"오래된 수도원 건물의 잔해지요."

"하지만 더는 그곳에 잔해가 없어! 벽체와 기둥 몇 개밖에 없다고!"

"바로 그곳에 그자가 숨어 있었습니다. 예심판사님, 수사력을 집중해야 합니다. 다른 곳도 아닌 바로 그곳에서 아르센 뤼팽을 찾게 될 겁니다." 보트를레가 힘주어 말했다.

"아르센 뤼팽!" 피욜이 벌떡 일어서며 큰 소리로 말했다.

유명한 이름이 언급되자 잠시 엄숙한 침묵이 흘렀다. 아르센 뤼팽, 유명한 모험가이자 도둑의 제왕, 정말로 그가 맞서 싸워야 할 상대란 말인가? 며칠째 수색했는데도 전혀 보이지 않는 뤼팽을? 하지만 아르센 뤼팽이 덫에 걸려 꼼짝 못하다가 한낱 예심판사에게 잡힌다면, 예심판사로서는 이것이야말로 놀라운 성과이자 행운, 영광이 아닌가!

가니마르는 놀라지 않는 기색이었다. 이지도르가 가니마르에게 말했다.

"경감님, 저와 같은 생각이겠지요?"

"당연하지!"

"경감님도 아르센 뤼팽이 이번 사건의 주모자라는 것을 의심치 않으셨지요?"

"단 한순간도! 서명이 있으니까. 뤼팽의 서명은 다른 서명과는 다르지. 마치 사람마다 얼굴이 다르듯 말이야. 눈만 크게 뜨고 바라봐도 알 수 있어."

"경감님 생각도… 경감님도…." 피욜이 중얼거렸다.

"물론입니다! 이 점만이라도 생각해보십시오. 그동안 범인들이 어떤 머리글자로 연락하고 있습니까? A.L.N., 즉 아르센 Arsène의 첫 글자 A, 뤼팽Lupin의 첫 글자 L과 마지막 글자 N이지요." 보트를레가 말했다.

"아! 자네는 정말 사소한 것 하나도 놓치는 법이 없군. 정말 대단해… 이 늙은 가니마르는 항복이네." 가니마르가 말했다.

기쁜 마음에 얼굴이 붉어진 보트를레는 기꺼이 경감이 청하는 악수에 응했다. 세 사람은 발코니로 다가가 폐허 위를 바라봤다. 피율이 중얼거렸다.

"그자가 저기에 있을지도 모른다…."

"분명 저기에 있습니다. 총에 맞아 쓰러진 순간부터 저기에 있었습니다. 논리적으로 봐도 드 생 베랑 양과 하인 두 명의 눈에 띄지 않고 저곳을 빠져나갈 수는 없습니다." 보트를레가 나지막한 목소리로 말했다.

"증거는 있는가?"

"증거라면 공범들이 남겼습니다. 그래서 그날 아침 공범 중 한 명이 마차꾼으로 변장해 예심판사님을 이곳까지 모신 겁니다."

"증거품인 챙모자를 가져가려고."

"그것도 그렇지만 무엇보다도 대장의 상태를 직접 살피기 위해서 현장에 온 겁니다."

"확인했을까?"

"대장이 숨은 곳을 알고 있으니 그랬을 것입니다. 더구나 대장의 상태가 위독한 것을 보고 걱정으로 이성을 잃은 나머지 충동적으로 이런 협박문을 썼겠지요. **'대장이 죽었다면 그 아가씨는 각오해야 할 것이다'**라고요."

"공범들이 대장을 데리고 나갔을 수도 있지 않을까?"

"언제요? 예심판사님의 부하들이 폐허를 떠나지 않았는걸요. 그리고 대장을 어디로 데려간단 말입니까? 기껏 가봤자 수백 미터 정도겠지요. 다 죽어가는 사람을 데리고 오랫동안 이동할 수는 없고, 그러면 결국 발각될 테니까요. 분명 그자는 저곳에 있습니다. 공범들이 가장 안전한 은신처에서 대장을 빼낼리가 없습니다. 군경들이 아이들처럼 불길에 놀라 허둥거릴 때 공범들은 저곳으로 박사를 데려왔을 겁니다."

"그런데 대장이 어떻게 살아 있을까? 살아 있으려면 식량과 물이 있어야 하는데."

"그건 저도 잘 모르겠습니다…. 모르겠어요…. 하지만 어쨌든 그자는 저곳에 있다고 장담합니다. 없을 리가 없습니다. 마치 눈으로 보고 손으로 만질 수 있는 것처럼 그자가 저곳에 있다고 확신합니다."

보트를레는 허공에 손가락으로 대고 폐허 쪽을 시작으로 작은 동그라미를 그리더니 조금씩 어느 한 지점으로 내려갔다. 두 사람은 이끌리듯 그 지점을 향해 고개를 내밀고 열심히 바라봤다. 두 사람은 보트를레가 전하는 열정적인 확신에 몸서리쳤다. 그래, 아르센 뤼팽은 저곳에 있다. 두 사람 모두 이론적으로도, 현실적으로도 더는 의심할 수 없었다. 그러면서 그 유명한 모험가가 어딘가 어두운 은신처 바닥에 도움도 없이 열에 들끓고 지친 채 누워 있으리라 생각하니 왠지 처량하고 비극적으로 느껴졌다.

"만일 죽었다면?" 피욜이 조그만 목소리로 말했다.

"만약 죽었다면, 그리고 공범들이 이 사실을 확인했다면 드생 베랑 양의 안전에 힘써야 할 겁니다, 예심판사님. 무시무시한 복수가 시작될 테니까요."

잠시 후, 피율이 함께 있으면서 수사를 도와달라고 요청했음에도 당일에 방학이 끝난 보트를레는 디에프로 돌아갔다. 보트를레는 5시 정도에 파리에 도착했고 8시에 학교 학생들과 함께 장송 고등학교의 교문에 들어섰다.

가니마르는 앙브뤼메지의 폐허를 꼼꼼히 살폈지만 별 소득 없이 야간 특급열차로 돌아갔다. 집에 돌아온 가니마르는 다음과 같은 내용이 적힌 속달우편을 발견했다.

경감님,
오후가 끝나갈 때 짬이 나서 경감님이 관심을 둘 만한 보충 정보들을 모아봤습니다.
1년 전부터 아르센 뤼팽은 에티엔 드 보드렉스라는 이름으로 파리에 살고 있습니다. 사교계 시평란이나 스포츠 소식란에서 이 이름을 자주 보셨을 겁니다. 여행광인 그는 장기간 여행을 떠나 벵골 호랑이나 시베리아 푸른 여우를 사냥했다고 알리곤 했습니다. 정확히 어떤 사업인지는 모르겠지만 요즘은 사업에 매달리고 있습니다.

현재 주소지: 마르뵈프가 36번지(마르뵈프가는 45번 우체국과 가까이 있다는 점을 주목하시기 바랍니다). 앙브뤼메지 습격 사건이 일어난 4월 23일 목요일 전날부터 에티엔 드 보드렉스의

소식은 오리무중입니다.

경감님, 제게 베풀어주신 친절에 감사드리며 이만 줄입니다.

—이지도르 보트를레

추신—이 같은 정보를 얻기 위해 별로 고생하지는 않았습니다. 범행이 일어난 날 아침에 피욜 예심판사님이 수사를 진행하는 동안 저는 도망자의 챙모자를 조사해봐야겠다고 생각했습니다. 가짜 마차꾼이 챙모자를 바꿔치기하기 전에 말입니다. 모자 가게의 이름만 있으면 챙모자를 사간 사람의 이름과 주소를 쉽게 알아낼 수 있었습니다.

다음 날 아침, 가니마르는 마르뵈프가 36번지로 찾아갔다. 수위에게 신분을 밝히자 오른쪽 1층으로 들어갈 수 있었다. 하지만 벽난로 속의 잿더미 외에는 다른 흔적을 발견할 수 없었다. 사흘 전에 친구 두 명이 와서 수상한 서류를 전부 태웠다고 한다. 건물을 빠져나오던 가니마르는 우체부와 마주쳤다. 우체부는 보드렉스 앞으로 온 편지를 가지고 있었다. 그날 오후, 사건 해결에 총력을 기울이던 검찰청은 이 편지를 요구했다. 편지는 미국 소인이 찍혀 있었고 다음과 같은 내용이 영어로 적혀 있었다.

선생님,

선생님의 대리인에게 전달한 대답을 다시 한 번 확인할 겸 알려드립니다. 제스브르 백작의 그림 넉 점을 소유하는 대로 적당한 방법으로 보내주시기 바랍니다. 가능하다면 나머지 것도 함께 보내주시면 좋겠습니다.

저는 갑작스럽게 일이 생겨 출발하게 되었으니 이 편지와 동시에 도착할 겁니다. 그랑 호텔에서 만나뵐 수 있을 겁니다.

—할링턴

그날 가니마르는 체포 영장을 가지고 미국 시민권자인 할링턴을 절도 공모와 장물 은닉죄를 물어 파리 경찰청으로 연행했다.

이렇게 해서 17세 소년이 제공한 예상치 못한 정보로 24시간 만에 수수께끼 같던 사건의 매듭이 풀렸다. 복잡해 보이던 사건이 단순 명쾌하게 해결된 것이다. 24시간 안에 대장을 구하려던 공범들의 계획이 수포로 돌아갔고 부상당해 죽어가는 아르센 뤼팽의 체포는 의심할 여지 없이 확실했으며 뤼팽 일당은 분쇄되었다. 뤼팽의 파리 주소, 위장된 신분이 밝혀졌고 특히 뤼팽이 오랫동안 계획했던 기막힌 범행 모의 중 하나가 처음으로 낱낱이 밝혀졌다.

사람들은 이 사실에 놀라움을 금치 못했고 엄청난 찬사와 호기심을 드러냈다. 이미 루앙의 신문기자는 어린 수사학급 학생의 첫 번째 수사 쾌거를 대서특필했고 이 학생이 얼마나 예의 바르고 매력적이며 신중한 끈기를 가졌는지 조명했다. 가니마르와 피율이 직업적인 자존심도 아랑곳하지 않고 칭찬한 덕분에 대중은 최근 사건에서 보여준 보트를레의 활약을 분명히 기억했다. 보트를레 혼자서 모든 것을 다 해낸 분위기였다. 승리의 영광도 모두 보트를레가 독차지했다.

사람들은 열광했다. 이지도르 보트를레는 단번에 영웅이 되었다. 순식간에 보트를레에게 매료된 대중은 새로이 떠오른 별에 대해 자세히 알고 싶어했다. 이에 기자들이 나섰다. 기자들은 장송 드 사일리 고등학교로 몰려가 수업이 끝나는 학생들을 기다려 유명세를 탄 보트를레에 관한 모든 정보를 수집했다. 보트를레가 반 학생들 사이에서는 헐록 숌즈의 라이벌로 불린다는 사실이 알려졌다. 또한 신문에서 읽은 정보만을 가지고 논리력과 추리력을 동원해 사법 당국이 오랫동안 진전시키지 못한 복잡한 사건들을 해결한 적이 여러 번 있다는 사실도 알려졌다. 장송 고등학교에서는 난해한 문제를 던진 후 보트를레가 논리적인 분석과 절묘한 추리력으로 미궁의 문제들을 어떻게 해결해나가는지 지켜보는 걸 낙으로 삼았다. 보트를레는 전에 식료품 장수 조리스가 저 유명한 우산으로 무엇을 할 수 있었는지 예상한 적이 있다. 마찬가지로 생 클루의 비극적인 사건에서 수위가 유일한 살인 용의자라고 처음부터 밝힌 사람도 보트를레였다.

특히 가장 흥미로운 것은 장송 고등학교 학생들 사이에서 돌고 있는, 보트를레의 서명이 적혀 있고 타자기로 일부가 인쇄되어 찍힌 소책자였다. 소책자의 제목은《아르센 뤼팽, 그의 고전적이고 독창적인 기술―영국식 유머와 프랑스식 아이러니 비교》였다.

이 소책자는 뤼팽의 모험 전부를 깊이 분석한 것으로, 유명한 괴도의 신출귀몰한 수법이 소개되어 있다. 뤼팽의 행동 방식, 특별한 전략, 뤼팽이 신문사에 보낸 편지, 뤼팽이 한 협박과 절도 예고 등 한마디로 뤼팽이 목표물로 삼은 피해자를 어떻게 요리하고 어떻게 심리를 조종해 자신의 의도대로 만들어가는 지가 소개되어 있었다.

그 내용이 어찌나 정확하고 예리하게 허를 찌르며 천재적인 풍자를 선보였는지 이 책을 읽고 웃은 사람들은 모두 보트를레 의 편에 섰고, 대중의 관심은 곧바로 뤼팽에서 이지도르 보트 를레에게로 넘어갔다. 그뿐만 아니라 뤼팽과 보트를레가 대결 을 벌인다고 가정했을 때 수사학급 학생 보트를레의 승리를 미 리 점치는 사람들도 있었다.

어쨌든 피욜과 검찰지청은 보트를레가 거둔 승리를 시샘하 듯 가능성을 보류했다. 사실 할링턴의 신분이 밝혀진 것도 아 니고 할링턴이 뤼팽과 한패라는 결정적인 증거도 나오지 않았 다. 할링턴의 필체를 조사한 결과 압수된 편지를 직접 쓴 사람 인지에 대해서도 아직은 확신할 수 없었다. 할링턴이라는 사람 이 여행 가방과 은행권 지폐가 잔뜩 든 지갑을 가진 채 그랑 호 텔로 왔다는 것만이 분명하게 밝혀진 사실이었다.

한편 디에프에서 피욜은 보트를레가 알려준 위치에서 더 이 상 수사를 진전시키지 못하고 있었다. 여기서 한 발짝도 앞으 로 나가지 못했다. 사건 전날 드 생 베랑 양이 보트를레로 착각 한 남자는 과연 누구인지가 여전히 의문점으로 남아 있었다. 루벤스 그림 넉 점의 도난 사건도 여전히 오리무중이었다. 그 림들은 어떻게 되었을까? 밤에 그림들을 싣고 간 자동차는 어느 길로 갔을까?

뤼느레, 예르빌, 이브토에서 이 의문의 자동차가 지나간 증거가 발견되었다. 코드벡 앙 코에서는 자동차가 새벽에 증기선에 실려 센 강을 건넜으리라고 짐작할 수 있었다. 하지만 수사가 계속되자 문제의 자동차가 발견되었고 승무원들에게 들키지 않고 큰 그림 넉 점을 차에 싣고 운반할 수 없다는 점이 드러났다. 차는 범죄에 동원된 게 확실해 보였지만 의문점은 여전히 남은 것이다. 루벤스 그림 넉 점은 어떻게 되었을까?

피율은 문제의 해답을 찾을 수 없었다. 매일 피율의 부하들은 폐허의 사변형 장소를 뒤지고 또 뒤졌다. 피율도 거의 매일 수사를 이끌었다. 뤼팽이 신음하며 괴로워하고 있을 은신처가 있다는 보트를레의 의견이 옳다고 치자. 하지만 이 은신처를 발견하기까지는 유능한 사법관인 피율도 도저히 건널 수 없는 어떤 심연이 존재했다. 갈수록 짙어지는 어둠을 뚫고 나아갈 유일한 사람인 이지도르 보트를레에게 다시 도움을 청해야 했다. 피율은 왜 자신이 이 사건에 악착같이 매달리지 않았는지를 생각했다. 조금만 더 노력했으면 목표에 도달할 수 있었을 텐데 말이다.

〈르 그랑 주르날〉의 편집자가 베르노라는 가명으로 장송 고등학교에 들어가 보트를레를 취재했다. 질문을 받은 이지도르 보트를레는 아주 약삭빠른 대답을 내놓았다.

"이 세상에는 뤼팽만 있는 게 아닙니다. 도둑과 탐정 이야기만 있는 게 아니지요. 바칼로레아(프랑스의 대학 입학 자격시험 –

옮긴이)라는 현실도 있습니다. 7월에 시험을 봐야 하는데 벌써 5월입니다. 바칼로레아에 떨어지고 싶지 않습니다. 만일 떨어지면 아버지가 무슨 말씀을 하시겠어요?"

"하지만 아르센 뤼팽을 사법 당국에 넘긴다면 부친께서는 무슨 말씀을 하실까요?"

"이런! 모든 일에는 때가 있습니다. 다음 방학 때….

"성심 강림 대축일(부활절로부터 일곱 번째 일요일 – 옮긴이) 말인가요?"

"예. 6월 6일 토요일에 첫 기차를 타고 출발할 겁니다."

"그렇다면 그날 토요일 저녁에 아르센 뤼팽이 붙잡히겠군요."

"일요일까지 시간을 주시겠습니까?" 보트를레가 웃으면서 물었다.

"왜 늦추는 겁니까?" 기자가 심각한 말투로 물었다.

불과 어제부터지만 이미 보트를레에 대한 신뢰감은 상당했다. 아직 아무것도 해결되지 않았는데도 모두가 보트를레를 철썩 믿었다. 사람들은 아무렴 어떻겠냐고 생각했다. 보트를레에게는 그 어느 것도 어렵지 않을 것이라고 믿었다. 통찰력과 직관력, 경험과 재치, 사람들은 보트를레에게서 최고의 능력을 기대했다. 6월 6일! 6월 6일이라는 날짜가 모든 신문에 대문짝만 하게 실렸다. 6월 6일, 이지도르 보트를레는 디에프행 특급 열차를 타고 갈 것이며 그날 저녁 아르센 뤼팽은 체포될 것이라는 추측 기사가 실렸다.

"그때까지면 뤼팽이 탈출하고도 남지…." 뤼팽의 편에 선 사람들이 반박했다.

"말도 안 돼! 모든 출입구가 봉쇄되어 있다고!"

"상처가 심해 벌써 사망했을 수도 있지." 뤼팽의 지지자들은 자신들의 영웅이 체포되느니 차라리 죽는 게 낫다고 생각했다. 그러자 즉각 반박이 일었다.

"뤼팽이 죽고 공범들이 그 사실을 알면 복수극이 벌어질 거라고 보트를레가 말했지."

마침내 6월 6일이 되었다. 대여섯 명 정도의 기자들이 생 라자르 역에서 이지도르 보트를레 곁을 지켰다. 그중 두 명은 보트를레와 함께 가고 싶어했다. 보트를레는 제발 이러지 말라고 부탁했다.

보트를레는 혼자 여정을 떠났다. 객차 칸은 텅 비어 있었다. 그동안 공부하느라 밤샘으로 피곤해진 보트를레는 곧장 깊이 잠들었다. 꿈속에서 보트를레는 여러 정거장에서 멈추고 여러 사람이 기차를 타고 내리는 듯한 느낌이 들었다. 잠에서 깨니 루앙이 보였다. 보트를레는 여전히 혼자였다. 그런데 맞은편 의자 등받이의 회색빛 시트에 커다란 종이가 옷핀으로 꽂혀 있었고 다음과 같은 글이 적혀 있었다.

각자 해야 할 일이 있지. 당신은 자기 일이나 신경 써. 그러지 않는다면 각오해야 할 거야.

"좋아!" 보트를레가 기쁜 듯이 손바닥을 비볐다. "어지간히도 입장이 곤란한가 보군. 가짜 마차꾼이 남긴 쪽지 못지않게 바보 같은 협박문이야. 이 문체는 또 뭐야! 뤼팽이 쓴 것 같지는 않은데."

기차는 터널을 지났다. 노르망디의 오랜 도시(루앙을 뜻함 - 옮긴이)가 다음 역이다. 잠시 정차한 역에서 이지도르 보트를레는 뻣뻣해진 다리를 풀기 위해 기차에서 내려 플랫폼을 두세 바퀴 돌았다. 그러다가 객차로 돌아가려는 보트를레 입에서 비명이 터졌다. 역 안 서점을 지나가다가 〈주르날 드 루앙〉 특별호의 제1면에서 우연히 다음과 같은 기사를 읽었던 것이다. 보트를레는 기사에 담긴 두려운 의미를 눈치챘다.

마감 뉴스―디에프에서 온 통신원의 소식. 어젯밤 악당들이 앙브뤼메지 성에 들이닥쳐 드 제스브르 양을 결박해 재갈을 물렸고 드 생 베랑 양을 납치했다. 성 주변 500미터 지점에서 핏자국이 발견되었다. 핏자국이 선명한 스카프도 발견되었다. 불쌍한 드 생 베랑 양이 살해되었을 가능성이 조심스럽게 제기되고 있다.

이지도르 보트를레는 디에프에 도착할 때까지 움직임 없이 그대로 앉아 있었다. 양 팔꿈치를 무릎에 대고 두 손은 얼굴을 감싼 채 생각에 잠겼다. 이윽고 디에프에 도착한 보트를레는 마차를 빌려 탔다. 그리고 앙브뤼메지에서 예심판사를 만났다. 예심판사는 보트를레에게 끔찍한 납치 소식을 알렸다.

"그 밖에 알려진 정보는 없습니까?" 보트를레가 물었다.

"없어. 나도 방금 막 도착했네."

바로 그때 군경반장이 피욜에게 다가와 스카프가 발견된 지점에서 얼마 떨어지지 않은 곳에서 주웠다며 구겨지고 찢어진 노란 종이쪽지 하나를 건네주었다. 피욜은 쪽지를 살펴본 후 보트를레에게 건네며 이렇게 말했다.

"수사에 별 도움은 안 되겠군."

보트를레는 쪽지를 이리저리 관찰했다. 숫자와 점, 기호로 가득한 쪽지였다. 쪽지의 내용은 다음과 같았다.

```
     2.1.1..2..2 .1.
   .1..1...2.2.  .2.43.2..2.
    .45 .. 2 .4...2..2.4..2
 D  DF ⬜19F+44◣357◺
      13 .53 ..2 ..25.2
```

3
시체

저녁 6시쯤 업무가 끝난 피욜은 서기 브레두와 함께 디에프로 가는 마차를 기다렸다. 피욜은 불안하고 초조해 보였고 두 번이나 이렇게 물었다.

"보트를레라는 소년을 못 봤나?"

"못 봤습니다, 예심판사님."

"도대체 어디 있는 거야? 낮에도 보이지 않더니."

순간 피욜은 어떤 생각이 떠오른 듯 가방을 브레두에게 맡기고 서둘러 망루를 돌아 폐허 쪽으로 달려갔다.

커다란 아치문 근처에서 발견된 보트를레는 기다란 솔잎이 깔린 바닥에 엎드려 한쪽 팔을 베개 삼아 잠든 것처럼 보였다.

"이런! 이곳에서 뭐하나? 자는 건가?"

"자는 게 아니라 생각 중입니다."

"생각 중이라고! 우선은 관찰하고 사실을 연구해 증거를 찾은 뒤에 수사의 가닥을 잡아야지. 그런 다음에 생각해서 이 모든 증거를 연결해야 진실이 밝혀지지 않겠나."

"예, 알고 있습니다…. 고전적인 수사 방식이지요…. 아마 무난한 방법일 겁니다. 하지만 제겐 다른 방법이 있습니다…. 생각을 먼저 한 다음 전체적으로 사건을 파악합니다. 그런 뒤 이 일반적인 생각에 맞는 논리적인 가정을 생각합니다. 그다음에야 사실들이 제가 생각한 가정에 들어맞는지 살펴보지요."

"복잡하기만 하고 괴상한 방법이군."

"확실한 방법입니다, 피욜 예심판사님. 예심판사님의 방법보다는 말이지요."

"이보게, 사실은 사실일 뿐 변하지 않아."

"그저 그런 상대라면 그렇겠지요. 하지만 눈에 보이는 사실도 약아빠진 상대가 조작해놓았을 수 있습니다. 예심판사님이 수사의 출발점으로 삼는 증거들도 범인이 멋대로 조작해놓았을 수 있습니다. 더구나 뤼팽 같은 상대라면 예심판사님의 수사가 엉뚱한 방향으로 흘러갈 수 있습니다! 헐록 숌즈도 덫에 빠진 적이 있지요."

"아르센 뤼팽은 죽었어."

"그렇다고 치겠습니다. 하지만 뤼팽의 패거리가 있습니다. 뤼팽 같은 대장에게 배운 부하들이라면 역시 만만치 않은 상대들일 겁니다."

피욜이 이지도르 보트를레의 팔을 잡아 일으켰다.

"그 정도면 됐어. 그보다 더 중요한 문제가 있어. 잘 들어보게. 요즘 가니마르는 일 때문에 파리에 묶여 있어서 며칠 후에나 이곳에 올 수 있어. 그래서 제스브르 백작이 헐록 숌즈에게 전보를 쳤고 헐록 숌즈는 다음 주에 수사를 돕겠다고 했네. 생각해보게. 가니마르와 숌즈가 도착한 날 우리가 '이런, 유감스

럽게도 더는 기다릴 수 없어서 일을 해결했는데 어쩌지요?'라
고 말한다면 얼마나 멋지겠는가?"

피율은 자신의 무능력함을 좀 더 그럴듯하게 포장하지 못했
다. 보트를레는 미소를 짓고 동조하는 척하며 대답했다.

"예심판사님, 안 그래도 예심판사님의 수사에는 동참하지 못
했지만 수사 결과는 듣고 싶습니다. 무엇을 알아내셨습니까?"

"이거라네. 어제저녁 11시에 크비용 군경반장이 성채에 배
치한 군경 세 명에게 명령을 내렸다고 하는군. 크비용 군경반
장이 전달한 명령서였는데 서둘러 자신이 있는 우빌로 오라는
내용이었다네. 그래서 군경들은 얼른 말을 타고 우빌로 갔는
데…."

"감쪽같이 속았군요. 명령서가 가짜였음을 알고 앙브뤼메지
로 돌아왔을 테고요."

"크비용 군경반장의 명령을 받아 성으로 다시 돌아온 거지.
하지만 그들이 자리를 비운 한 시간 반 동안 사건이 터진 거
야."

"어떻게 일어났습니까?"

"아주 간단했지. 범인들은 농장 건물에서 빌린 사다리를 성
채 3층에 대고 올라왔어. 창유리를 뜯어내고 창문 하나를 열었
지. 두 명은 등불을 희미하게 줄이고 제스브르 양의 방에 들어
가 소리치지 못하게 재갈을 물린 다음 밧줄로 묶었네. 그리고
드 생 베랑 양이 자고 있던 방문을 천천히 열었지. 제스브르 양
은 희미한 신음에 이어 저항하는 소리를 들었다고 하는군. 잠
시 후 제스브르 양은 사촌 언니 드 생 베랑 양이 결박당하고 재

같이 물린 채 두 남자에게 안겨 나가는 모습을 본 거야. 놈들은 제스브르 양 앞을 지나 창문을 통해 나갔고. 피곤한 데다가 겁에 질린 제스브르 양은 그대로 기절했네."

"개들은요? 제스브르 백작은 몰로스 개 두 마리를 구매하지 않았나요?"

"개들은 독약을 먹고 죽은 채 발견되었다고 하는군."

"누가요? 감히 다가갈 수도 없었을 텐데."

"그게 이상한 점이야! 두 남자가 아무 어려움 없이 폐허를 지나 쪽문으로 나간 것도 그렇고. 놈들은 오래된 채석장을 돌아 덤불숲을 지난 후 성채에서 500미터 정도 떨어진 '장군나무'라는 이름의 커다란 참나무 아래에서 범행을 저지른 것 같더군."

"그런데 범인들이 드 생 베랑 양을 살해할 목적으로 왔다면 왜 방에서 바로 살해하지 않았을까요?"

"그건 모르겠어. 어쩌면 성채를 빠져나갈 때 살해해야겠다고 결정했는지도 모르지. 드 생 베랑 양이 결박을 풀고 도망쳤을 수도 있고. 현장에서 발견된 스카프는 드 생 베랑 양의 손목을 묶는 데 사용되었을 걸세. 어쨌든 장군나무 아래에서 범행을 저지른 거야. 확실한 증거를 수집했으니까…."

"하지만 시체는요?"

"시체는 발견되지 않았지만 그리 이상한 일도 아니지. 흔적을 따라가다 보니 바랑주빌 성당이 나오더군. 그곳의 오랜 공동묘지는 절벽 꼭대기에 있어. 그곳부터는 100미터도 넘는 낭떠러지고. 그 아래에는 바위와 바다가 있지. 하루나 이틀이면 바닷물에 밀려 모래사장으로 시체가 밀려올 걸세."

"정말이지 모든 일이 너무나 간단히 벌어졌군요."

"그래, 모든 것이 간단해서 거추장스럽지가 않아. 뤼팽은 죽었고 공범들은 이 사실을 알고 복수에 나선 거지. 공범들은 계획을 짜서 드 생 베랑 양을 살해했고. 그야말로 어떻게 해볼 수 없는 명백한 사실이지. 하지만 뤼팽은?"

"뤼팽이요?"

"그래, 뤼팽은 어떻게 되었을까? 아마도 공범들이 드 생 베랑 양을 납치할 때 뤼팽의 시신도 가져간 것 같지만 증거라도 있느냐는 말이지. 증거가 없어. 뤼팽이 폐허 안에 있었다는 증거도, 그가 죽었는지 살았는지도 증거가 없어. 모든 것이 수수께끼라고, 보트를레. 레이몽드 양의 죽음으로 사건이 끝난 게 아니야. 반대로 더 복잡해졌네. 도대체 두 달 동안 앙브뤼메지 성에는 무슨 일이 일어난 거야? 우리가 이 미궁 속 사건을 해결하지 못하면 다른 사람들이 와서 우리를 따돌릴 거라네."

"그 다른 사람들은 언제 오는 겁니까?"

"수요일… 아니면 화요일쯤."

보트를레는 잠시 계산해보더니 말했다.

"예심판사님, 오늘은 토요일입니다. 전 월요일 저녁에 학교로 돌아가야 하고요. 좋아요! 월요일 아침 오전 10시에 이리로 와주시면 제가 수수께끼의 열쇠를 드리겠습니다."

"정말인가, 보트를레? 확실해?"

"희망 사항입니다."

"지금은 어디로 가는 건가?"

"머릿속에서 윤곽이 잡히기 시작한 전반적인 생각과 사실들이 일치하는지 보러 갑니다."

"일치하지 않으면?"

"예심판사님, 만일 그렇다면 사실들이 잘못되었겠지요. 그러면 좀 더 그럴듯한 사실들을 찾아야겠고요. 월요일에 뵐까요?" 보트를레가 웃으며 말했다.

"월요일에 보자고."

잠시 후 피율은 차를 타고 디에프로 향했고 이지도르 보트를레는 제스브르 백작에게 빌린 자전거를 타고 예르빌과 코드벡 앙 코를 향해 길을 나섰다.

보트를레는 명확한 의견을 내기에 앞서 머릿속에 어떤 생각 하나가 떠올랐다. 상대방의 약점이랄까. 루벤스 그림 넉 점처럼 무게가 나가는 물건들은 쉽게 숨길 수 없다. 그림들은 분명 어딘가 있을 것이다. 지금은 그림들이 어디에 있는지 찾을 수 없지만 어디로 사라졌는지는 알아낼 수 있지 않을까?

보트를레가 세운 가정은 이러했다. 자동차가 넉 점의 그림을 운반한 것은 맞지만 코드벡에 도착하기 전에 다른 자동차로 그림들을 옮겼다. 이 자동차는 코드벡의 상안이나 하안 쪽으로 센 강을 지났을 것이다. 하류 쪽이라면 맨 처음 사용한 배는 키유뵈프로 가는 배일 것이다. 하지만 이용하는 사람들이 많아 안전하지 않은 경로다. 상류 쪽이라면 메이유레 방향의 배일 텐데 메이유레는 외진 곳에 있는 교외라 한산하고 안전하다.

자정쯤에 이지도르 보트를레는 메이유레에서 약 70여 킬로미터 떨어진 곳을 지났고 강가에 있는 어느 여인숙의 문을 두

드렸다. 그곳에서 묵은 후 아침이 되자마자 선원들에게 승선자에 대한 질문을 던졌다. 승선자 명단을 보던 선원들은 4월 23일 목요일에는 자동차가 전혀 기록되지 않았다고 했다.

"그렇다면 마차는요? 수레나 화물운송차는요?"

"없었네."

이지도르 보트를레는 아침 내내 고민했다. 키유뵈프로 출발하려는 찰나 여인숙에서 일하는 소년이 말을 걸었다.

"그날 아침 수레 하나를 보긴 봤는데 강을 지나가지는 않았어요."

"뭐라고?"

"그래요, 강을 건너지 않았어요. 부두에 정박해 있고 바닥이 평평한 배 같은 곳에 짐들을 내려놓는 장면을 봤어요."

"그 수레는 어디에서 온 거지?"

"아! 바로 알아봤어요. 수레 가게 주인 바티넬의 수레였어요."

"어디에 사는데?"

"루브토라는 작은 마을에요."

보트를레는 축척 지도를 살폈다. 루브토 마을은 이브토에서 코드벡으로 연결된 길과 숲을 지나 메이유레로 이어진 좁은 길과 만나는 곳에 있었다!

이지도르 보트를레는 저녁 6시가 되어서야 어느 주점에서 바티넬을 발견했다. 바티넬은, 언제나 경계를 늦추지 않고 외지 사람을 믿지 않지만 돈이나 술 몇 잔에는 마음을 여는 평범한 노르망디 지방 노인 중 한 명이었다.

"그렇다네, 젊은이. 그날 아침 자동차를 탄 사람들이 교차로에서 5시에 만나자고 했지. 내게 이만큼 높은 물건 네 개를 맡겼고 그 사람 중 한 명이 나와 함께 짐을 옮기러 갔다네. 우리는 짐배가 있는 곳까지 물건을 옮겼어."

"그 사람들을 잘 아는 것처럼 말씀하시는군요."

"알다마다! 그 사람들과 일한 게 여섯 번이나 되었으니까."

이지도르 보트를레는 흠칫 놀랐다.

"여섯 번이라고요…? 언제부터지요?"

"이 일이 있기 전에는 매일 했지! 하지만 그때는 다른 물건들이었어…. 커다란 돌덩어리… 아니면 길쭉한 걸 포장한 물건들이었는데, 마치 성스러운 물건을 다루듯 하더군. 아! 절대 못 만지게 했지…. 그런데 왜 그러나? 창백해졌군."

"아닙니다…. 이곳이 더워서…."

보트를레는 비틀거리며 나왔다. 생각지도 못한 사실을 발견해 몸을 가누기 어려울 정도로 흥분한 것이다.

보트를레는 조용히 돌아와 그날 저녁 바랑주빌 마을에서 묵었다. 그리고 다음 날 아침 시청에서 한 시간을 보내고 성으로 돌아왔다. 그런데 편지 한 장이 보트를레를 기다렸다. 제스브르 백작이 보관하고 있던 편지 내용은 이러했다.

두 번째 경고.
자중할 것.
그러지 않으면….

"이런, 내 신변을 위해서는 조심해야겠는걸. 그러지 않으면 저들이 말한 대로···." 보트를레가 중얼거렸다.

아침 9시, 보트를레는 폐허 사이를 산책했고 아치문 가까이에서 드러누워 눈을 감았다.

"어이! 젊은 친구, 잘되가나?"

약속한 시간에 피율이 도착했다.

"반갑습니다, 예심판사님."

"왜 그러나?"

"제가 약속을 지킬 수 있거든요. 이 우스운 편지가 왔음에도."

보트를레는 피율에게 편지를 보여주었다.

"젠장! 별 시답지 않은 이야기군. 이따위 협박에 설마···."

"제가 아는 사실을 말씀드리지 못할까 봐요? 그럴 리가요, 예심판사님. 전 약속은 반드시 지킵니다. 10분 내로 진실의 한 부분을··· 알게 될 겁니다."

"한 부분?"

"예, 말이 그렇다는 거지요. 뤼팽의 은신처가 문제의 전부가 아닙니다. 하지만 그다음에 대해서는 차차 알게 될 겁니다."

"보트를레, 자네에게는 늘 놀란다니까. 도대체 어떻게 알아냈는가···?"

"오! 아주 자연스럽게요. 할링턴 씨가 에티엔 드 보드렉스 씨, 즉 뤼팽에게 보낸 편지에서 알아냈습니다."

"우리가 가로챈 편지 말인가?"

"예, 편지에 있는 문장 중 한 구절이 제 머릿속을 떠나지 않았습니다. 바로 이 문장입니다. **제스브르 백작의 그림 넉 점을 소유하는 대로 적당한 방법을 통해 보내주시기 바랍니다. 가능하다면 나머지 것도 함께 보내주시면 좋겠습니다.**"

"아, 기억나네."

"나머지 것이 도대체 무엇일까요? 예술품? 진기한 물건? 성에 있는 귀중품이라곤 루벤스 그림과 태피스트리뿐입니다. 아니면 보석? 하지만 그래 봐야 평범하기 그지없는 보석입니다. 그렇다면 무얼까요? 그리고 또 한편으로는 뤼팽처럼 솜씨가 기발한 사람들이 그 나머지 것을 보내지 못해 부탁했을까요? 뤼팽이 마음만 먹으면 어려움이 있기는 해도 충분히 가능할 뿐만 아니라 확신해도 될 일일 거예요."

"하지만 뤼팽은 실패했어. 사라진 것이 아무것도 없으니까."

"뤼팽은 실패하지 않았습니다. 무언가 사라졌으니까요."

"그래, 루벤스 그림들… 하지만….."

"루벤스 그림들과 다른 것이… 루벤스 그림들처럼 똑같은 것으로 바꿔치기한 무엇, 루벤스 그림들보다 훨씬 더 특별하고 귀중한 무엇이 사라졌습니다."

"그러니까 그게 무엇이란 말인가? 자네, 내 속 좀 그만 태우게."

두 사람은 폐허를 가로질러 쪽문으로 향했고 샤펠 디외 예배당을 따라 걸었다.

보트를레가 걸음을 멈추었다.

"예심판사님, 알고 싶나요?"

"당연하지!"

보트를레는 손에 지팡이를 쥐고 있었다. 단단하고 마디가 많은 막대기다. 보트를레는 예배당의 현관문을 장식한 작은 조각상들 가운데 하나를 지팡이로 때려 산산조각을 냈다.

"자네 미쳤나!" 놀란 피욜이 소리쳤다. 피욜은 서둘러 깨진 조각상 쪽으로 다가가며 이렇게 말했다. "미쳤어! 이 오래된 성인상 조각이 얼마나 멋진데…."

"멋지긴 하지요!" 이지도르 보트를레가 말했다. 이번에는 지팡이를 휘둘러 성모 마리아 조각상을 넘어뜨렸다.

피욜이 두 팔로 보트를레의 허리를 껴안으며 말렸다.

"이봐, 이대로 놔두면 안 되겠군…."

동방박사 조각상 하나가 깨졌고 이어서 누워 있는 아기 예수가 새겨진 여물통도 산산조각이 났다.

"한 번만 더 움직이면 쏘겠다."

갑자기 나타난 제스브르 백작이 권총을 겨누었다.

보트를레가 웃음을 터뜨렸다.

"자, 여기에 총을 쏘세요, 백작님…. 어서 실컷 쏘시라고요…. 어서요…. 머리를 두 손으로 감싼 이 조각상을 쏘세요."

성 요한의 조각상도 깨졌다.

"아! 걸작품에 이따위 모독을…!" 백작이 총구를 돌리며 말했다.

"모조품입니다, 백작님!"

"뭐라고? 지금 무슨 말을 하는 건가?" 피욜이 백작의 권총을 빼앗으며 외쳤다.

"모조품, 가짜입니다!"

"아! 그게… 그럴 리가?"

"위조된 것입니다! 텅 빈 가짜라고요! 아무것도 아닌 가짜입니다!"

백작이 몸을 숙여 부서진 조각상 조각들을 주워 모았다.

"보십시오, 백작님…. 석고입니다! 마치 오래된 돌처럼 보이게 하려고… 이끼를 발라 녹색을 띠게 하고 세월의 때가 묻은 것처럼 조작한 석고입니다…. 이것이 바로 그 대단한 걸작품의 실체입니다…. 저자들이 며칠 만에 만들어낸 가짜지요…. 바로 루벤스 그림들을 모사한 샤르프네가 1년 전에 마련해놓은 것들입니다."

이번에는 보트를레가 피욜의 팔을 잡았다.

"예심판사님, 어떻게 생각하십니까? 멋진가요? 굉장한가요? 거창한가요? 예배당이 도둑맞았습니다! 고딕식 예배당 전체가 돌 하나에 이르기까지 몽땅 도둑맞았습니다! 조각상 전체가 납치당했으며 가짜로 바꿔치기 되었습니다! 뛰어난 예술 시대의 훌륭한 작품이 도난당했습니다! 결국 샤펠 디외 예배당이 도둑 맞은 거라고요! 대단하지 않습니까! 아! 예심판사님, 그자는 정말 천재라고요!"

"흥분했네, 보트를레."

"뤼팽 같은 사람들이 한 일이라면 아무리 흥분해도 괜찮습니다. 보통의 솜씨를 뛰어넘는 일에는 감탄할 만하지요. 누구보다도 탁월한 솜씨입니다. 이번 도난 사건은 작전도 대단하고 힘, 능력, 솜씨, 대범함에 몸서리쳐질 정도입니다."

"뤼팽이 죽어서 안타깝군. 죽지 않았다면 결국 노트르담의

타워를 훔쳐갔을 텐데 말이지." 피율이 빈정거렸다.

이지도르 보트를레가 어깨를 으쓱했다.

"그렇게 좋아하지 마십시오, 예심판사님. 뤼팽은 죽어서도 예심판사님을 당혹스럽게 할 수 있습니다."

"글쎄… 보트를레. 공범들이 그자의 시체를 가져가지 않았다면 직접 시체를 보면서 기뻐했을 것 같군."

"제 가엾은 조카가 쏜 총에 맞은 사람이 정말로 뤼팽이라면 말입니다." 제스브르 백작이 말했다.

"물론 뤼팽이 맞습니다, 백작님. 드 생 베랑 양이 쏜 총에 맞아 폐허에 쓰러진 자는 뤼팽이었습니다. 드 생 베랑 양이 본 대로, 총에 맞고 다시 일어났다가 쓰러지고 커다란 아치문을 향해 몸을 이끌다 마지막으로 한 번 더 일어선 사람은 바로 뤼팽이었습니다. 정말 기적 같은 일이지요. 이에 대해서는 제가 잠시 후 설명드리겠습니다. 어쨌든 뤼팽은 돌로 이루어진 은신처까지 갔는데… 그곳이 그의 무덤이 되었을지도 모르지요." 보트를레가 말했다.

그리고 보트를레는 지팡이로 예배당의 문턱을 두드렸다.

"응? 뭐라고? 그의 무덤…? 자네 생각에는 이 완벽한 은신처가…." 피율이 되뇌였다.

"은신처는 여기입니다…."

"하지만 우리가 이미 뒤지지 않았나."

"제대로 뒤지진 않았습니다."

"여기에는 숨을 곳이 없습니다. 저는 예배당을 잘 압니다." 제스브르 백작이 반박했다.

"아닙니다, 백작님. 한 군데가 있습니다. 바랑주빌 시청에 가 보세요. 그곳에는 앙브뤼메지 수도원의 옛 성당 본당에서 발견된 모든 서류가 보관되어 있습니다. 17세기에 작성된 이 서류들을 보시면 예배당 아래에 지하 납골당이 있다는 사실을 발견하실 겁니다. 아마도 로마 시대의 예배당이 있던 자리에 납골당이 세워진 것이겠지요."

"하지만 뤼팽이 이런 자세한 사실을 어떻게 알았을까?" 피욜이 물었다.

"간단히 생각하면, 예배당을 들어내기 위한 작업을 하다 알았겠지요."

"이봐, 보트를레, 과장이 심하군…. 뤼팽이 예배당 전체를 들어냈을 리가 없지. 이것 보라고, 이 포석들 가운데 건드린 흔적이 남아 있는 건 하나도 없다네."

"당연히 뤼팽은 가짜를 만들어 예술적인 가치가 있는 것, 그러니까 세공석, 조각품, 소형입상, 작은 원주와 장식부조의 보물만 훔쳐갔습니다. 건물의 기본 구조물에는 관심도 없었어요. 그러니 기본 구조물은 그대로 있는 거고요."

"보트를레, 결론적으로 말해 뤼팽은 납골당까지 들어가지 못했네."

그때 하인 한 명을 부르러 갔던 제스브르 백작이 예배당의 열쇠를 가지고 돌아왔다. 쪽문을 열고 세 남자가 들어섰다.

보트를레는 잠시 살펴보더니 다시 입을 열었다.

"역시 생각한 대로 바닥 포석들은 건드리지 않았군요…. 하지만 제단은 주형으로 본뜬 모조품에 불과합니다. 일반적으로 납골당으로 통하는 계단은 제단 앞에서 열리고 그 아래로 지나가게 되어 있지요."

"그렇다면 결론은?"

"제가 내린 결론은 뤼팽이 여기서 작업하다가 납골당을 발견했다는 것입니다."

백작은 사람을 시켜 곡괭이를 가져오게 했고 보트를레는 곡괭이로 제단을 내리쳤다. 석고 덩어리들이 사방으로 흩어지며 산산조각이 났다.

"아, 정말 궁금하군…."

피욜이 중얼거렸다.

"저도 그렇습니다." 보트를레가 말했다. 보트를레의 얼굴은 불안감으로 창백했다.

보트를레는 서둘러 곡괭이질을 계속했다. 그런데 그때까지만 해도 수월하게 앞으로 나가던 곡괭이가 갑자기 단단한 것과 부딪치더니 쨍강 소리를 냈다. 무언가 부서지는 듯한 소리가 들렸다. 이어서 제단의 나머지 부분이 곡괭이에 부딪힌 돌덩어리에 이어 와르르 무너지더니 구멍이 뚫렸다. 보트를레는 몸을 굽혀 성냥불을 켜고 빈 곳을 비추었다.

"계단은 제가 생각했던 것보다 좀 더 앞쪽에서 시작되는군요. 거의 입구 포석 아래에서 시작합니다. 저 아래로 마지막 계단이 보입니다."

"깊은가?"

"3미터나 4미터 정도 같은데… 계단이 무척 높습니다…. 계단 몇 개는 없고요."

"군경 세 명이 자리를 비운 짧은 시간 동안 드 생 베랑 양을 납치했다는 게 믿어지지 않아. 공범들이 이 지하실에서 시체를 끌어낼 여유가 있었다는 것도 믿어지지 않고…. 게다가 공범들이 그런 일을 할 이유가 있을까? 아니야, 내 생각으로는 뤼팽이 아직 이곳에 있을 것 같아." 피욜이 말했다.

하인 한 명이 사다리를 가져왔고 보트를레는 그 사다리를 빈 곳으로 밀어 넣어 무너진 잔해 속에서 이리저리 자리를 잡아 세웠다. 보트를레는 사다리 양쪽을 단단히 잡았다.

"내려가 보시겠습니까, 예심판사님?"

예심판사는 촛불을 들고 사다리를 내려가기 시작했다. 이어 제스브르 백작이 내려갔다. 그다음에는 보트를레가 내려갔다.

보트를레는 촛불로 컴컴한 납골당을 비춰가며 열여덟 개의 사다리를 세면서 내려갔다. 그런데 아래에서 역겹고 강한 악취가 풍겼다. 한 번 맡으면 곧바로 머릿속에 남을 듯한, 무언가 심하게 썩은 듯한 냄새였다. 오! 속을 뒤집을 것 같은 냄새….

갑자기 누군가의 떨리는 손이 보트를레의 어깨를 잡았다.

"이런! 무슨, 무슨 일인가요?"

"보트를레." 피욜이 더듬거렸다.

피욜은 너무나 기겁한 나머지 말을 잇지 못했다.

"저기, 예심판사님, 진정하세요…."

"보트를레…. 그자가 여기에 있어…."

"예?"

"그래…. 제단에서 떨어져 나간 커다란 돌덩어리 아래에 무언가 있네…. 그 돌을 밀었더니… 무언가 느껴지는 거야…. 이런, 머릿속에 남을 정도로 정말 끔직한 광경이더군….”

“그자는 어디에 있습니까?”

“이쪽이야…. 이 냄새를 맡을 수 있나…? 그리고 자… 보라고.”

예심판사는 촛불을 들어 바닥에 있는 무언가를 향해 비추었다.

“아, 이런!” 보트를레는 끔찍한 광경에 소리를 질렀다.

세 사람은 몸을 숙여 바라봤다. 반쯤 옷이 벗겨진 시체가 말라비틀어진 씁쩍한 모습으로 길게 누워 있었다. 찢어진 옷 틈으로 눅눅한 밀랍처럼 푸르스름한 살갗이 군데군데 보였다. 하지만 보트를레가 비명을 지를 정도로 가장 끔찍한 모습은 머리 부분이었다. 돌덩어리가 떨어져 형체를 알아볼 수 없을 정도로 뭉개져 있었다…. 점차 어둠에 시야가 익숙해진 세 사람은 시체의 살점마다 구더기가 혐오스럽게 뒤끓고 있는 모습을 보았다.

보트를레는 서둘러 사다리를 성큼성큼 올라가 밖으로 뛰쳐나갔다. 곧이어 따라나온 피욜은 엎드린 채 두 손에 얼굴을 파묻은 보트를레를 발견했다.

“축하하네, 보트를레. 놈의 은신처를 발견한 것 외에도 자네의 주장은 두 가지 면에서 정확했어. 우선 드 생 베랑이 쏜 남자는 자네가 처음부터 이야기한 대로 뤼팽이 맞았네. 그리고 뤼팽이 에티엔 드 보드렉스Étienne Vaudreix라는 이름으로 파리에 살았다는 것도 맞았지. 시체의 옷에도 ‘E.V.’라는 머리글자가 새겨져 있으니까. 이 정도면 증거가 충분해 보이지 않나…?”

그러나 이지도르 보트를레는 움직이지 않았다.

"백작이 주에 박사를 부르러 갔으니 주에 박사가 시체를 확인할 거야. 내 생각으로는 사망한 지 적어도 여드레는 된 것 같아. 시체의 부패 정도를 봐서는 말이지…. 그런데 자네, 내 말 듣고 있나?"

"예, 예."

"결정적인 이유를 근거로 이야기하는 거야. 가령…."

피율은 자신의 논리를 계속 펼쳐나갔지만 보트를레는 별다른 관심을 보이지 않았다. 마침 제스브르 백작이 돌아와 피율의 독백이 중단되었다.

백작은 편지 두 장을 가지고 돌아왔다. 그중 하나는 백작에게 내일 도착한다는 소식을 알리는 헐록 숌즈의 편지였다.

"잘됐군. 가니마르 형사도 오겠어. 즐겁겠군." 피율이 쾌활하게 말했다.

"이 편지는 예심판사님께 온 겁니다." 백작이 말했다.

편지를 읽은 후 피율이 이렇게 말했다. "두 사람이 와도 별로 할 일이 없겠군. 보트를레, 디에프에서 온 편지인데 오늘 아침에 낚시꾼들이 바위 위에서 젊은 여자의 시체를 발견했다는군."

보트를레가 깜짝 놀랐다.

"뭐라고 하셨어요? 시체…."

"젊은 여자의 시체… 처참하게 훼손된 시체라는군. 부풀어 오른 오른팔에 가늘고 작은 황금 팔찌가 거의 박힌 듯 끼워져 있어서 망정이지 그렇지 않았다면 신원을 알아보지 못할 뻔했다고 하더군. 그런데 드 생 베랑 양이 오른팔에 황금 팔찌를 차고 있지 않았나. 백작님, 분명 조카분의 시신 같습니다. 바다에 밀려 여기까지 떠내려온 것 같습니다. 어떻게 생각하나, 보트를레?"

"글쎄요…. 글쎄… 모든 것이 딱 맞아떨어지는 것 같습니다. 저의 추론이 하나도 빠짐없이 전부 연결되고 있습니다. 매우 복잡해 보이는 모순점까지도 처음부터 제가 상상한 가정에 따라 이어지고 있습니다."

"무슨 말을 하는지 잘 모르겠군."

"곧 이해하실 겁니다. 제가 모든 진실을 알려드리겠다고 한 약속을 기억하시지요?"

"하지만 내가 보기에는…."

"조금만 참으세요. 지금까지 제게 별다른 불만은 없으셨잖아요. 날씨가 좋군요. 산책 한번 하시고 성에서 점심도 드시고 파이프 담배도 피우세요. 전 4시나 5시쯤 돌아오겠습니다. 할 수 없이 학교에는 자정에 출발하는 기차를 타고 가야겠습니다."

두 사람은 성 뒤편의 부속 건물에 도착했다. 보트를레는 자전거를 타고 멀리 사라져갔다.

디에프에 도착한 보트를레는 〈라 비지〉 신문사 앞에 멈춰 지난 보름간의 신문들을 살폈다. 그런 뒤 10킬로미터 떨어진 앙베르뫼 시로 출발했다. 앙베르뫼에서 시장, 교구신부, 지역 방범대장과 면담했다. 앙베르뫼 시 성당의 시계가 3시를 알렸다. 보트를레는 수사를 마무리했다.

보트를레는 신나게 노래를 부르며 성으로 돌아왔다. 두 발로 규칙적이고 힘차게 페달을 밟았고, 가슴은 바다에서 불어오는 시원한 바람으로 탁 트였다. 보트를레는 줄곧 추구해온 목표를 위해 들인 노력에 뿌듯해하며 자제심을 잃고 하늘을 향해 승리의 환호성을 지르기도 했다.

앙브뤼메지가 보였다. 보트를레는 성을 앞둔 비탈길을 전속력으로 달렸다. 길가에 선 나무들이 빠르게 다가왔다가 물러나는 듯했다. 그런데 갑자기 보트를레는 비명을 내질렀다. 도로를 가로질러 양쪽 나무에 묶인 밧줄을 급작스럽게 발견했기 때문이다. 자전거는 급정거했다. 보트를레의 몸이 앞으로 세게 나가떨어졌다. 정말로 기적처럼 돌무더기를 피했다. 돌무더기에 부딪혔다면 머리가 박살 났을 것이다.

보트를레는 잠시 멍했다. 온몸이 욱신거렸고 무릎이 까진 상태에서 주변을 이리저리 둘러봤다. 오른쪽에 작은 숲이 펼쳐져 있었다. 이런 짓을 저지른 자는 이 숲으로 도망친 게 분명했다. 보트를레는 밧줄을 풀었다. 그런데 밧줄이 묶인 왼쪽 나무에 작은 종이쪽지가 가느다란 줄에 매달려 있었다. 보트를레는 쪽지를 펴서 읽었다.

세 번째이자 마지막 경고.

보트를레는 성으로 돌아와 하인들에게 이런저런 질문을 했고 성의 오른쪽 날개 끝 1층에 있는 사무실로 피용을 찾아갔다. 피용은 이곳에서 업무를 보곤 했다. 피용은 무엇인가를 쓰고 있었고 맞은편에는 서기가 앉아 있었다. 서기는 사인을 받은 후 사무실을 나갔다. 예심판사가 큰 소리로 말했다.

"보트를레, 무슨 일인가? 손에 피가 묻었는데."

"별일 아닙니다. 자전거를 타고 가다가 누군가 매달아 놓은 밧줄에 걸려 넘어졌을 뿐입니다. 이 밧줄이 성에서 나왔는지 알아보셨으면 합니다. 20분 전쯤 세탁장에서 빨래를 말릴 때 사용된 밧줄입니다." 보트를레가 말했다.

"그게 가능한가?"

"예심판사님, 전 여기서도 누군가에게 감시받고 있습니다. 누군가 현장 한가운데서 저를 감시하고, 제가 하는 말에 귀를 기울이고, 매 순간 제가 하는 행동을 바라보고, 제가 무엇을 하려는지 미리 짐작하고 있습니다."

"정말로 그렇게 생각하나?"

"확실합니다. 예심판사님께서 그자가 누군지 알아내 주십시오. 어렵지 않게 찾아낼 수 있을 겁니다. 저는 이제 모든 일을 마무리하고 약속했던 설명을 예심판사님께 드리려고 합니다. 제가 저들보다 훨씬 앞서 나가 있습니다. 그러니 저들은 가만히 있지 않겠지요. 제 주변을 조여오는 게 느껴집니다. 위험이 다가오고 있습니다."

"이봐, 이봐, 보트를레…."

"자! 두고 보자고요. 일단은 서둘러야 합니다. 우선 제가 밝혀내야 할 게 있습니다. 예심판사님은 크비용 반장이 주워서 가져온 그 쪽지 이야기를 아무에게도 하지 않으셨겠지요?"

"맹세컨대 아무에게도 안 했다네. 그런데 그게 중요한가…?"

"아주 중요합니다. 문득 어떤 생각이 떠오릅니다. 나머지 부분은 아직 뚜렷한 증거가 없습니다…. 지금까지는 그 쪽지를 완전히 해독한 게 아니니까요. 한 가지 더 말씀드리자면…."

보트를레가 피욜의 손을 잡더니 나지막하게 말했다.

"쉿, 조용… 누군가 듣고 있습니다…. 밖에서…."

정말로 누군가 모래를 밟는 소리가 들렸다. 보트를레는 창문으로 달려가 밖을 살폈다.

"아무도 없군요…. 하지만 화단을 밟고 갔다면 쉽게 발자국을 찾을 수 있을 겁니다."

보트를레는 창문을 닫고 다시 자리에 앉았다.

그런 뒤 테이블 위에 쪽지를 놓고 잘 펼쳤다.

```
    2.1.1..2..2 .1.
  .1..1…2.2. .2.43.2..2.
   .45 .. 2 .4…2..2.4..2
D  DF □19F+44◁357◁
    13 .53 ..2 ..25.2
```

"일단 한 가지만 말씀드리겠습니다. 이 쪽지의 내용은 점과 숫자로만 이루어져 있습니다. 그리고 처음 세 줄과 다섯 번째 줄에는 5를 넘는 숫자가 없습니다. 네 번째 줄은 완전히 다른 성격을 띠고 있으니 나중에 살펴보기로 하지요. 이 각각의 숫자는 다섯 개의 모음(알파벳 모음 a, e, i, o, u를 말함 - 옮긴이) 순서를 의미한다는 사실을 알 수 있습니다. 결과를 옮겨 적으면…." 보트를레는 따로 종이에 다음과 같은 내용을 적었다.

```
e.a.a..e..e.a.
.a..a...e.e.  .e.oi.e..e.
.ou..e.o...e..e.o..e
ai.ui..e   ..eu.e
```

이어서 보트를레가 말을 이었다.

"보시다시피 이것만으로는 별 의미가 없습니다. 하지만 해독하는 열쇠는 간단하기도 하고 어렵기도 합니다. 모음을 숫자로 바꾸고 자음을 점으로 바꿔보겠습니다. 그나마 여기에서 끝났기에 문제가 더 이상 복잡해지지는 않았습니다."

"하지만 알쏭달쏭하긴 해…."

"한번 의미를 밝혀볼게요. 두 번째 줄은 두 부분으로 이루어져 있으며 어떤 한 단어인 것처럼 보입니다. 이제 중간의 점들을 자음으로 바꿔보면 시행착오 끝에 이런 결론이 나옵니다. 논리적으로 모음과 어울릴 수 있는 자음들만이 하나의 단어를 형성합니다. 바로 '드모아젤demoiselles(프랑스어로 '아가씨들'이라는 의미 – 옮긴이)'이라는 단어입니다."

"그렇다면 드 제스브르 양과 드 생 베랑 양을 가리키는군."

"확실히 그렇습니다."

"그리고 또 알아낸 것은 없나?"

"있습니다. 마지막 줄에도 해결의 열쇠가 있습니다. 첫 줄에서 했던 작업을 다시 해보면 두 개의 이중모음인 ai와 ui 사이의 점을 대체할 유일한 자음은 g이고 이 aigui라는 단어가 완성되면, 그다음의 두 점과 마지막 e로 이루어진 'aiguille'라는 단어에 이릅니다."

"그러니까 에기유aiguille(바늘이라는 뜻 – 옮긴이)라는 단어가 나오는군."

"끝으로 마지막 단어를 보겠습니다. 모음 세 개와 자음 세 개가 있습니다. 다시 한 번 모든 글자를 하나씩 차례로 대입해보면, 두 개의 첫 글자들이 자음이 된다는 원칙을 지키는 동시에 의미도 있는 단어로는 네 개가 있습니다. 바로 fleuve('하천'이라는 뜻 – 옮긴이), preuve('증거'라는 뜻 – 옮긴이), pleure('운다'는 뜻 – 옮긴이), creuse('속이 빈'이라는 뜻 – 옮긴이)라는 단어입니다. 이 중 바늘과 별 관계가 없어 보이는 fleuve, preuve, pleure을 제외하면 creuse라는 단어가 남습니다."

"**에기유 크뢰즈**aiguille creuse('속이 빈 바늘'이라는 뜻 – 옮긴이)가 제일 무난해 보이긴 하네. 자네의 해결책은 정말 명확하군. 그러면 어느 정도 진전된 건가?"

"별로요." 보트를레가 무엇인가 곰곰 생각하는 듯한 말투로 말했다. "지금으로서는 진전된 것이 없습니다…. 좀 더 두고 봐야지요…. 제 생각으로는 에기유 크뢰즈라는 단어의 묘한 조합속에 많은 게 들어 있습니다. 제가 관심을 둔 부분은 이 쪽지에 사용된 종이 재질입니다…. 요즘도 이런 우둘투둘한 양피지 종류 종이가 제작되나요? 그리고 이 상아 색깔… 이 접힌 자국… 네 번 접힌 채 너덜너덜해진 흔적… 끝으로 뒤쪽에 있는 붉은색 밀랍 자국…."

여기서 보트를레는 갑자기 말을 멈췄다. 브레두 서기가 문을 열고는 검찰총장이 도착했다고 알렸기 때문이다.

피욜이 자리에서 일어났다.

"검찰총장은 아래층에 계신가?"

"아닙니다. 예심판사님, 검찰총장님은 마차 안에 계십니다. 지나는 길에 들르셨고 예심판사님께서 철책 문 앞까지 와주시면 좋겠다고 하십니다. 간단히 전할 말이 있다고 합니다."

"이상하군." 피욜이 중얼거렸다. "어쨌든… 가봐야겠어. 보트를레, 실례지만 다녀오겠네."

피욜이 방을 나갔다. 피욜의 발소리가 멀어졌다. 그런데 서기가 문을 잠그고는 호주머니에 열쇠를 넣는 것이다.

"아니! 무슨 짓입니까? 왜 문을 잠그지요?" 보트를레가 깜짝 놀라 큰 소리로 말했다.

"이야기 좀 나누는 게 좋지 않을까?" 브레두가 대꾸했다.

보트를레는 옆방으로 나 있는 맞은편 문으로 내달렸다. 예심판사의 서기인 브레두가 바로 뤼팽의 공범임을 눈치챈 것이다!

브레두가 히죽거렸다.

"손가락을 힘들게 하지 말라고 젊은이, 그 문의 열쇠도 갖고 있으니까."

"창문이 있지." 보트를레가 큰 소리로 말했다.

"너무 늦었어." 브레두가 권총을 쥔 채 창문 앞에 버티고 서서 말했다.

도망갈 곳은 모두 차단되었고 할 수 있는 일도 없었다. 갑자기 대범하게 정체를 드러낸 적으로부터 자신을 방어할 방법이 하나도 남지 않았다. 이지도르 보트를레는 난생처음 느껴보는 불안감에 가슴이 조여와 두 팔을 가슴 위로 포갰다.

"좋아, 이제 간단히 이야기해보자고." 서기가 작은 목소리로 웅얼거렸다.

브레두가 손목시계를 봤다.

"피욜 씨는 철책 문까지 가겠지. 하지만 철책 문에는 검찰총장은 물론 아무도 없어. 피욜 씨는 다시 돌아올 거야. 하지만 여기까지 오는 데 4분 정도 걸리지. 이 창문을 빠져나가 폐허의 쪽문으로 달리면 대기 중인 오토바이에 올라타는 데 1분이면 충분해. 아직 3분이나 남았어. 이 정도면 넉넉하지."

브레두는 다소 기형적인 희한한 모습을 하고 있었다. 다리는 아주 가는데 상체는 거미의 몸처럼 통통했고 손도 컸다. 얼굴은 앙상했고 이마는 좁아서 다소 고집스러운 인상을 풍겼다.

보트를레는 다리에 힘이 빠져 후들거려 그 자리에 주저앉고 말았다.

"말해봐요. 원하는 게 무엇입니까?"

"종이. 내가 사흘간 찾고 있던 종이."

"내겐 없어요."

"거짓말 마. 내가 들어올 때 자네가 그 종이를 다시 지갑에 넣는 것을 봤으니까."

"그다음은요?"

"그다음? 그만 얌전히 있어줘야지. 자네는 우리를 성가시게 하거든. 우리를 가만히 내버려 두고 자네 일에나 신경 쓰라는 말이야. 우리도 참을 만큼 참았으니까."

브레두는 보트를레를 향해 총을 겨눈 채 앞으로 다가왔다. 브레두는 또박또박 힘주어 말했다. 눈빛은 차가웠고 미소는 잔인했다. 보트를레는 오한을 느꼈다. 이렇게 위협을 느낀 적은 처음이다. 정말 위험한 순간이다! 무자비한 적, 맹목적이고 저항할 수 없는 힘과 마주한 듯했다.

"그다음에는?" 보트를레가 목이 멘 소리로 물었다.

"그다음에는? 글쎄… 자네는 자유의 몸이 되겠지."

침묵이 흘렀다. 브레두가 다시 입을 열었다.

"이제 1분밖에 안 남았어. 결정을 해줘야겠어. 자, 젊은이, 허튼수작 부리지 말라고…. 우리는 어디서나 그리 만만한 상대가 아니니까…. 어서 종이를…."

긴장한 이지도르 보트를레는 창백한 얼굴로 꼼짝하지 않았지만 그래도 정신을 가다듬어 이성을 잃지는 않았다. 눈앞 20센티미터 떨어진 곳에서 작은 검은색 총구가 열려 있었다. 방아쇠를 지그시 누른 구부러진 손가락. 방아쇠만 당기면 끝이다….

"종이를 내놔. 그러지 않으면…." 브레두가 다시 말했다.

"여기요." 보트를레가 말했다.

주머니에서 지갑을 꺼내 내밀자 브레두가 잽싸게 낚아챘다.

"좋았어! 말이 통하는군. 겁은 좀 있지만 상식은 통하는… 자네와 분명히 해야 할 일이 있지. 하지만 그건 나중에 동료에게 이야기할 거고 지금은 가겠네. 잘 있게."

브레두는 권총을 집어넣고 창문 손잡이를 돌렸다. 복도에서 소리가 들렸다.

"잘 있으라고. 시간이 없어서 이만…." 브레두가 다시 말했다.

그런데 브레두는 갑자기 무슨 생각이 들었는지 지갑을 확인했다.

"제기랄… 종이가 없잖아…. 날 엿 먹였군." 브레두가 씩씩거렸다.

브레두가 다시 방으로 뛰어들었다. 두 발의 총성이 울렸다. 이번에는 이지도르 보트를레가 권총을 뽑아 쏜 것이다.

"빗나갔군, 젊은이." 브레두가 큰 소리로 말했다. "손이 떨고 있군…. 두려운가 보지…."

두 사람은 서로의 몸을 부둥켜안고 바닥 위를 데굴데굴 굴렀다. 누군가가 세게 문을 두드렸다.

이지도르 보트를레는 브레두에게 깔려 기운이 빠져버렸다. 이제 끝이라는 느낌이 들었다. 브레두는 한쪽 팔을 번쩍 들더니 칼을 내리쳤다. 보트를레는 어깨에 강한 통증을 느꼈고 몸에서 힘이 빠졌다.

누군가 윗옷 안쪽 주머니를 뒤지더니 종이를 빼내는 듯했다. 보트를레는 눈꺼풀이 점점 내려앉는 와중에 브레두가 창틀을 넘어가는 모습을 어렴풋이 보았다.

다음 날 아침 신문들은 일제히 앙브뤼메지 성에서 일어난 최근의 사건들을 보도했다. 즉 예배당 보물이 모조품으로 바꿔치기 된 일, 아르센 뤼팽의 시신과 레이몽드의 시신이 발견된 일, 보트를레가 예심판사의 서기인 브레두에게 살해될 뻔한 사건이 실렸다. 그리고 신문들은 다음의 두 가지 사건을 일제히 보도했다. 하나는 가니마르가 실종된 일, 또 하나는 대낮에 런던 시내 한복판에서 헐록 숌즈가 납치된 일이다. 숌즈는 두브르행 열차를 타려다가 납치를 당했다고 한다.

결국 17세 소년이 비범한 천재성을 발휘해 잠시 수세에 몰렸던 뤼팽 일당이 다시 대반격을 했고 대번에 여기저기에서 승리한 셈이었다. 뤼팽의 두 적수인 숌즈와 가니마르가 사라졌고 보트를레는 무력화되었다. 뤼팽 일당에 맞설 사람은 더 이상 없었다.

4
정면 대결

그로부터 6주가 지난 어느 날 저녁 나는 하인에게 휴가를 주었다. 그날은 7월 14일 프랑스 대혁명 기념일 전날이었다. 날씨는 찌는 듯이 무더워서 바깥에 나갈 생각만으로도 얼굴이 찌푸려질 정도였다. 발코니의 창문을 열어놓고 서재 램프를 켜놓은 채 나는 안락의자에 앉아 아직 읽지 않은 신문들을 훑어보기 시작했다. 물론 신문들은 온통 아르센 뤼팽 이야기로 가득했다. 이지도르 보트를레가 살해당할 뻔한 사건 이후로 앙브뤼메지 사건 이야기가 신문에 오르내리지 않은 날은 단 하루도 없었다. 매일 앙브뤼메지 사건만 다룬 시평란도 있었다. 갑자기 일어난 황당한 사건들은 지금까지도 여러 번 있었지만, 이번 사건만큼 사람들이 흥분하며 관심을 보인 적은 없었다. 피율은 이런저런 인터뷰에 응해 어린 조력자 보트를레가 문제의 사흘간 얼마나 큰 공을 세웠는지를 밝히는 등 존경스러울 정도로 단역을 자처했다. 그 결과 사람들은 말도 안 되는 추측에 사로잡혔다.

보트를레에 대한 도전이 이어진 것이다. 범죄 전문가, 소설가, 극작가, 법관, 전직 치안 종사자들, 은퇴한 르콕(에밀 가보리오의 소설 속 탐정 – 옮긴이)과 미래의 헐록 숌즈들은 여러 기사를 통해 자신의 이론을 장황하게 늘어놓았다. 그러나 모두 장송 드 사일리 고등학교의 수사학급 학생인 어린 이지도르 보트를레의 말을 그대로 답습하거나 여기에 살을 덧붙이는 정도였을 뿐이다. 정말로 사건의 진실은 전부 알려진 상황이다. 아르센 뤼팽이 피신했다가 서서히 죽어간 은신처가 이미 알려졌고 이에 대해서는 추호의 의심도 하지 않았다. 언제나 직업적인 비밀을 내세워 공개적인 증언을 일제히 거부해온 들라트르 박사조차 지하 납골당에 안내되어 납치범들이 아르센 뤼팽이라 소개한 어느 부상당한 남자를 치료한 적이 있다는 이야기를 측근들에게 했다. 그리고 바로 이 지하 납골당에서 발견된 에티엔 드 보드렉스의 시신은 보트를레가 밝힌 대로 아르센 뤼팽이 분명하기 때문에 부상자와 에티엔 드 보드렉스 모두 뤼팽이라는 사실은 더 이상 증명할 필요가 없었다.

결론을 말하자면, 뤼팽은 죽었고 드 생 베랑 양의 시체도 팔목에 찬 팔찌로 신원이 확인되었으니 모든 비극은 막을 내렸다.

하지만 사실 그렇지 않았다. 보트를레가 이와 정반대의 이야기를 하는 바람에 아무도 사건이 끝났다고 인정하지 않았다. 어떤 점 때문에 사건이 끝나지 않았는지 알 수 없으면서도 어린 이지도르 보트를레의 말 때문에 수수께끼가 완벽히 풀리지 않은 상태였다. 보트를레라는 어린 학생에게 갖는 확신은 사건이 끝났다는 있는 그대로의 현실도 감추게 했다. 사람들은 아직 알려지지 않은 게 있고 언젠가 보트를레가 속 시원하게 밝혀주리라고 믿어 의심치 않았다.

제스브르 백작의 의뢰로 보트를레의 치료를 맡은 디에프의 두 의사가 보트를레의 상태를 발표할 때까지, 사람들은 얼마나 가슴을 졸이며 기다렸는가! 보트를레의 상태가 위태롭다고 알려진 며칠 동안 사람들은 얼마나 낙담했던가! 조간신문들이 보트를레가 고비는 무사히 넘겼다고 발표하는 기사를 냈을 때 사람들은 얼마나 기뻐했던가! 보트를레에 관한 것이라면 조그만 정보들도 대중의 관심을 사로잡았다. 사람들은 나이 지긋한 아버지가 급한 전보를 받고 서둘러 와서 아들 보트를레를 돌보는 모습에 애처로워했고, 드 제스브르 양이 며칠 밤 동안 보트를레 침상을 지키며 헌신적으로 간호하는 모습에 칭찬을 아끼지 않았다.

이후 보트를레는 기쁘게도 빠른 회복세를 보였다. 마침내 알 수 있게 됐다! 보트를레가 피율에게 밝히겠다고 약속한 정보, 그리고 보트를레가 범인의 칼에 맞아 말하지 못했던 결정적인 정보를! 또한 비극적인 사건 자체 외에도 사법 당국이 노력해도 밝히지 못해 수수께끼로 남은 부분을 이제는 알 수 있을 것이다.

보트를레가 부상에서 회복되어 자유로워지면 여전히 상태 교도소에 갇혀 있는 아르센 뤼팽의 공범 할링턴과 무서울 정도로 대담한 범죄를 저지른 또 다른 공범 브레두 서기에 대한 전모도 밝혀질 것이다. 또한 실종된 가니마르와 납치된 헐록 숌즈에 대해서도 확실히 밝혀질 것이다. 도대체 어떻게 이런 엄청난 두 사건이 일어났을까? 영국과 프랑스의 탐정들은 이 사건을 풀어낼 그 어떤 증거도 확보하지 못한 상태였다. 성심 강림 대축일인 일요일에 가니마르는 집에 돌아오지 않았고 월요일이 돼서도 돌아오지 않더니 지금까지 6주째 실종 상태다.

성심 강림 대축일 다음날인 월요일 오후 4시에 헐록 숌즈는 런던에서 역으로 가는 마차를 탔다. 그런데 마차에 타자마자 어떤 위험을 감지한 듯 내리려고 했다. 아니나 다를까, 두 사람이 마차 양쪽에서 올라타더니 숌즈를 넘어뜨려 좁은 마차 안에서 옴짝달싹 못하게 했다. 이 현장을 목격한 증인이 열 명이나 있었지만 너무나도 순식간에 일어난 일이라 손쓸 틈이 없었다. 마차는 순식간에 저 멀리 사라졌다. 그다음에는? 그다음에는 어떻게 된 일인지 밝혀진 게 아무것도 없다.

하지만 사람들은 서기 브레두가 중요하게 생각해 칼을 휘두르면서까지 빼앗아 간 수수께끼 같은 쪽지에 대해서는 보트를레가 완벽히 설명해줄 수 있으리라고 기대했다. 숫자와 점들에 주목하며 의미를 찾으려고 한 수많은 오이디푸스(스핑크스가 낸 문제를 풀어 유명해진 그리스 신화의 영웅 – 옮긴이)들은 이 이상야릇한 쪽지를 '에기유 크뢰즈 문제'라고 불렀다…. 에기유 크뢰즈! 정말 수수께끼 같은 단어 조합이다. 어디서 왔는지 정체조차 알 수 없는 이 쪽지는 무엇을 의미할까! 어느 초등학생이 종이 한 귀퉁이에 잉크로 휘갈겨 쓴 수수께끼처럼 별 뜻 없는 단어일까? 아니면 모험가인 뤼팽의 음모가 가진 진정한 의미를 알려주는 마법 같은 단어일까?

언젠가는 알게 될 것이다. 며칠 전부터 신문들은 보트를레가 건강한 모습으로 나타날 거라고 예고했다. 보트를레가 설욕하겠다는 결심으로 불타오르고 있는 만큼 싸움이 다시 시작되면 이번에는 훨씬 더 치열해지리라고 예상했다.

큰 글씨로 적힌 보트를레의 이름이 내 관심을 끌었다. 〈르 그랑 주르날〉은 다음과 같은 내용을 톱기사로 실었다.

〈르 그랑 주르날〉은 이지도르 보트를레 씨로부터 새로운 조사 사실을 제일 먼저 건네받으리라는 소식을 들었다. 수요일인 내일, 사법 당국보다 먼저 〈르 그랑 주르날〉이 앙브뤼메지의 비극적 사건에 관한 진실의 전모를 밝힐 것이다.

"확실한 예고군. 어떻게 생각하나?"

나는 소스라치게 놀라며 안락의자에서 몸을 세웠다. 내 곁의 의자에는 잘 모르는 누군가 앉아 있었다.

나는 자리에서 일어났고 무기를 찾아 이리저리 두리번거렸다. 하지만 낯선 사람의 태도는 전혀 공격적으로 보이지 않아서 차분히 마음을 가라앉히고 낯선 사람에게 다가갔다.

혈기 왕성한 얼굴에 긴 금발머리를 하고 약간 거칠어 보이는 수염을 양쪽으로 갈라 뾰족하게 기른 젊은 남자였다. 옷차림은 마치 영국 사제를 떠올리게 했다. 근엄하고 진지한 분위기가 배어 나와 존경심을 불러일으켰다.

"누구십니까?" 내가 낯선 사람에게 물었다.

하지만 상대가 대답하지 않자 나는 다시 한 번 물었다.

"누구십니까? 여긴 어떻게 들어온 겁니까? 여기서 무얼 하는 거지요?"

남자가 날 바라보고는 이렇게 말했다.

"날 몰라보겠나?"

"글쎄요…. 모르겠군요!"

"아, 이럴 수가…. 잘 생각해보게…. 친구 중 한 명인데… 그 것도 조금 특별한 친구…."

나는 남자의 팔을 세게 잡았다.

"설마, 거짓말이겠지…! 당신이 그일 리가 없지…. 말도 안 돼…."

"그러면서도 다른 사람이 아닌 그의 얼굴을 생각하는 이유는 무엇인가?" 남자가 웃으면서 말했다.

아! 이 웃음! 자주 나를 기쁘게 했던 유쾌한 냉소, 이 젊고 환 한 웃음…! 나는 몸을 떨었다. 이럴 수 있을까?

"아니야, 아니야, 그럴 리가…." 나는 불안해하며 부정했다.

"나는 죽은 사람이니 절대 나일 리가 없다고 생각하겠지. 유 령이라도 보는 것 같나?"

그가 다시 웃었다.

"정말 죽었다고 생각하나, 내가? 겨우 젊은 여자가 쏜 총을 등에 맞고 죽을 사람으로 봤다니! 날 잘못 봐도 한참 잘못 봤 네! 내가 그렇게 허무하게 죽을 줄 알았다니!"

"그럼 정말 자네로군!" 나는 여전히 미심쩍어하며 말을 더듬 었다…. "정말, 정말로 못 알아보겠어…."

"그렇다면 안심이 되는군. 내 진짜 모습을 본 유일한 사람이 지금의 날 못 알아본다면 지금부터 이 모습을 볼 사람들은 그 누구도 나를 알아보지 못하겠지. 설령 내가 진짜 모습을 하고 나타난다고 해도 말이지….”

음성을 변조하지 않아서 그런지 이제 목소리는 알아들었다. 이내 눈빛, 표정, 태도 등 모습 전체의 베일이 벗겨지자 나는 그를 알아볼 수 있었다.

“아르센 뤼팽.” 내가 중얼거렸다.

“그래, 아르센 뤼팽이야.” 뤼팽이 일어나 큰 소리로 말했다.

“세상에 둘도 없는 오직 하나뿐인 뤼팽, 나는 이미 지하 납골당에서 죽었으니 어둠의 왕국에서 살아 돌아온 뤼팽이 되겠군. 생기 넘치고 자유 의지대로 행동하는 행복하고 자유로운 아르센 뤼팽이지. 지금까지는 인기와 특혜만을 누린 이 세상에서 그 어느 때보다 더 행복한 자유를 만끽하기로 결심한 아르센 뤼팽이라네.”

이번에는 내가 웃었다.

“그래, 자네가 맞네. 작년에 봤던 그때보다 더 생기가 넘치는군…. 다행이야.”

나는 뤼팽이 마지막으로 방문했던 때를 떠올렸다. 그 유명한 왕관 사건, 파경을 맞은 결혼, 소냐 크리슈노프와의 도주와 이 젊은 러시아 여성의 죽음 이후에 뤼팽이 방문한 적이 있다. 그때 내가 본 뤼팽은 나약하고 지쳐 있고 눈에는 눈물이 가득한 채 동정과 애정을 갈망하던 뜻밖의 모습이었다.

“조용히 하라고, 이미 저 멀리 지나간 과거잖아.” 뤼팽이 말했다.

“그래 봐야 1년 전의 일이지.” 내가 말했다.

"꼭 10년 같아. 아르센 뤼팽의 세월은 다른 사람들보다 열 배는 빠르니까." 뤼팽이 말했다.

나는 더 이상 대꾸하지 않고 주제를 바꾸었다.

"그나저나 여기에는 어떻게 들어온 건가?"

"이런, 다른 사람들과 마찬가지로 문으로 들어왔지. 아무도 보이지 않길래 거실을 지나 발코니를 따라 이리로 들어왔다네."

"하지만 열쇠는?"

"자네도 알다시피 내게는 문이 없어. 자네 아파트가 필요해서 이렇게 들어온 거야."

"좋을 대로 하게. 내가 자리를 비켜줘야 하는가?"

"오! 그렇게까지 할 필요는 없어. 오늘 저녁이 재미있을 거라는 말을 해주려던 참이네."

"누군가를 기다리는 건가?"

"그래, 여기서 10시에 만나기로 약속했네…."

뤼팽이 손목시계를 꺼냈다.

"10시. 전보가 도착했다면 늦지는 않을 거야…."

현관에서 벨소리가 울렸다.

"자, 내 말이 맞지? 아니, 신경 쓸 필요 없어…. 내가 가겠네."

도대체 누구와 약속을 잡았을까? 뤼팽이 약속을 잡을 정도의 인물이란 누구일까? 도대체 어떤 극적인 장면, 어떤 희한한 장면을 보게 될까? 뤼팽이 재미있을 것이라고 말한 걸 보면 평범한 상황은 아닐 것이다.

잠시 후 뤼팽이 뒤로 누군가를 숨기며 돌아왔다. 뤼팽 뒤에 있는 사람은 호리호리하고 키가 크며 얼굴이 아주 창백한 젊은이였다. 뤼팽은 아무 말도 없이 불안감을 느낄 만큼 엄숙한 몸짓으로 전등을 켰다. 방이 환해졌다. 그리고 두 사람은 마치 상대를 꿰뚫겠다는 듯 불타는 눈으로 서로 뚫어지게 바라봤다. 그렇게 두 사람이 진지하고 조용하게 서로를 응시하는 광경은 인상적이었다. 그런데 이 낯선 젊은이는 누구일까?

이 젊은이가 최근에 본 어느 사진에 나온 사람과 비슷하다고 생각할 때쯤 뤼팽이 내 쪽으로 몸을 돌렸다.

"이봐 친구, 이지도르 보트를레 씨를 소개하네."

뤼팽은 곧바로 보트를레에게 말했다.

"보트를레 씨, 내 편지를 받은 뒤부터 만남이 이루어진 오늘까지 진실 공개를 늦춰준 점과 또한 내 초대에 기꺼이 응해주신 점에 감사드립니다."

보트를레가 미소 지었다.

"초대에 응한 이유는 당신의 요청을 받아들였기 때문이라는 점을 알아주시기 바랍니다. 내가 아니라 우리 아버지를 겨냥한 협박 편지가 초대에 응할 결심을 하는 데 결정적인 역할을 했지요."

"이런, 사람은 자신이 할 수 있는 방식대로 행동합니다. 방법이 있으면 사용해야 하지요. 브레두의 설득에도 넘어가지 않는 모습을 보고 당신이 안전에는 별로 관심을 두지 않는 사람임을 알았습니다. 그런데 부친이 있더군요…. 당신이 대단히 위하는 부친…. 그래서 그 끈을 이용한 겁니다."

"그래서 내가 여기에 왔습니다." 보트를레가 말했다.

나는 두 사람에게 앉기를 권했다. 두 사람은 자리에 앉았다. 뤼팽은 특유의 빈정대는 말투로 말했다.

　"어쨌든 보트를레 씨, 감사 인사는 받지 않더라도 적어도 사과는 거절하지 마십시오."

　"사과라니, 무슨 일로요?"

　"브레두가 당신에게 한 거친 행동 말입니다."

　"솔직히 브레두의 행동에 놀라기는 했습니다. 평소의 뤼팽다운 방식이 아니었으니까요. 칼을 휘두르다니….”

　"나 역시 그런 행동을 지시한 적은 없습니다. 브레두는 이번에 새로 들어온 일원입니다. 내 친구들은 사업 방향을 잡을 때 예심을 진행할 예심판사의 서기를 우리 편으로 만들면 나중에 유용하게 활용할 수 있으리라고 생각했습니다."

　"결국 댁의 친구들이 틀리지는 않았군요."

　"사실 보트를레 씨를 미행하도록 붙인 브레두는 귀한 도움이 되었습니다. 하지만 브레두는 튀려고 서두르다가 신참 같은 어설픈 혈기에 휩싸여 내 계획을 따르지 않았고 독단적으로 공격을 감행했습니다."

　"오! 그저 내가 운이 없었기 때문이겠지요."

　"아니, 아닙니다. 그렇지 않아도 그 일 때문에 브레두를 심하게 질책했습니다. 하지만 브레두의 변명을 들어보니 보트를레 씨가 예상보다 빠르게 수사를 진행하는 바람에 어쩔 수 없었다더군요. 우리에게 여유 시간을 주었다면 수사를 했더라도 그런 험한 일은 당하지 않았을 겁니다."

　"그러면 가니마르와 숌즈 선생들처럼 더 나은 대우를 받았겠지요?"

"정확히 맞혔군요."

뤼팽이 환한 미소를 지으며 말을 이었다.

"그럼 나도 보트를레 씨가 당한 부상에 내심 괴로워하지 않아도 되었을 거고. 맹세하건데 힘든 시간을 보냈습니다. 그리고 오늘 보트를레 씨의 창백한 모습을 보니 후회스럽습니다. 나를 더 이상 원망하지 않습니까?"

"이렇게 아무 조건 없이 내 앞에 나타났다는 뜻은 날 믿는다는 거겠지요. 가니마르 경감님의 동료를 데려올 수도 있었는데, 그럼에도 날 이렇게 믿어주었으니 모든 불미스러운 일은 털어버려야겠습니다."

보트를레는 진지하게 말하는 것일까? 정말이지 나는 뭐가 뭔지 몰라 어리둥절했다. 두 사람의 결투는 나로서는 전혀 이해할 수 없는 방법으로 시작되었다. 이전에 노르 역 카페에서 뤼팽과 숌즈가 처음 만났을 때 서로가 보인 도도함이 생각났다. 한껏 예의를 갖춘 오만함으로 비수를 숨겨둔 것이라 두려운 생각마저 들었다.

그런데 지금은 상황이 달랐다. 물론 뤼팽은 달라지지 않았다. 빈정거림이 담긴 듯한 깍듯한 예의범절과 전략은 그대로였다. 더구나 지금은 얼마나 희한한 상대와 대면하고 있는가? 보트를레는 말투와 표정이 겉으로 드러나지 않았다. 매우 차분했다. 그렇다고 속으로는 흥분하고 있지만 겉으로만 차분한 척하는 게 아니었다. 진짜로 차분했다. 예의가 깍듯했지만 과장은 없었고 미소 짓고 있지만 빈정거림은 없었다. 보트를레는 아르셴 뤼팽과 완전히 반대였다. 너무나 반대인 모습에 뤼팽 역시 나만큼 당혹스러워하는 것 같았다.

아니, 뤼팽은 분명 소녀 같은 장밋빛 볼과 순수하고 매력적인 눈빛을 지닌 이 호리호리한 소년 앞에서 당당함을 잃었다. 그렇다. 뤼팽이 평소에 보여주던 당당함이 사라졌다. 뤼팽은 불편한 기색을 여러 번 내비쳤다. 뤼팽은 주저했고 정면으로 공격하지 않았으며 예의를 꽤 차리면서 시간을 벌었다. 또한 뤼팽에게는 무언가 부족한 게 있는 듯했다. 무엇인가를 찾거나 기다리는 것 같았다. 무엇일까? 어떤 도움이 필요할까? 그때 초인종이 다시 한 번 울렸다. 이번에도 뤼팽이 직접 문을 열었다. 뤼팽은 편지를 한 장 들고 돌아왔다.

"잠시 읽어봐도 되겠습니까?" 뤼팽이 우리에게 물었다.

뤼팽은 편지 봉투를 열었다. 편지에는 전보가 들어 있었다. 전보를 읽는 순간 뤼팽의 표정이 달라졌다. 얼굴에는 놀라움이 가득했고 몸은 꼿꼿이 펴졌으며 이마의 핏줄이 두드러졌다. 내가 알던 힘이 넘치는 모습, 자신을 통제하고 자신감이 가득하며 사건과 사람들을 제압하는 모습이 나타났다. 뤼팽은 전보를 테이블 위에 펴고 주먹으로 치며 외쳤다.

"자, 보트를레 씨, 이야기를 해봅시다!"

보트를레가 듣는 자세를 취했다. 뤼팽은 절제되어 있지만 냉정하고 의지가 넘치는 목소리로 말을 시작했다.

"가면을 벗어 던집시다. 위선적인 역겨움도 벗어던지는 게 낫지 않을까요? 우리는 적이고 서로가 무엇을 원하는지 아주 잘 알고 있습니다. 서로 적처럼 행동하고 담판을 지읍시다."

"담판을 짓는다고요?" 보트를레가 놀라며 물었다.

"그렇습니다, 담판. 그저 하는 말이 아닙니다. 원한다면 다시 말하지요. 보트를레 씨 때문에 이만저만 괴로운 게 아닙니다. 나 역시 상대에게 직접 이런 말을 하는 게 처음입니다. 덧붙이자면 이 말을 하는 건 이번이 마지막입니다. 잘 생각해보십시오. 분명한 약속을 받아내기 전까지는 여기를 나가지 않을 생각입니다. 약속하지 않으면 이제부터 전쟁입니다."

보트를레는 점점 더 놀라는 표정을 지었다. 보트를레가 조용히 말했다. "이건 전혀 예상하지 못한 일이군요…. 정말 이렇게 말할 줄은 생각도 못 했습니다! 내가 생각한 것과 너무 다르군요…! 그래요, 저는 뤼팽 씨를 완전히 다르게 생각했습니다…. 그런데 왜 이렇게 갑자기 화를 내는 건가요? 왜 갑자기 위협적으로 나오지요? 우리가 적인 이유는 서로 완전히 다른 상황에 놓여 있기 때문이 아닌가요. 적이라니… 왜 그런 거지요?"

뤼팽은 약간 당황하는 듯했다. 하지만 뤼팽은 보트를레 쪽으로 몸을 기울여 비웃는 듯한 웃음을 흘렸다.

"잘 들어봐요, 젊은 친구. 어떤 표현을 고르느냐가 중요한 게 아닙니다. 사실이, 분명하고 확고한 사실이 중요하지요. 그 사실이란 이러합니다. 10년 동안 보트를레 씨처럼 강한 상대를 마주한 적은 없습니다. 가니마르나 숌즈도 어린아이를 다루듯 가지고 놀았습니다. 하지만 보트를레 씨에게서는 날 방어해야 하고, 좀 더 정확히 말하면 뒤로 물러나야 합니다. 그래요, 지금도 우리는 서로 잘 알고 있습니다. 내가 패배자라는 것을 인정해야 한다는 사실을 말입니다. 이지도르 보트를레가 아르센 뤼팽보다 우위에 있습니다. 내 계획이 엉망이 되어버렸지요. 보트를레 씨는 여간 성가신 게 아니고, 내 앞길을 가로막고 있습니다. 그래요! 이젠 더 이상 못 참습니다… 브레두가 그렇게 경고했는데도 소용없었군요. 다시 한 번 말하지만 잘 새겨듣길 바랍니다. 이제 더는 못 참습니다."

보트를레가 고개를 끄덕였다.

"그렇다면 원하는 게 무엇인가요?"

"평화! 각자 자기 영역, 자기 울타리에서."

"그러니까 뤼팽 씨는 마음껏 도둑질하고 나는 학생답게 다시 공부하라는 거군요."

"공부든… 무엇을 하든 내 알 바가 아닙니다…. 그저 날 내버려 두기만 하면 됩니다…. 내가 원하는 것은 평화입니다…."

"내가 무얼 했다고 평화를 방해한다는 겁니까?"

뤼팽이 보트를레의 손을 세게 잡았다.

"잘 알고 있을 텐데! 모르는 척하지 마세요. 내가 가장 중요하게 생각하는 비밀을 알고 있잖습니까. 그 비밀을 알아내는 거야 상관없지만 공개할 명분은 없습니다."

"내가 비밀을 알고 있다고 확신합니까?"

"분명 비밀을 알고 있습니다. 매일, 매시간 당신의 생각이 어떻게 진행되는지, 조사가 어떻게 진전되는지를 지켜봤습니다. 브레두가 댁을 공격하던 그 순간에도 댁은 그 비밀을 말하려고 했지요. 다만 부친을 걱정하느라 비밀 공개를 늦췄을 뿐. 그런데 오늘 자 신문을 보니 모든 비밀을 공개할 것이라고 하더군요. 기사는 이미 준비되었다고 하고. 한 시간 후에 인쇄되고 내일 발간된다더군요."

"맞습니다."

뤼팽이 자리에서 일어나 팔로 허공을 휘저었다.

"기사는 못 나갈 겁니다." 뤼팽이 외쳤다.

"기사는 나갈 겁니다." 보트를레가 갑자기 일어나 말했다.

마침내 두 사람은 마주 보고 섰다. 두 사람이 서로 치고받을 것 같아 등골이 오싹했다. 보트를레에게 갑작스러운 힘이 솟구쳤다. 마음속에 불꽃이 피어오르면서 새로운 감정, 대담함, 자존심, 호전적인 기운, 위험을 즐기는 성향이 생긴 듯했다.

한편 뤼팽의 눈빛은 반짝 빛났는데, 마침내 싫어하는 적의 검을 마주한 결투자처럼 흥분한 듯했다.

"기사는 보냈습니까?"

"아직 아닙니다."

"기사는 가지고… 있습니까?"

"그런 바보 같은 짓은 하지 않습니다! 기사는 가지고 있지 않은 지 오래되었고요."

"그렇다면?"

"편집자 한 명이 이중으로 밀봉한 봉투 속에 기사를 가지고 있습니다. 만일 자정이 되어도 내가 신문사에 나타나지 않으면 기사는 인쇄에 들어가기로 되어 있습니다."

"아, 젠장, 모든 것을 철저하게 준비했군." 뤼팽이 중얼거렸다.

뤼팽의 대단한 분노가 느껴졌다. 이번에는 보트를레가 승리감에 도취해 히죽거렸다.

"입 닥쳐, 이 애송이야. 내가 누군지 몰라? 내가 원하면 어떻게 되는지…. 이런, 감히 웃어!" 뤼팽이 소리쳤다.

뤼팽과 보트를레 사이에 무거운 침묵이 흘렀다. 이어서 뤼팽은 앞으로 다가와 보트를레를 뚫어지게 바라보며 조용히 속삭였다.

"〈르 그랑 주르날〉로 지금 당장 달려가…."

"싫습니다."

"기사를 찢어버려."

"싫습니다."

"편집장을 만나."

"싫습니다."

"편집자에게 착각한 게 있다고 해."

"싫습니다."

"그리고 다른 기사를 써. 앙브뤼메지 사건을 다룬 공식적인 기사를 다시 쓰는 거야. 모두가 이해할 수 있는 그럴듯한 기사를 말이지."

"싫습니다."

뤼팽은 책상 위에 있는 쇠 자를 집어들어 힘들이지 않고 분질렀다. 뤼팽의 창백한 얼굴을 보노라면 두려움이 느껴질 정도였다. 뤼팽은 이마 위에 송글송글 맺힌 땀방울을 훔쳤다. 뤼팽은 지금까지 자신의 뜻을 완강히 거역하는 사람을 본 적이 없다. 애송이 같은 보트를레의 고집에 뤼팽은 미쳐버릴 것만 같았다. 뤼팽은 보트를레의 어깨를 잡고 흔들었다.

"그렇게 하게 될 거야, 보트를레. 네가 추리한 것처럼 내가 죽었다고 확실하게 글을 쓰는 거야. 조금도 의심스러운 점이 없다고 말이지. 내가 원하는 한 그렇게 하게 될 거야. 내가 죽은 것처럼 보여야 해. 그러지 않으면….'

"그렇게 하지 않으면?"

"네 부친은 가니마르나 헐록 솜즈처럼 오늘 밤에 납치될 거야."

하지만 보트를레는 미소 지었다.

"웃지 말고… 대답해."

"이렇게 거절하는 게 나로서도 유감이지만, 진실을 밝히겠다고 약속했으니 밝힐 겁니다. 이게 내 대답입니다."

"내가 시킨 대로 해."

"난 진실을 이야기할 겁니다." 보트를레가 열정적이고 큰 목소리로 말했다. "이해하기 어려울 겁니다. 진실을 큰 소리로 말하는 기쁨, 그렇게 하고 싶은 마음이 어떤 건지 모를 겁니다. 진실은 여기, 진실을 발견한 이 머릿속에 있습니다. 진실은 옷을 벗은 채 몸을 떨면서 머릿속에서 나올 겁니다. 그러니 기사는 내가 쓴 그대로 나올 겁니다. 사람들은 뤼팽이 살아 있음을 알 것이고 어떤 이유로 뤼팽이 죽은 척을 하고 싶어 했는지 알 겁니다. 모든 것이 밝혀질 겁니다."

보트를레는 조용히 덧붙였다.

"그리고 우리 아버지는 납치되지 않을 겁니다."

두 사람은 다시 한 번 입을 다문 채 서로를 뚫어지게 응시했다. 칼자루에서 검이 뽑힌 셈이다. 필사적인 결투를 앞둔 듯한 무거운 침묵이 흘렀다. 누가 먼저 공격할 것인가?

뤼팽이 중얼거렸다. "내 말을 따르지 않는다면, 오늘 새벽 3시에 내 친구들이 자네의 아버지 방에 들어가 납치한 후 강제로라도 가니마르와 헐록 숌즈가 있는 곳으로 모시라고 명령했네."

보트를레는 웃음을 터뜨렸다.

"이해를 못 했군요. 내가 미리 대비해놓았다는 사실을 모르고 있어요. 내가 바보처럼 아버지를 허허벌판 시골의 작은 외딴집에 그대로 돌려보냈으리라고 생각하나요?" 보드를레가 큰 소리로 말했다.

귀엽지만 냉소적인 웃음이 보트를레의 얼굴에 환하게 퍼졌다! 보트를레의 입가에 다시 한 번 미소가 번졌다. 마치 뤼팽에게서 배운 듯한 미소였다. 또한 용감하게도 반말을 함으로써 뤼팽과 같은 반열에 올랐다…! 보트를레가 말을 이었다.

"이봐, 뤼팽, 자신의 술수가 완벽히 성공하리라고 확신하는 믿음이 당신이 가진 결점이야. 당신이 패배자라니! 농담하지 말라고. 말은 그렇게 해도 속으로는 승리자라고 확신하고 있지…. 그런데 다른 사람들도 나름 술수를 계획한다는 사실을 잊은 듯하군. 내 술수는 아주 간단해, 친구."

보트를레는 막힘없이 말했다. 그러고는 손을 주머니에 넣은 채 이리저리 오갔다. 마치 사슬로 묶인 짐승을 괴롭히는 소년처럼 막무가내의 태도를 보였다. 지금 이 순간 보트를레는 뤼팽에게 피해당한 사람들을 대신해 가장 통쾌한 복수를 한 셈이었다. 보트를레가 이야기의 결론을 내렸다.

"뤼팽, 우리 아버지는 사부아에 있어. 프랑스 반대편 대도시의 중심지에 있지. 내 친구 스무 명이 지키고 있다고. 우리의 결투가 끝날 때까지 아버지를 지켜주기로 한 친구들이야. 더 자세한 정보를 원하나? 아버지는 셰르부르 해군 병기창의 한 직원 집에 묵고 있어. 병기창은 밤에 늘 닫혀 있고 낮에도 허락을 받지 않거나 병사의 안내를 받지 않으면 드나들 수 없는 곳이지."

보트를레는 뤼팽 앞에 멈춰 섰고 친구 앞에서 잘난 척하는 아이처럼 뤼팽을 보며 비웃었다.

"어떠신가, 선생?"

뤼팽은 몇 분 동안 꼼짝하지 않았다. 얼굴 근육 하나 실룩거리지 않았다. 지금 뤼팽은 무슨 생각을 할까? 어떤 행동을 할까? 뤼팽이 얼마나 자존심이 센지 아는 사람이라면 한 가지 결말을 예상할 수 있다. 즉각 적을 완전히 제압하는 것이다. 뤼팽은 손을 부르르 떨었다. 나는 뤼팽이 보트를레에게 달려들어 목을 조를지도 모른다는 생각을 했다.

"어떠신가, 선생?" 보트를레가 다시 한 번 물었다.

뤼팽은 테이블 위에 있던 전보를 집어 앞으로 내밀며 애써 마음을 다잡은 채 말을 꺼냈다. "자, 애송이, 한번 읽어봐."

보트를레는 예상하지 못한 뤼팽의 부드러운 태도에 놀란 듯 오히려 진지해졌다.

"무슨 뜻이지…? 이해할 수 없는데…."

"첫 번째 단어는 알아보겠지. 전보에 있는 첫 번째 단어… 즉 전보가 발송된 장소의 이름은 알아보겠지…. 보게, 셰르부르잖아…." 뤼팽이 말했다.

"그래… 그렇군…. 그래… 셰르부르…. 그런데?" 보트를레가 더듬거리며 말했다.

"그런데라니…? 그다음 구절은 바로 이해할 수 있지 않나. **'소포 운반 끝…내 친구들이 소포와 함께 출발했고 오전 8시까지 지시를 기다리겠음'**이라고 쓰여 있네. 이해할 수 없는 부분이 있나? 소포라는 단어? 보트를레 영감이라고 쓸 수는 없지 않은 가? 자, 어떻게 작전에 성공했느냐고? 자네 부친을 어떤 방법으로 경호원 스무 명이 감시하는 병기창에서 기적적으로 빼돌 렸느냐고? 글쎄, 그리 어려운 일은 아니지. 어쨌든 소포는 발송 되었어. 기분이 어떤가, 애송이?"

이지도르 보트를레는 긴장했지만 태연한 표정을 짓기 위해 애썼다. 하지만 입술과 턱이 떨고 있었고 눈도 어느 한 지점에 시선을 고정하지 못한 채 떨고 있었다. 이어 보트를레는 몇 마디를 중얼거리다가 입을 다물더니, 갑자기 몸을 숙인 채 얼굴을 두 손에 파묻고 흐느꼈다.

"아, 아버지… 아버지…."

생각지 못한 결말이다. 뤼팽이 자존심을 되찾는 결말이지만 마음이 아프고 순박한 결말이기도 했다. 뤼팽은 이 처량한 분위기를 보기 싫다는 듯 모자를 집었다. 하지만 문지방에서 잠시 주저하더니 다시 한 발짝씩 서서히 되돌아왔다.

보트를레가 조용히 흐느끼는 소리가 너무나 슬픈 어린아이의 애처로운 하소연처럼 들렸기 때문이다. 보트를레는 보기에도 가슴 아플 정도로 어깨를 들썩이며 흐느꼈고 손가락 사이로 눈물을 뚝뚝 흘렸다. 뤼팽은 몸을 숙여 보트를레에게는 손가락

하나 대지 않은 채 조용한 목소리로 말했다. 그 목소리에는 빈정거림도, 승리자의 오만한 동정도 없었다.

"울지 말게, 젊은이. 자네처럼 무모하게 결투할 때는 만일의 상황에 대비해야 해. 최악의 상황은 언제 올지 모르니까 말이야…. 우리 같은 싸움꾼들의 운명이기도 하지. 여기에 용감하게 대처해야 해."

뤼팽은 조용하게 말을 이었다.

"자네 말이 맞네…. 처음부터 난 자네가 얼마나 머리가 좋은지를 느꼈고 나도 모르게 호감을 품었네…. 감탄하기도 했고…. 그래서 자네에게 이런 말을 하고 싶군…. 기분 나빠지는 말라고…. 자네의 기분을 상하게 한다면 유감이지만… 그래도 말해야겠어…. 그래, 나와의 싸움은 그만 포기해…. 허영심 때문에 이런 말을 하는 게 아니라네…. 자네를 무시해서 하는 말도 아니고…. 결투가 너무 공평하지 않잖아…. 자네는 물론이거니와… 그 누구도 내가 사용하는 방법을 모조리 알 수는 없어…. 자네가 열심히 해독하려는 에기유 크리즈의 비밀, 그것이야말로 정말 귀한 엄청난 보물이자… 신기루에 가까운 굉장한 은신처라고 상상해봐…. 내가 이용할 수 있는 초인적인 힘을 생각해봐. 자네는 내 능력을 전부 알 수 없어…. 의지와 상상력으로 시도하고 성공하는 모든 능력을 말이지. 그러니까 나는 태어날 때부터 지금까지 살면서 하나의 목표를 향해 달려왔어. 그동안 나는 도형수(중노동에 종사시키는 형벌, 즉 도형에 처해진 죄수 – 옮긴이)처럼 일하며 지금의 내가 되었어. 어떤 인물이 되고자 결심하면 반드시 그렇게 돼. 그러니… 자네가 무엇을 어떻게 할 수 있겠는가? 자네가 승리를 거머쥐었다고 생각하는 그 순간 승리는 빠져나가 버릴 거야…. 자네가 생각하지 못하는 것… 아주 작은 틈이 있을 거라네…. 모래알처럼 작은 틈… 나는 자네 모르게 그 틈을 제대로 사용할 줄 아는 것이고…. 부탁이니 그만 포기하게…. 자네를 해칠 날이 오면 마음이 아플 거란 말일세…." 그리고 뤼팽은 보트를레의 이마를 손으로 짚으며 말했다.

"다시 한 번 말하지만 젊은이, 포기하게. 그러지 않으면 자네를 해칠 수도 있어. 자네가 미처 피하지 못하고 걸려들 덫이 벌써 자네의 발밑에 열려 있지 않다고 누가 확신할 수 있겠는가?"

보트를레가 고개를 들었다. 더는 울지 않았다. 보트를레는 뤼팽의 말을 듣고 있었을까? 멍한 표정으로 봐서는 제대로 듣지 않은 듯했다. 보트를레는 2~3분 정도 아무 말도 하지 않았다. 어떤 결정을 내릴지, 뤼팽의 제안을 받아들일지 말지를 생각하며 승산을 가늠해보는 듯했다. 마침내 보트를레가 뤼팽에게 대답했다.

"내가 기사를 수정해서 당신이 확실히 죽었음을 알리고 이 내용을 뒤집지 않겠다고 약속하면, 우리 아버지를 놓아주겠다고 맹세할 건가요?"

"맹세하지. 내 친구들이 자네 부친과 함께 자동차를 타고 어느 시골 마을에 가 있어. 내일 아침 7시에 〈르 그랑 주르날〉의 기사가 내가 부탁한 대로 나간다면 친구들에게 전화를 걸어 자네 부친을 풀어드리라고 하겠네."

"좋습니다. 당신의 조건에 따르겠습니다." 보트를레가 말했다.

패배를 인정한 이상 담판을 길게 끌 이유가 없던 보트를레는 서둘러 자리에서 일어나 모자를 집어들고 내게, 그리고 뤼팽에게 인사한 뒤 밖으로 나갔다.

뤼팽은 보트를레가 가는 모습을 바라봤고 문이 닫히는 소리가 들리자 이렇게 중얼거렸다.

"불쌍한 녀석…."

다음 날 아침 8시, 나는 하인에게 〈르 그랑 주르날〉을 가져오라고 했다. 하인은 20분 후에야 신문을 가져왔는데 가판대에서 신문이 대부분 동나 있다는 이야기를 들려주었다. 나는 서둘러 신문을 펼쳤다. 보트를레의 기사가 1면에 실렸다. 이 기사 내용은 전 세계 소식통들로 퍼져 나갔다.

앙브뤼메지의 비극

이 기사의 목적은 비극, 아니 앙브뤼메지의 두 가지 비극을 재구성하게 해준 그동안의 추리와 수사 작업을 자세히 설명하려는 게 아니다. 이 같은 설명과 연역, 귀납, 분석에 의한 추론은 주관적이고 진부하기 짝이 없는 흥밋거리만 제공하리라고 생각하기 때문이다. 이러한 이유로 내가 벌인 수사 과정을 이끌어준 두 가지 중요한 생각을 소개하는 것으로만 만족하고자 한다. 여기서 이 두 가지 생각으로 제기된 두 가지 문제를 해결해가면서 사건이 일어난 시간 순서대로 쉽게 이야기하겠다.

아마도 일부 사건이 아직 증명되지 않았고, 내가 상당히 많은 부분을 가설로 남겼다고 지적하는 이들이 있을지도 모른다. 사실이다. 하지만 내가 세운 가설도 기본적으로는 여러 가지 확실한 사실에 근거를 두고 있다. 아직 증명조차 되지 않은 사실들이 있긴 하지만 어느 정도 신빙성이 있다고 생각한다. 물은 바위틈 아래로 종종 사라진다. 아무리 그래도 나중에 다시 보게 될, 하늘의 푸른빛을 머금은 물은 아까 바위틈으로 사라졌던 바로 그 물이다….

먼저 내가 관심을 둔 첫 번째 수수께끼는 이렇다. 치명상을 입어 부상당한 뤼팽이 치료도 받지 못하고 약도, 음식도 없는 상황에서 어두컴컴한 굴속에 갇힌 채 어떻게 40일 동안 살아남았을까?

처음으로 되돌아가 보자. 4월 16일 목요일 새벽 4시. 아르센 뤼팽은 대담한 절도 행각을 벌이다가 들켰고 폐허의 길로 도망치다가 총 한 발을 맞고 쓰러졌다. 뤼팽은 예배당까지 갈 수 있다는 희망으로 일어났다 쓰러지기를 반복하며 필사적으로 기어갔다. 예배당에는 예전에 뤼팽이 우연히 발견한 지하 납골당이 있다. 그곳에 숨어 있으면 목숨은 구할 수 있으리라고 생각했다. 뤼팽은 있는 힘껏 그곳으로 다가간다. 몇 미터를 앞둔 상황에서 갑자기 어떤 소리가 들렸다. 지칠 대로 지쳐 기진 맥진한 뤼팽은 정신이 희미해진다. 저기서 적이 다가오고 있다. 다가온 사람은 바로 드 생 베랑 양이다. 이것이 비극의 서막, 아니, 비극의 제1막이다.

두 사람 사이에 무슨 일이 있었을까? 이후 일어난 사건들이 남긴 증거들 덕분에 이 일을 추리하기는 그리 어렵지 않다. 젊은 아가씨의 발아래에 부상당한 남자가 있다. 고통으로 신음하는 남자는 2분 뒤에 잡힐 것이다. 자신이 총으로 쏜 이 남자를 경찰에 넘겨야 할까?

그가 장 다발을 죽인 살인범이었다면 드 생 베랑 양은 죗값을 치르게 했을 것이다. 하지만 남자는 삼촌 제스브르 백작이 정당방위 과정에서 다발이 살해되었다는 사실을 재빨리 이야기한다. 드 생 베랑 양은 남자의 말을 믿는다. 그럼 이제 어떻게 해야 할까? 두 사람을 본 사람은 없다. 하인 빅토르는 쪽문을 지키고 또 다른 하인 알베르는 거실의 창문에서 감시한다. 결국 빅토르와 알베르의 눈에는 띄지 않는다는 이야기다. 드 생 베랑 양은 자신이 총으로 쏜 이 남자를 경찰에 넘겨야 할까?

여성이라면 이해할 수 있는 어쩔 수 없는 동정심이 드 생 베랑 양의 마음에도 일었다. 드 생 베랑 양은 남자가 몸짓으로 알려준 방법대로 상처를 동여매어 핏자국이 남지 않게 한다. 그리고 남자가 건네준 열쇠로 예배당의 문을 연다. 남자는 드 생 베랑 양의 부축을 받으며 들어간다. 드 생 베랑 양은 다시 나와 문을 잠그고 멀어진다. 그 뒤 알베르가 도착한다.

만일 그 순간에 누군가 예배당을 봤다면, 최소한 몇 분 이내라도 누군가 왔다면 뤼팽은 기력을 회복하지 못한 상태라 포석을 들어 올려 지하 납골당 계단으로 들어가 몸을 숨길 수 없었을 것이다. 즉 뤼팽은 잡혔을 것이다…. 하지만 여섯 시간이나 지난 후에야 예배당 수사가 이루어졌고 그마저도 건성이었다.

뤼팽은 위기를 모면했다. 누구 덕에 이 위기를 모면했는가? 도움을 준 사람은 바로 자신을 죽일 뻔한 여자였다.

이렇게 드 생 베랑 양은 자신의 의지와 상관없이 뤼팽의 공범이 된다. 남자를 경찰에 넘길 수도 없으니 계속 간호하기로 한다. 그러지 않으면 부상당한 남자는 드 생 베랑 양이 부축해온 지하 납골당에서 죽어갈 것이다. 여성이 가진 본성이 작동한 드 생 베랑 양은 남자를 줄곧 간호했고, 심지어 간호하기도 쉬웠다. 드 생 베랑 양은 섬세하고 치밀한 성격이다. 예심판사에게 아르센 뤼팽의 거짓 인상착의를 알려준 사람도 드 생 베랑 양이다(두 사촌 자매가 용의자 인상착의에 대해 서로 다르게 진술한 일을 생각해보라). 내가 모르는 증거들을 발견해 변장한 가짜 마차꾼이 뤼팽과 한패라는 사실을 알아본 사람도 드 생 베랑 양이다. 가짜 마차꾼에게 상황을 설명하고 뤼팽의 수술이 긴급하다는 정보를 알려준 사람도 드 생 베랑 양이다. 아마도 마차꾼의 챙모자를 바꿔치기한 사람도 드 생 베랑 양이다. 자신을 표적으로 한 협박 편지도 드 생 베랑 양의 작품이다. 이런 상황에서 드 생 베랑 양을 의심할 사람이 누가 있겠는가?

내가 예심판사에게 처음으로 수사에 대한 의견을 밝히려고 한 날, 사건이 일어나기 전날 숲에서 날 보았다고 이야기해 피욜 씨가 내게 의구심을 품고 말할 기회를 차단하게 한 사람도 드 생 베랑 양이다. 물론 내 관심을 끌어 의심을 살 만한 위험한 작전이었지만 어쨌든 시간을 벌고 내 입을 틀어막는 데는 성공적이었다. 40일 동안 뤼팽에게 먹을 것과 약을 가져다주었으며(우빌의 약사를 탐문 수사한 결과 약사는 드 생 베랑 양이 주문한 약 목록을 보여주었다) 붕대를 감아주고 치료한 사람도 드 생 베랑 양이다.

이것이 우리가 해결한 두 가지 문제 중 하나이자 겉으로 드러난 비극의 모습이다. 아르센 뤼팽은 성 가까이에서 들키지 않고 살아가는 데 꼭 필요한 도움을 얻었다.

현재 아르센 뤼팽은 살아 있다. 여기서 두 번째 질문이 제기되었고 이를 조사하면서 앙브뤼메지의 두 번째 비극을 대략 알게 되었다. 살아남아 자유로워진 뤼팽이 다시 일당을 이끌고 신출귀몰하게 활동할 수 있었음에도 나와 매번 부딪히면서까지 사법 당국과 대중에 자신의 죽음을 위장하려고 애쓴 이유는 무엇일까?

기억해야 할 게 있다. 드 생 베랑 양은 대단히 아름다운 여성이다. 드 생 베랑 양이 실종되고 난 후 온갖 신문마다 사진들이 실렸다. 하지만 이 사진들은 드 생 베랑 양의 아름다움 중 일부만을 보여줄 뿐이다. 40일 동안 이 아름다운 아가씨를 가까이 지켜보던 뤼팽은 어느새 그리워하게 되었고, 곁을 지키는 드 생 베랑 양의 매력과 우아함, 간호하느라 몸을 숙일 때 풍기는 신선한 숨결의 향기에 빠졌다. 다시 말해 뤼팽은 자신을 간호하는 이 아가씨에게 반했다. 뤼팽에게 드 생 베랑 양은 구원이자 즐거움, 혼자 있는 시간을 꿈꾸게 해주는 존재이며 빛, 희망, 삶 그 자체가 되었다.

뤼팽은 드 생 베랑 양을 소중하게 생각했고, 헌신적인 간호를 빌미로 자신의 공범으로 끌어들이고 싶지 않다고 생각한다. 사실 부하들 사이에서도 의견이 분분했다. 하지만 드 생 베랑 양을 사랑하게 된 뤼팽은 더 이상 그 마음을 숨기지 않는다. 그러나 도발적인 사랑에 쉽게 끌리는 성격이 아닌 드 생 베랑 양은 뤼팽이 점차 건강을 회복하자 납골당을 찾아오는 횟수를 줄여간다. 뤼팽은 절망과 고통으로 괴로워하다가 엄청난 결심을 한다. 6월 6일 토요일, 뤼팽은 은신처에서 나와 계획을 준비하고 공범들의 도움으로 드 생 베랑 양을 납치한다.

이것으로 끝난 게 아니다. 납치가 어떻게 이루어졌는지 알려지면 곤란하다. 수사와 추리를 차단하고 희망도 꺾어야 한다. 그래서 드 생 베랑 양은 죽었다고 알려져야 한다. 거짓 살인 사건이 연출되고 증거들이 조작된다. 범죄가 탄탄하게 연출된다. 게다가 예고된 범죄, 공범들이 예고한 범죄와 대장의 죽음을 복수하기 위해 이루어진 범죄는 얼마나 치밀하게 계획되었는가! 이로써 대장도 확실히 죽은 것처럼 꾸며진다. 단순히 꾸미는 것만으로는 부족하다. 확실하게 믿을 수 있게 해야 한다. 뤼팽은 내가 개입할 것이라는 사실을 예상한다. 내가 예배당의 보물이 가짜로 바뀌치기 되었다는 것을 알아채고 지하 납골당을 발견할 사실을 예상한다. 납골당이 비어 있으면 모든 계획이 수포로 돌아간다.

따라서 납골당은 비어 있으면 안 된다.

마찬가지로 바다에 시신이 떠밀려 오지 않으면 사람들은 드 생 베랑 양의 죽음도 완전히 믿지는 못할 것이다.

따라서 드 생 베랑 양의 시체가 바다에 떠밀려 오게 해야 한다.

대단히 어려운 일이 아닌가? 만만치 않은 두 가지 장애물이다.
뤼팽이 아닌 사람에게는 그렇게 보이겠지만 뤼팽에게는 그렇
지 않다. 뤼팽이 예상했듯 나는 예배당의 보물이 가짜로 바꿔
치기 당한 것을 눈치채고 지하 납골당을 발견한다. 뒤이어 뤼
팽이 숨어 있던 은신처로 내려가 시체를 발견한다.
뤼팽의 죽음을 예상했던 사람이라면 놀랐을 것이다. 하지만
나는 뤼팽이 죽었다고 생각한 적이 없다(처음에는 직감으로,
그다음에는 추리를 거쳐 뤼팽이 죽지 않았다고 생각했다). 모든
눈속임과 조작은 소용없다. 나는 곧바로 이런 생각이 들었다.
곡괭이로 쉽게 떨어질 돌이 하필이면 바로 그 자리에 있고, 게
다가 아르센 뤼팽 시신의 머리에 정확히 떨어져 알아볼 수 없
을 만큼 얼굴이 으깨지다니 무엇인가 이상하다.
또 하나 발견된 사실이 있다. 30분 후 나는 드 생 베랑 양의 시
신이 디에프의 바위 위에서 발견되었다는 소식을 들었다….
정확히 말하면 평소 차고 있던 팔찌와 비슷한 것을 차고 있어
서 드 생 베랑 양으로 추정되는 시체가 발견되었다. 시신은 신
원을 알아볼 수 없는 상태고 단서는 오직 팔찌뿐이다. 이 두 시
체에 관해서는 기억 속에 어렴풋하게 짚이는 게 있다. 며칠 전
〈라 비지 드 디에프〉에서 앙베르뫼에 머물던 어느 젊은 미국인
부부가 음독자살을 했는데 그날 밤 이 부부의 시신이 사라져
버렸다는 기사를 읽었다. 나는 앙베르뫼로 달려갔다. 모든 이
야기는 사실이지만 시체가 실종되었다는 것만은 사실이 아니

었다. 자살한 부부의 친척이 으레 거치는 확인 절차를 밟은 후 시신을 인수했다. 아마도 아르센 뤼팽과 일당이 친척으로 위장했을 것이다.

결론적으로 눈속임에 필요한 증거들이 마련되었다. 아르센 뤼팽이 어떤 이유로 죽은 척을 하고 드 생 베랑 양도 살해된 것처럼 꾸몄는지 우리는 알고 있다. 뤼팽은 사랑에 빠졌고 그 사실을 들키기 싫었다. 뤼팽은 자신의 사랑을 들키지 않기 위해 무엇이든 할 생각으로 시신 두 구를 훔쳐 자신과 드 생 베랑 양이 죽은 것처럼 꾸몄다. 이렇게 해야 뤼팽이 조용히 지낼 수 있다. 그 누구에게도 방해받지 않을뿐더러 뤼팽이 감추고 싶은 진실도 들키지 않을 테니까.

과연 그 누구도 눈치채지 못할까? 아니…. 의심의 눈초리를 가진 사람은 적어도 세 명이다. 곧 찾아올 가니마르, 도버해협을 건너올 예정인 헐록 숌즈, 그리고 현장에 있는 나 이지도르 보트를레다. 위협이 되는 존재가 세 명인 셈이다. 뤼팽은 위협적인 이 세 사람을 처리한다. 가니마르 경감과 헐록 숌즈는 납치되고 나는 브레두에게 칼부림을 당한다.

단 한 가지가 명확히 풀리지 않는다. 왜 뤼팽은 에기유 크뢰즈의 쪽지를 그토록 애써 빼앗으려고 했을까? 내게서 그 쪽지를 빼앗아 쪽지에 적힌 다섯 줄의 암호를 기억하지 못하게 하려고 한 이유는 무엇일까? 종이의 재질 혹은 다른 단서가 내게 정보를 제공할까 봐 두려웠던 걸까?

여기까지가 앙브뤼메지 사건에 대한 진실이다. 다시 한 번 말하지만 내가 내세운 설명에서 가설은 중요한 역할을 하는 동시에 내 개인적인 수사에도 큰 역할을 했다. 만일 뤼팽과 맞설 증거와 사실을 기대했다면 기약 없이 기다렸든가, 뤼팽이 계획한 대로 이끌리다 원래의 목표와 반대인 결론에 이르는 증거와 사실을 찾았을 수도 있다.

사실이 낱낱이 밝혀지면 모든 문제에 대한 내 가설이 모든 면에서 확실했음을 증명해주리라고 믿는다.

보트를레는 아버지의 납치로 마음이 흔들려 아르센 뤼팽에게 굴복당했고 패배를 인정할 수밖에 없는 순간에 부딪혔으나 그렇다고 침묵할 수는 없다고 결심한 듯했다. 보트를레는 알게 된 진실이 아주 놀랍고 흥미로우며, 자신의 수사 역시 나무랄 데 없이 논리적이어서 도저히 진실을 왜곡시킬 마음이 들지 않은 것이다. 전 세계가 진실이 공개되기만을 기다렸기에 보트를레는 진실을 밝혔다.

보트를레의 기사가 나간 바로 그날 저녁, 신문들은 보트를레 부친의 납치 사건을 전했다. 이지도르 보트를레는 3시에 받은 전보로 이 소식을 이미 들었다.

5
흔적을 따라서

보트를레는 큰 충격을 받아 할 말을 잃었다. 기사를 보낼 때 소심한 생각 따위는 모두 내려놓았고 아버지가 정말로 납치되리라고는 생각하지 못했다. 아버지에 대해서는 지나치다 싶을 정도로 철저하게 준비했기 때문이다. 셰르부르의 친척들은 보트를레 아버지를 철두철미하게 지킬 뿐만 아니라 아버지를 늘 따라다니며 혼자 있게 하지 말라는 부탁을 받았다. 그래, 문제가 생길 리가 없는데 뤼팽이 허세를 부리는 것이라고, 시간을 벌고 싶은 마음에 겁을 주려는 것으로 생각했다. 그러니 아버지가 납치되었다는 소식을 들은 보트를레는 큰 충격을 받아 그날 저녁 내내 무기력하고 괴로운 마음에 휩싸였다. 보트를레는 단 한 가지 생각밖에 나지 않았다. 셰르부르로 가서 도대체 어떻게 된 일인지 직접 살펴본 후 반격에 나서자! 보트를레는 셰르부르에 전보를 쳤고 8시쯤 생 라자르 역에 도착했다. 몇 분 후 보트를레는 급행열차에 몸을 실었다.

한 시간 뒤 보트를레는 플랫폼에서 산 석간신문을 아무 생각 없이 읽다가 조간신문에 실렸던 자신의 기사에 대한 뤼팽의 답장을 읽었다.

사장님께,

좀 더 영웅적인 시대였다면 사람들 눈에 띄지 않고 평범하게 살았겠지만 무기력하고 보잘것없는 시대라 특출난 존재로 살고 있습니다. 하지만 대중의 호기심이 아무리 짓궂다 해도 추잡한 무례함이 되지 않으려면 넘지 말아야 할 선이 있습니다. 사생활의 벽이 더는 존중받지 못한다면 시민의 안전은 어떻게 되겠습니까?

진실이 더 중요하다는 말씀을 하시겠습니까? 그런 변명은 내게 통하지 않습니다. 진실이 공개된 이상 나 역시 공개적으로 고백하지 못할 이유가 없습니다. 그렇습니다. 드 생 베랑 양은 살아 있습니다. 그래요, 나는 드 생 베랑 양을 사랑합니다. 그래요, 마음을 얻지 못해 슬퍼하고 있습니다. 그래요, 어린 보트를레의 수사는 놀라울 정도로 정확하고 빈틈이 없습니다. 그래요, 보트를레의 추리가 맞습니다. 수수께끼는 하나도 남지 않았습니다. 그래서 뭐가 어쨌다는 겁니까?

영혼 깊은 곳까지 상처를 받았고, 아직도 가장 잔인한 마음의 상처로 피 흘리는 상태에서 부탁하건대 내 개인적인 감정과 은근한 희망을 더 이상 대중의 짓궂은 호기심을 충족시키는 도구로 이용하지 마십시오. 내가 요구하는 것은 평화입니다. 드 생 베랑 양의 사랑을 얻기 위해, 그리고 드 생 베랑 양이 더부살이하는 동안 삼촌과 사촌 동생에게 받은 여러 설움과 모욕을 기억에서 지우는 데 필요한 평화입니다. 드 생 베랑 양이 삼촌 집에서 받은 이 같은 설움과 모욕은 그동안 알려지지 않았습니다. 드 생 베랑 양은 마음 아픈 과거를 잊어야 합니다. 드 생 베랑 양이 원하는 것이라면 세상에서 가장 아름다운 보석이든, 도저히 범접할 수 없는 귀한 보물이든 반드시 구해서 그녀의 발아래에 가져다 놓을 것입니다. 그러면 드 생 베랑 양은 행복해지고 나를 사랑하게 되겠지요. 다시 한 번 말씀드리건대 이 모든 것을 이루려면 내게는 평화가 필요합니다. 그런 이유로 나는 무기를 내려놓았고 적들에게 승리의 월계관을 가져다주었습니다. 이런 나의 뜻을 받아들이지 않으면 엄청난 결과가 있을 거라는 경고까지 하면서 말입니다.

할링턴 씨에 대해 한마디 하겠습니다. 할링턴 씨의 진짜 정체는 쿨리라는 미국 백만장자의 비서로, 쿨리 씨의 지시를 받아 유럽의 각종 앤티크 예술품을 찾아 가져오는 임무를 맡은 사람입니다. 할링턴 씨는 운이 없게도 아르센 뤼팽, 일명 에티엔드 보드렉스에게 걸려들어 조작된 정보를 들었습니다. 제스브르라는 사람이 루벤스 그림 넉 점을 처분하고 대신 모사화로 감쪽같이 바꿔치기하고 싶어한다는 정보를 들었지요. 우리의 친구 보드렉스는 제스브르 백작이 샤펠 디외 예배당의 보물을 팔도록 설득하겠다고 거짓말했습니다. 보드렉스와 할링턴 씨는 루벤스의 그림들과 샤펠 디외 예배당의 석조품들이 안전한 곳에 놓일 수 있도록 협상했습니다. 그런데 할링턴 씨는 체포되었습니다. 할링턴 씨는 거짓 정보에 속아 이용당한 운 없는 미국인이니 그만 풀어주어야 합니다. 대신 백만장자 쿨리는 비서가 체포되었는데도 자신이 곤란한 상황에 부닥칠까 봐 아무런 조치도 취하지 않았으니 비난받아 마땅합니다. 나의 분신 에티엔 드 보드렉스는 비열한 쿨리로부터 선수금으로 50만 프랑을 가로챘고, 공공 윤리를 내세워 앙갚음했으므로 칭찬받아 마땅합니다.

사장님, 긴 글을 읽어주셔서 감사드리며 이만 줄입니다.

—아르센 뤼팽

이지도르 보트를레는 에기유 크뢰즈 암호가 적힌 쪽지를 해독할 때처럼 뤼팽의 이 편지 역시 문구 하나하나에 집중하며 읽었다. 뤼팽은 지금까지 신문사에 재치 넘치는 편지를 보낼 때 나름 원칙을 세운다. 사건을 일으킨 정당한 이유가 무엇이고 조만간 사건에 대한 동기를 밝히겠다는 내용의 편지를 보낸다. 그렇다면 이번 편지의 동기는 무엇일까? 어떤 비밀스러운 이유가 있길래 뤼팽은 자신의 사랑과 사랑의 괴로움을 고백할까? 할링턴에 대한 설명에도 이유가 있을까? 아니면 쓸데없는 잡다한 의견을 일부러 나열한 편지일 수도 있으니 모든 구절마다 숨어 있는 의미를 찾아야 할까?

보트를레는 객실 안에 웅크리고 앉아 몇 시간이고 깊은 생각에 잠겨 고민했다. 이 편지는 마치 보트를레의 수사 방향을 엉뚱한 곳으로 이끌기 위해 적힌 듯 보여 믿음이 가지 않았다. 보트를레는 처음으로 두려움을 느꼈다. 직접적인 공격이 아니라 모호한 싸움과 마주한다는 생각이 들어서였다. 그리고 자신 때문에 납치된 가여운 아버지를 생각하면서 이 불공평한 결투를 계속하는 것이야말로 미친 짓일지도 모른다는 생각에 불안해졌다. 결과는 뻔한 게 아닐까? 뤼팽은 이미 승리한 거나 다름없지 않은가?

그러나 이런 불안감도 잠시뿐이었다. 오전 6시에 기차에서 내린 보트를레는 몇 시간 잠을 잔 덕에 기운을 얻어 다시 자신감을 되찾았다.

플랫폼에는 프로베르발이 열두어 살 된 딸 샤를롯과 함께 보트를레를 마중 나와 있었다. 프로베르발은 보트를레의 아버지에게 숙소를 제공한 군항 직원이다.

"어떻게 된 겁니까?" 보트를레가 큰 소리로 물었다.

보트를레는 한숨을 내쉬는 프로베르발을 근처의 간이 카페로 데려갔고 커피를 주문했다. 이어서 프로베르발에게 말할 틈도 주지 않고 묻기 시작했다.

"아버지가 납치된 게 아니겠지요, 그럴 리가 있습니까?"

"그럴 리가 없긴 한데 감쪽같이 사라지셨단 말이지."

"언제부터인가요?"

"모르겠다네."

"어떻게 모를 수가 있습니까?"

"정말이야. 어제 아침 6시에 내려오지 않으시기에 내가 방문을 열었지. 그런데 방에 안 계셨다네."

"그렇다면 그저께는 계셨나요?"

"계셨어. 그저께는 방에서 나오지 않으셨어. 좀 피곤하다고 하셨거든. 샤를롯이 정오에 점심을, 7시에는 저녁 식사를 가져다 드렸어."

"그러니까 그저께 저녁 7시와 어제 아침 6시 사이에 사라지신 거군요."

"그렇지, 간밤에. 다만…."

"다만?"

"그러니까… 밤에는 아무도 병기창을 나갈 수 없어."

"그렇다면 아버지는 병기창 밖으로 나가시지 않았다는 말씀입니까?"

"나갈 수가 없지! 그래서 동료와 나, 우리가 군항 전체를 샅샅이 뒤졌다네."

"그렇다면 나가시지 않은 거군요."

"나가실 수가 없지. 경비가 철통 같으니."

보트를레는 잠시 생각하더니 말을 이었다.

"아버지 방의 침대는 어질러져 있었습니까?"

"아니네."

"그렇다면 방은 정돈되어 있었나요?"

"그렇다네. 아버님의 파이프도 제자리에 있고 담배, 평소에 읽으시던 책도 그대로였어. 심지어 자네의 작은 사진도 읽으시다 만 책 사이에 끼어 있었어."

"사진 좀 보여주십시오."

프로베르발이 사진을 건네주었다. 보트를레는 사진을 보고 흠칫 놀랐다. 나무와 폐허들이 있는 잔디밭을 배경으로 자신이 주머니에 두 손을 넣은 채 서 있는 사진이었기 때문이다. 프로베르발이 말을 이었다. "아마도 자네가 부친께 보낸 최근의 사진인가 보군. 사진 뒤에 이렇게 적혀 있어. 날짜… 4월 3일, 사진을 찍어준 사람의 이름 R. 드 발, 사진 속 배경 도시의 이름 리옹…. 즉 리옹 쉬르 메르겠지…."

정말로 사진 뒤에는 자신의 필체로 'R. 드 발—3—4—리옹'이라고 적혀 있었다.

보트를레는 몇 분 동안 침묵을 지키다가 입을 열었다.

"아버지가 이 스냅 사진을 보여주신 적이 있나요?"

"아니…. 그래서 어제 이 사진을 보고 놀란 거야…. 아버지는 틈만 나면 자네 이야기를 하셨는데 말이지."

다시 한 번 침묵이 이어졌다. 이번에는 상당히 오랫동안 이어졌다.

"난 볼일이 있어서…. 자네도 이만 돌아가 봐야 하지 않나…?"
프로베르발이 중얼거리듯 이야기했다.

보트를레는 아무 말도 하지 않고 사진만 뚫어지게 바라봤다. 마침내 보트를레가 물었다.

"도시 외곽 근처에 리옹 도르라는 여관이 있습니까?"

"있긴 있지. 여기서 4킬로미터 떨어진 곳에 있어."

"발로뉴 도로에 있지 않습니까?"

"그래, 발로뉴 도로에 있어."

"그 여관은 뤼팽 일당의 아지트일 겁니다. 그 여관에서 우리 아버지와 접선했을 겁니다."

"왜 그런 생각을! 아버님은 그 누구와 이야기한 적도, 만난 적도 없다네."

"직접 만나지는 않았어도 누군가 중간에서 중개자 역할을 했을 겁니다."

"증거라도 있는가?"

"이 사진이요."

"하지만 그건 자네 사진 아닌가?"

"제 사진은 맞지만 제가 보낸 게 아닙니다. 이 사진을 본 적도 없고요. 앙브뤼메지의 폐허에서 누군가 저 몰래 찍은 사진 같은데 아마도 예심판사의 서기가 찍었을 겁니다. 아르센 뤼팽의 공범 말입니다."

"그래서?"

"이 사진은 우리 아버지의 신뢰를 얻기 위한 증명서이자 부적 같은 역할을 했을 겁니다."

"하지만 누가 우리 집에 들어올 수 있었단 말인가?"

"모르겠습니다. 하지만 아버지는 덫에 걸려들었습니다. 누군가 하는 이야기를 믿으신 거지요. 제가 이 근처에 와 있으며 아버지를 보고 싶어하고 리옹 도르 여관에서 만났으면 한다는 이야기 말입니다."

"하지만 그건 말도 안 되는 소리 아닌가? 어떻게 확신할 수 있는가?"

"아주 간단합니다. 누군가 사진 뒤에 제 필체를 흉내 내어 썼고 약속 장소도 자세하게 적었습니다. 발로뉴 도로 3.4킬로미터, 리옹의 여관. 아버지는 그리로 가셨다가 납치되신 겁니다."

"그래…. 그렇다고 쳐도… 부친께서 밤중에 어떻게 나가셨단 말인가?" 프로베르발은 이해할 수 없다는 듯한 표정을 지으며 중얼거렸다.

"아버지는 대낮에 나가신 겁니다. 밤까지 기다리지 않고 약속 장소로 바로 가셨지요."

"말도 안 돼, 그저께는 종일 방에 계셨다니까!"

"확인할 방법이 있을 겁니다. 항구로 달려가서 그저께 오후에 아버지 방을 지킨 사람에게 물어보십시오…. 여기서 절 다시 보고 싶으시다면 얼른 서두르세요."

"떠나려고?"

"예, 다시 기차를 타려고요."

"뭐…? 하지만 아직 확실한… 조사가…."

"조사는 끝났습니다. 알고 싶었던 건 이미 거의 다 알았습니다. 한 시간 내로 셰르부르를 떠나겠습니다."

프로베르발이 자리에서 일어나 넋 나간 표정으로 보트를레를 바라봤고 잠시 주저하더니 모자를 집었다.

"너도 갈래, 샤를롯?"

"잠깐만요, 샤를롯에게 몇 가지 물어볼 게 있습니다. 샤를롯은 제게 맡기세요. 나눌 이야기가 좀 있어요. 어릴 때부터 봐왔으니까." 보트를레가 말했다.

프로베르발이 나갔다. 보트를레와 샤를롯은 함께 간이 카페에 앉아 있었다. 몇 분이 지나자 종업원이 들어와 잔을 치우고 갔다.

보트를레와 샤를롯의 눈이 마주쳤다. 보트를레는 샤를롯의 손을 부드럽게 잡았다. 샤를롯은 2~3초간 당황스러워하더니 곧 숨죽였다. 그러고는 두 손으로 얼굴을 감싸고 흐느껴 울기 시작했다.

보트를레는 샤를롯이 울도록 내버려 두었다가 잠시 후 말을 시켰다.

"네가 그런 거지? 네가 중간에서 심부름했지? 우리 아버지에게 사진을 가져다준 것도 네가 맞지? 말해볼래? 우리 아버지가 그저께 방 안에 있었다고 했지만 아니라는 걸 알고 있지. 왜냐하면 네가 우리 아버지를 바깥으로 나가게 도와주었으니까."

샤를롯은 아무 대답도 하지 않았다. 보트를레가 샤를롯에게 계속 말했다.

"왜 그랬니? 아마도 돈을 받았겠지…. 리본… 원피스를 살 수 있는 돈 말야…."

보트를레는 샤를롯의 손을 펴고 얼굴을 들어 올렸다. 샤를롯의 가련한 얼굴은 눈물범벅이었다. 상냥하지만 유혹과 잘못된 길로 빠질 수 있는 미숙함이 드러난 어린 여자아이의 얼굴이었다.

"자, 다 끝난 일이니까 이 이야기는 더 이상 하지 말자…. 어떻게 일어나게 된 일인지도 묻지 않을게. 다만 내게 도움이 될 이야기를 해주면 좋겠어…. 뭐라도 아는 건 없니…? 그 사람들이 했던 말 중에 들은 거라도 있어? 어떻게 납치된 거니?"

이번에는 샤를롯이 얼른 대답했다.

"자동차로… 그 사람들이 자동차에 대해 이야기하는 걸 들었어요."

"어느 길로 간다고 했니?"

"아, 그건 모르겠어요."

"네 앞에서 무언가 불리한 말은 나누지 않았나 보구나."

"예…. 하지만 어떤 사람이 '지체할 시간이 없어…. 내일 아침 8시에 대장이 그곳에서 우리에게 전화하기로 되어 있단 말이야'라고 말했어요."

"거기가 어디니…? 잘 생각해봐…. 혹시 도시 이름은 아니었어?"

"예…. 이름이… 샤토 뭐라고 한 것 같았어요…."

"샤토브리앙…? 샤토 티에리?"

"아니, 아니요…."

"샤토루?"

"맞아요…, 샤토루…."

보트를레는 샤를롯이 말을 끝내기가 무섭게 얼른 자리에서 일어났다. 곧 돌아올 프로베르발이든 멍하니 바라보는 샤를롯이든 신경 쓰지 않는 듯 후다닥 문을 열고 역으로 달려갔다.

"샤토루… 샤토루행 표 한 장이요…."

"르망 경유인가요, 아니면 투르 경유인가요?" 매표소 여자 직원이 물었다.

"당연히 제일 빠른 것으로요. 도착하면 바로 점심을 들 수 있을 정도로 빠른 게 있나요?"

"그건 좀…."

"그럼 저녁 식사는요? 도착하자마자 잠을 잘 수 있을 정도로 일찍 도착할 열차 표는요?"

"없어요. 그렇게 빨리 가려면 파리를 거쳐야 합니다…. 파리 급행열차는 8시에 있고요. 이런, 너무 늦었군요…."

하지만 너무 늦지는 않았기에 보트를레는 기차를 탈 수 있었다.

"자, 셰르부르에 한 시간 있었을 뿐인데 얻은 것이 꽤 많아…." 보트를레가 손을 비비며 말했다.

보트를레는 샤를롯의 거짓말을 단 한 번도 원망하지 않았다. 이 나이 또래의 여자아이들은 나약하고 가볍고 어이없는 배반을 할 수 있지만 동시에 매우 성실할 수도 있다. 보트를레는 겁에 질린 샤를롯의 눈빛 속에서 자신이 저지른 잘못에 대한 부끄러움, 잘못을 일부라도 만회할 수 있기에 느끼는 기쁨을 읽었다. 보트를레는 지난번에 뤼팽이 언급한 어느 시골 마을이 샤토루가 틀림없다고 생각했다.

보트를레는 파리에 도착하자마자 미행당하지 않도록 조심하고 또 조심했다. 지금이 굉장히 중요한 때라는 느낌이 들었다. 보트를레는 아버지가 있는 곳으로 이끌어줄 길을 제대로 가고 있다. 하지만 조심하지 않으면 모든 것이 실패로 돌아갈지도 모른다.

보트를레는 고등학교 친구 집에 들어갔다가 한 시간 뒤에 아무도 모르게 몰래 나왔다. 커다란 체크무늬가 있는 밤색 정장에 반바지, 모직 양말, 여행용 모자 차림을 하고 혈색 좋은 얼굴에 붉은색 구레나룻 수염을 달아 삼십 대의 영국인으로 변장했다. 그리고 잡다한 미술도구가 매달린 자전거에 올라 오스테를리츠 역 쪽으로 페달을 밟았다.

그날 저녁 보트를레는 이수됭에서 묵었고 그다음 날 새벽부터 자전거에 올라탔다. 7시에 샤토루 우체국에 도착해 파리로 시외통화를 신청했다. 보트를레는 기다리는 동안 직원과 이야기를 나누다가 이틀 전 지금과 비슷한 시간에 자동차 운전사 복장을 한 어떤 사람도 파리로 시외통화를 신청한 적이 있다는 사실을 전해 들었다.

증거가 확보된 셈이다. 더 이상 기다리고 있을 필요가 없었다.

보트를레는 오후에 확실한 증언을 통해 리무진 한 대가 투르 도로를 따라 부장세에 이어 샤토루를 지나 샤토루 외곽의 숲 경계에서 멈추었다는 사실을 알았다. 10시경에 누군가 모는 이륜마차 한 대가 리무진 곁에 멈추고는 부잔 계곡을 통해 남쪽으로 멀어져갔다고 했다. 이때 또 다른 한 사람이 마차꾼 옆에 있었다고 한다. 한편 리무진은 반대 길로 가더니 북쪽 이수됭으로 향했다고 한다.

이지도르 보트를레는 이륜마차의 주인을 쉽게 찾아냈으나 특별한 정보를 알아내지는 못했다. 이륜마차의 주인은 어떤 사람에게 마차와 말을 빌려주었고 이 사람은 다음 날 도로 돌려주었을 뿐이라는 것이다.

그런데 그날 저녁, 이지도르 보트를레는 리무진이 이수됭을 계속 가로질러 오를레앙 쪽으로, 즉 파리로 향했다는 사실을 확인했다. 이를 토대로 보트를레는 아버지가 근처에 있다는 확실한 결론에 도달했다. 그렇지 않다면 왜 프랑스를 500킬로미터 정도 가로질러 샤토루까지 와서 전화를 걸고는 다시 방향을 틀어 파리로 돌아왔겠는가? 이 같은 어마어마한 경로를 감행한 이유는 분명한 목적이 있기 때문이다. 바로 아버지를 미리 정해진 장소로 옮기기 위해서였을 것이다. '그 장소는 내 사정권에 있어. 40킬로미터에서 50킬로미터 반경 안에 아버지가 내 도움의 손길을 기다리고 계신 거지.' 이지도르 보트를레는 솟아오른 희망에 몸을 떨며 생각했다.

보트를레는 즉각 탐문 수사를 시작했다. 축척 지도를 들고 자세히 구역을 나눈 다음 차례로 찾아갔다. 농장들을 찾아가 농부들과 이야기를 나누었으며 초등학교 교사, 시장, 사제들을 찾아가 만났고 아낙들과 이런저런 이야기를 나누었다. 머지않아 목표에 도달할 것처럼 느껴졌고 그때마다 보트를레의 꿈은 점점 커졌다. 이제는 단순히 아버지 구출만이 목표가 아니라 뤼팽에게 납치당한 사람들, 즉 레이몽드 드 생 베랑, 가니마르, 헐록 숌즈, 그 외 있을지도 모르는 나머지 사람들도 구하고 싶었다. 그들에게 다가가는 일은 뤼팽 요새의 핵심, 즉 뤼팽이 이 세상에서 훔친 보물들을 쌓아둔 철통 같은 은신처로 가는 일이었다.

그러나 보름간 조사를 벌여도 별 성과가 없자 보트를레는 점차 열정이 식었고 뒤이어 믿음도 수그러들었다. 성과가 빠르게 나타나지 않는 나날이 계속되자 성공을 거두는 게 불가능한 일일지도 모른다는 생각이 들었고, 계획대로 수사는 계속 밀고 나갔지만 애써 노력해도 티끌만 한 발견도 하기 어려웠다.

다시 단조롭고 기운 빠지는 며칠이 흘렀다. 보트를레는 제스브르 백작과 딸이 앙브뤼메지를 떠나 니스 근방에 산다는 소식을 신문에서 읽었다. 또한 아르센 뤼팽이 지적한 것처럼 할링턴도 무죄가 증명되어 석방되었음을 알았다. 보트를레는 이틀은 샤트르에서, 이틀은 아르장통에서 묵으며 수사본부를 옮겼지만 결과는 마찬가지였다.

이쯤되자 보트를레는 그만 게임을 포기할 생각마저 들었다. 분명 아버지를 태운 이륜마차는 하나의 단계에 불과하고 또 다른 마차가 다른 단계로 이어졌을 것이다. 그렇다면 아버지는 멀리 있을 것이다. 보트를레는 떠날 생각을 했다. 그런데 월요일 아침, 파리에서 반송된 편지 봉투에서 깜짝 놀랄 필체를 발견했다. 어찌나 흥분되던지 혹여 실망할까 봐 몇 분 동안 봉투를 열어볼 용기조차 나지 않았다. 보트를레의 손이 덜덜 떨렸다. 이게 가능한 일일까? 혹시 사악한 뤼팽이 쳐놓은 덫은 아닐까? 보트를레는 얼른 봉투를 뜯었다. 분명 아버지의 편지, 아버지가 직접 쓴 편지였다. 보트를레에게 아주 익숙한, 비뚤비뚤한 아버지의 필체였다. 보트를레는 편지를 읽었다.

사랑하는 아들아, 이 편지가 네게 도착할까? 도착할지는 잘 모르겠구나. 납치된 날 밤새 우리는 자동차로 돌아다녔다. 아침이 되자 마차를 탔단다. 아무것도 볼 수가 없었어. 눈에 붕대가 감겨 있었기 때문이란다. 마차에서 내린 곳은 어떤 성이었는데 건축 스타일과 정원 식물로 판단하건대 프랑스의 한가운데에 있는 곳 같아. 사용하는 방은 3층이고 창문 두 개가 있단다. 창문 하나는 등나무가지 커튼으로 거의 닫혀 있어. 오후에는 몇 시간 정도 정원을 산책할 자유가 주어진단다. 물론 감시는 삼엄하단다. 혹시나 해서 이렇게 편지를 쓰고 돌에 매달아둔다. 언젠가 이 편지를 담 넘어 던지면 지나가던 농부 한 명이

줍지 않을까 해서. 내 걱정은 하지 마라. 대우는 좋은 편이란다. 이 늙은 아비는 항상 널 사랑하고 네게 걱정을 끼칠까 봐 마음이 아프구나.

— 보트를레

이지도르 보트를레는 우체국의 소인을 봤다. 퀴지옹, 앵드르라고 찍혀 있었다. 앵드르! 보트를레가 몇 주 전부터 샅샅이 뒤졌던 지역이 아니던가!

보트를레는 늘 몸에 지니고 다니는 작은 여행 책자를 살펴봤다. 퀴지옹, 에귀종 캉통… 이곳도 보트를레가 다녀간 적이 있는 곳이다.

보트를레는 만일의 사태를 대비해 이미 모습이 알려진 영국인 분장을 벗고 노동자로 변장해 퀴지옹으로 갔다. 작은 마을이라 편지의 발신자가 누구인지는 쉽게 찾을 수 있을 듯했다.

게다가 곧바로 운도 따라주었다.

"지난주 수요일에 부친 편지요?" 면장이 큰 소리로 물었다. 면장은 용감한 부르주아로 보트를레의 질문을 선뜻 해결해주었다. "잠깐만요, 자세한 정보를 드릴 수 있을 것 같습니다…. 토요일 아침, 이 지역 장터를 전부 돌아다니며 칼을 가는 샤렐 영감을 마을 어귀에서 우연히 마주쳤는데, 영감이 이렇게 물었습니다. '면장님, 우표가 없는 편지도 부칠 수 있습니까?' 그래서 그렇다고 말했더니 샤렐 영감이 또 이렇게 물었지요. '행선지까지 간다는 이야기지요?' 그래서 저는 '추가 요금만 내면 됩니다'라고 대답했습니다."

"샤렐 영감이라는 분은 어디에 사나요?"

"저기 언덕 위… 묘지 뒤의 오두막집에 혼자 살고 있습니다…. 함께 가드릴까요?"

높이 솟은 나무들로 둘러싸인 과수원 가운데에 외따로 있는 오두막집이었다. 보트를레와 면장이 들어오자 개가 묶인 개집 위로 까치 세 마리가 날아 올라갔다. 그런데 개는 까치들이 다가와도 움직이지 않았다. 보트를레는 무언가 이상한 낌새를 느끼며 앞으로 다가갔다. 개는 두 다리를 뻣뻣하게 뻗은 채 옆으로 누워 죽은 상태였다.

보트를레와 면장은 서둘러 집 쪽으로 달려갔다. 문이 열려 있었다. 두 사람은 안으로 들어갔다. 축축하고 낮은 방구석, 아무렇게나 내팽개친 짚단 위에 한 남자가 옷을 차려입은 채 누워 있었다.

"샤렐 영감!" 면장이 소리쳐 불렀다. "이 사람도 죽은 건가?"

샤렐 영감의 옷은 차가웠고 얼굴은 백지장처럼 창백했으나 심장은 여전히 미약하고 느리게 뛰고 있었다. 외상은 없는 듯했다.

두 사람은 샤렐 영감을 되살리기 위해 노력했다. 하지만 별 소용이 없자 보트를레는 의사를 찾으러 갔다. 의사도 뾰족한 수가 없었다. 샤렐 영감은 고통을 느끼는 것 같지는 않았다. 그저 잠을 자는 것 같았다. 단, 수면제나 마취제 때문에 잠든 듯했다.

밤새 샤렐 영감을 지키던 보트를레는 영감이 회복되고 있음을 느꼈다. 샤렐 영감의 호흡이 더욱 강해졌고 그동안 옭아매던 보이지 않는 끈에서 벗어나듯 기운을 차렸다.

새벽이 되자 샤렐 영감은 정신이 깨었고 몸의 정상적인 기능도 되찾았다. 먹고 마시고 움직였다. 하지만 오후 내내 보트를레가 하는 질문에는 대답하지 않았다. 아직 뇌는 멍한 마비 상태에서 완전히 풀려난 것 같지 않았다.

다음 날 샤렐 영감은 보트를레에게 물었다.

"여기서 무얼 하는 겁니까?"

샤렐 영감은 처음으로 누군가 곁에 있음을 알아채고 놀란 눈치였다.

점점 의식을 회복해 말도 했으며 이런저런 계획도 세웠다. 하지만 잠이 들기 전에 어떤 일이 있었느냐는 질문은 잘 알아듣지 못하는 것 같았다. 보트를레가 느끼기에도 샤렐 영감은 정말로 말귀를 이해하지 못했다. 지난 금요일 이후 무슨 일이 일어났는지 기억을 잃은 듯했다. 일상의 흐름 중 한 부분이 푹 파여 없어진 것처럼 말이다. 샤렐 영감은 금요일 아침 오후의 일, 장터에서 한 거래, 여인숙에서 먹은 음식에 관해서는 이야기했으나 그다음 일은 전혀 기억하지 못했다. 바로 다음 날 잠에서 깨어난 것 같다고 했다.

보트를레로서는 애가 탔다. 진실은 분명 저기에 있을 것이다. 아버지가 자신을 기다리고 있는 성의 정원 벽을 봤을 저 눈에, 편지를 주운 저 손에, 그리고 사건 현장과 주변 광경 등 사건이 일어난 세상의 작은 구석을 입력했을 저 머릿속에 말이다. 그러나 보트를레는 아주 가까이에 있는 샤렐 영감의 눈, 손, 머릿속에서 진실의 실낱 같은 메아리도 꺼내지 못했다!

아! 보트를레의 노력을 소용없게 만드는 완강하고 대단한 장애물, 뤼팽의 흔적이 남은 듯한 침묵과 망각의 장애물! 보트를레의 아버지가 무엇인가 외부에 신호를 보내려 했음을 알고 문제가 될 증인을 부분적으로 사망 상태로 만든 사람은 아마도 뤼팽뿐이리라. 그러나 보트를레는 자신이 발각되었다고 느끼지는 않았다. 그동안 은밀하게 나서왔기 때문에, 편지가 보트를레의 손에 들어간 것을 알고 그에 대한 대비를 직접 하는 것 같지는 않았다. 하지만 이 농부가 문젯거리가 될 것을 예상해 아예 문제의 씨앗을 제거해버리다니, 뤼팽이야말로 얼마나 철두철미하고 머리가 좋은가! 이제는 정원 벽 너머의 성안에 누군가 갇혀 도움의 손길을 기다린다는 사실을 아는 이는 아무도 없다고 보겠지.

아무도 없다고? 아니, 보트를레가 있다. 샤렐 영감이 말할 수 없다면? 최소한 샤렐 영감이 다녀간 장터와 돌아올 때 사용한 길은 알아낼 수 있을 것이다. 이 길을 따라가다 보면 마침내 발견할 수 있지 않을까…. 보트를레는 샤렐 영감의 오두막을 방문할 때 주의를 기울이고 또 기울였다. 그리고 상대의 의심을 사지 않도록 샤렐 영감의 오두막집에는 가지 않기로 했다. 금요일마다 여기서 수 킬로미터 떨어진 프레셀린에서 장이 서며 큰길 아니면 지름길로 그곳에 갈 수 있다는 사실을 알아냈기 때문이다. 금요일이 되자 보트를레는 프레셀린으로 가기 위해 큰길을 선택했다. 하지만 특별히 관심을 끄는 것은 발견하지 못했고 아무리 가도 높은 벽의 흔적, 오래된 성의 그림자도 보이지 않았다. 보트를레는 프레셀린의 여인숙에서 식사했고 막 여인숙을 나서려는 순간 샤렐 영감이 수레를 밀며 장터로 오는 것을 발견했다. 보트를레는 거리를 둔 채 서둘러 샤렐 영감의 뒤를 밟았다. 샤렐 영감은 두 번 정도 멈춰서 열두 개가량의 칼을 갈았다. 그러고는 크로장과 에귀종을 향해 아주 다른 길로 갔다. 보트를레는 이 길로 샤렐 영감의 뒤를 밟다가 걸음을 멈추고 5분 정도 서 있었다. 샤렐 영감의 뒤를 밟는 또 다른 누군가가 있음을 느꼈기 때문이다. 어떤 사람이 샤렐 영감과 보트를레의 중간 정도 되는 거리에서 영감이 서면 똑같이 멈춰 서고 영감이 가면 똑같이 길을 갔다. 그러나 들키지 않으려고 그리 노력하는 것 같지는 않았다.

'영감을 감시하고 있군. 영감이 성벽 앞에서 멈추는지 알아보고 싶은 것 같아.' 보트를레는 이러한 생각이 들자 가슴이 뛰었다. 무엇인가 나타날 듯한 기분이 들었다. 세 사람은 서로 미행했고 가파른 시골길을 오르내린 후 크로장에 도착했다. 그곳에서 샤렐 영감은 한 시간 정도 쉬더니 강 쪽으로 내려가 다리를 건넜다. 그런데 보트를레가 놀랄 일이 벌어졌다. 샤렐 영감의 뒤를 밟던 남자가 다리를 건너지 않고 영감이 저 멀리 사라져 가는 모습을 바라보기만 한 것이다. 영감이 시야에서 사라지자 남자는 밭이 가득한 곳으로 이어지는 오솔길로 접어들었다. 어떻게 해야 할까? 보트를레는 잠시 주저하다가 갑자기 결심이 섰는지 그 남자의 뒤를 밟기 시작했다.

'샤렐 영감이 그냥 지나치는 모습을 확인한 거야. 그래서 안심하고 가는 거지. 그런데 어디로 가는 걸까? 성으로?'

보트를레는 목표에 도달했다. 성에 도달할 생각에 너무나 기쁜 나머지 감정이 고조됐다. 남자는 강이 내려다보이는 어두컴컴한 숲으로 들어가 오솔길과 하늘이 맞닿은 밝은 곳으로 나왔다. 이번에는 보트를레도 숲을 나왔다. 하지만 놀랍게도 남자의 모습이 보이지 않았다. 보트를레는 이리저리 살피다가 불쑥 터지려는 비명을 참으며 서둘러 방금 나온 숲으로 다시 들어갔다. 오른쪽에서 거대하고 묵직한 버팀벽들이 일정한 간격을 두고 둘러싼 높은 성벽을 본 것이다. 저곳이다! 바로 저곳이다. 아버지가 갇힌 곳이다! 마침내 뤼팽이 피해자들을 데리고 있는 비밀의 장소를 찾아냈다! 보트를레는 우거진 숲 밖으로 나올 생각을 하지 못했다. 거의 바닥에 엎드린 채 천천히 오른쪽으로 기어서 주변 나뭇가지들 높이만큼 솟아 있는 작은 언덕으로 올라갔다. 성벽은 좀 더 높았다. 하지만 보트를레는 높은 벽들이 둘러싼 성의 지붕을 알아볼 수 있었다. 루이 13세 시대의 낡은 지붕이었다. 그 지붕 위로 아주 가는 종루들이 있고 종루들은 좀 더 뾰족하고 높은 첨탑 주변을 원형처럼 둘러싸고 있었다. 보트를레는 이날 여기까지만 하기로 했다. 하나라도 있을 실수를 막기 위해서는 공격 계획을 생각하고 준비할 필요가 있기 때문이다. 그전까지는 뤼팽이 주도하고 있었으나 결투 시간과 방법을 정하는 사람은 이제 보트를레다. 보트를레는 자리를 떴다. 다리 가까이에 이르러 우유가 가득한 단지를 들고 가는 아낙네 두 명과 마주친 보트를레가 물었다.

"저쪽 뒤에 있는 성의 이름은 무엇입니까?"

"아, 에기유 성이라고 해요."

보트를레는 대수롭지 않게 던진 질문이었는데 뜻밖에도 놀라운 대답을 들은 셈이었다.

"에기유 성…. 아…! 그런데 여기는 어디입니까? 앵드르 어디쯤인가요?"

"아, 앵드르가 아니에요. 앵드르의 강 건너편이잖아요…. 여기는 크뢰즈예요."

보트를레는 깜짝 놀랐다. 에기유 성에다 크뢰즈, 즉 에기유 크뢰즈다! 쪽지 암호문의 열쇠! 승리는 확실히 거머쥔 거나 마찬가지다! 보트를레는 아무 말 없이 뒤로 돌아 마치 술 취한 사람처럼 비틀거리며 걸었다.

6
역사적인 비밀

보트를레는 즉각 결심했다. 혼자서 행동하기로 말이다. 사법 당국에 알리는 일은 너무 위험하다. 추측만 난무할 테고 사법 당국이 굼뜰 게 걱정되었다. 분명 비밀은 전부 새어나갈 것이고, 수사가 진행되는 동안 뤼팽은 아마도 수사 내용을 눈치채고 더 안전한 곳으로 여유롭게 빠져나갈 것이다. 다음 날 아침 8시부터 보트를레는 짐을 팔에 낀 채 퀴지옹 근처에 머물렀던 여인숙을 떠나 제일 처음 마주한 덤불숲으로 들어가서는 노동자의 헌 옷을 벗고 전처럼 젊은 영국인 화가의 모습으로 변장했다. 그러고는 이 지역에서 가장 큰 마을인 에귀종의 공증인을 찾아갔다. 변장한 보트를레는 이 지역이 마음에 들며 괜찮은 저택이 있으면 부모와 함께 살고 싶다고 했다. 공증인은 여러 땅을 보여주었다. 보트를레는 크뢰즈 북쪽에 있는 에기유 성에 대해 들은 적이 있다고 넌지시 말을 던졌다.

"에기유 성은 5년 전부터 우리 고객 한 분의 소유로 있으며 매물 대상이 아닙니다."

"그렇다면 고객분은 그 성에 살고 계십니까?"

"그곳에서 살았습니다. 아니, 모친께서 사셨다고 해야겠군요. 그런데 모친께서 성이 좀 우울하다며 마음에 들지 않아 하셨다고 합니다. 그래서 두 분은 작년에 성을 떠났습니다."

"그럼 그곳에는 아무도 살지 않는 거군요?"

"아닙니다, 이탈리아인이 살고 있어요. 제 고객이 여름철 동안 임대했습니다. 안프레디 남작이라는 이탈리아인입니다."

"아! 안프레디 남작! 젊지만 꽤 딱딱해 보이는 남자…."

"잘은 모르겠습니다…. 제 고객이 직접 거래했거든요. 임대차 계약서도 없고… 그저 편지뿐입니다…."

"남작을 알고 계십니까?"

"아니요, 성에서 한 발짝도 나오지 않아서…. 가끔 자동차를 타고 가거나 밤에만 나옵니다. 음식은 어느 나이 든 가정부가 담당하는데 그 가정부는 아무와도 이야기하지 않습니다. 희한한 사람들이지요…."

"고객이 성을 파는 것에 동의하실까요?"

"그럴 것 같지는 않습니다. 루이 13세 스타일이 고스란히 살아 있는 역사적인 성이라서요. 고객은 이 성에 애착이 많습니다. 아마 생각을 바꾸지는 않을…."

"고객의 성함을 좀 알려주시겠습니까?"

"루이 발메라스, 주소는 몽 타보르가 34번지입니다."

보트를레는 가장 가까운 역에서 파리행 열차를 탔다. 그리고 이틀 뒤 세 차례나 방문했지만 모두 허탕을 친 뒤에야 마침내 루이 발메라스를 만났다. 삼십 대 정도의 남자로 솔직해 보이고 호감 가는 인상이었다. 보트를레는 빙빙 돌려 말할 필요가 없음을 느끼고 자기소개를 간단히 한 뒤에 그간의 노력과 앞으로 무엇을 하려는지를 말했다.

"아버지가 에기유 성에 갇혀 있고 아마도 다른 피해자들도 있을 거예요. 이렇게 생각하는 데에는 충분한 이유가 있습니다. 그래서 말인데 성을 임대해 사는 안프레디 남작에 대해 아는 게 있으면 말씀해주십시오." 보트를레가 말했다.

"별로 아는 게 없습니다. 작년 겨울 몬테카를로에서 안프레디 남작을 만났지요. 제가 성의 주인이라는 것을 알게 된 남작이 프랑스에서 여름을 보내고 싶다며 성을 빌려줄 수 없느냐고 물어왔습니다."

"꽤 젊은 남자지요…."

"예, 눈빛이 아주 강렬하고 금발이었습니다."

"수염은요?"

"있습니다. 뾰족하게 양쪽으로 갈라진 수염이, 마치 성공회 목사의 복장에서 볼 법한 접합식 옷깃에까지 길게 닿아 있었습니다. 마치 영국 사제처럼 보였지요."

"그 사람, 그 사람이에요. 제가 봤던 그 사람입니다. 인상착의가 정확히 일치합니다." 보트를레가 중얼거렸다.

"아니, 그렇다면…?"

"제 생각에 세입자는 아르센 뤼팽이 틀림없습니다."

루이 발메라스는 보트를레의 이야기에 흥미를 보였다.

발메라스는 뤼팽의 모험담, 뤼팽과 보트를레의 결투가 어떻게 이루어졌는지 이미 알고 있었다. 발메라스는 기대감에 차서

연신 손바닥을 문질렀다.

"그렇다면 에기유 성이 유명해지겠군요…. 저로서는 나쁠 게 없습니다. 사실 어머니께서 더는 그곳에 사시지 않아 기회가 오면 처분할 생각을 늘 하고 있었거든요. 이제 구매자를 찾을 수 있겠군요. 다만…."

"다만?"

"대단히 신중하게 행동하고 모든 것이 확실해질 때까지는 경찰에 알리지 않는 게 나을 듯합니다. 혹시 세입자가 아르센 뤼팽이 아닐 수도 있지 않습니까?"

보트를레는 계획을 털어놓았다. 밤에 혼자 성벽을 넘어 정원 안에 숨어들 것이라는 계획….

루이 발메라스가 돌연 보트를레의 말을 가로막았다.

"그렇게 높은 성벽은 쉽게 넘지 못할 겁니다. 설령 넘어간다 해도 우리 어머니가 기르는 커다란 폴로스 개 두 마리가 달려들 겁니다. 제가 성에 그 개들을 그대로 남겨놓았거든요."

"이런, 하마터면 큰일이…."

"그렇지요! 하지만 어떻게든 개들에서 벗어난다고 칩시다. 그다음은요? 성안에는 어떻게 들어가실 겁니까? 문은 육중하게 잠겨 있고 창문마다 쇠창살로 막혀 있거든요. 게다가 성안에 들어간다 해도 어떻게 돌아다닐 겁니까? 방만 여든 개입니다."

"그렇군요. 하지만 3층에 있는 창문 두 개짜리 방은요…?"

"그 방을 말씀하는군요. 등나무 방이라는 이름으로 불리지요. 그런데 그 방을 어떻게 찾을 건가요? 계단이 세 개고 복도는 미로 같습니다. 제가 아무리 알려주고 설명해줘도 길을 잃을 테지요."

"저와 함께 가주세요." 보트를레가 웃으면서 말했다.

"그러기 어렵겠는데요. 어머니와 남불에서 뵙기로 했거든요."

보트를레는 숙식을 제공하는 친구의 집으로 돌아가 준비물을 챙기기 시작했다. 오후 늦게 막 집을 나설 채비를 하는데 뜻밖에도 발메라스가 찾아왔다.

"아직도 제가 같이 가기를 바랍니까?"

"물론이지요!"

"좋습니다! 같이 가겠습니다. 저도 모험에 관심이 많습니다. 이번 모험은 지루할 것 같지 않습니다. 이 모든 일을 함께하다니 즐겁군요…. 그리고 제 도움이 쓸데없지는 않을 겁니다. 자, 이제 우리는 같은 팀입니다."

발메라스는 여기저기 녹이 슬고 낡은 커다란 열쇠를 보여주었다.

"그 열쇠로 여는 건가요?" 보트를레가 물었다.

"두 개의 버팀벽 사이에 조그만 비밀의 문이 있는데 수 세기동안 방치된 곳입니다. 세입자에게도 이야기하지 않았지요. 그문을 통하면 평야, 정확히는 숲 지대로 나갑니다…."

보트를레가 갑자기 발메라스의 말을 막았다.

"그 문은 이미 알려졌습니다. 미행하다가 어떤 사람이 그곳을 거쳐 정원으로 들어가는 것을 보았으니까요. 어쨌든 게임을 해봅시다. 우리가 이길 겁니다. 물론 준비는 단단히 해야겠지만요!"

그로부터 이틀 뒤 지친 말 한 필이 이끄는 집시 마차 한 대가 크로장에 도착했다. 마차꾼은 마을 끝에 있는 버려진 옛 창고에 마차를 세워놓아도 된다는 허락을 받았다. 발메라스가 변장한 마차꾼 외에도 세 명의 젊은이가 버들가지로 안락의자를 짜고 있었다. 보트를레와 그의 장송 고등학교 친구 두 명이었다.

네 사람은 정원 주변을 돌아다니며 탐색했다. 보트를레는 한번에 비밀의 문을 알아보았다. 두 버팀벽 사이에 있는 그 비밀의 문은 가시덤불로 가려져 있고 성벽의 돌들과 섞여 분간하기 어려웠다. 나흘째 되던 밤, 하늘에 커다란 검은 구름이 깔렸고 발메라스는 상황이 좋지 않으면 되돌아오더라도 일단 행동에 나서자고 했다.

네 사람은 작은 숲을 지났다. 보트를레는 풀숲을 건너느라 가시덤불에 손이 긁히면서도 조심스럽고 천천히 몸을 숙이고 다가가 열쇠를 꽂았다. 그리고 천천히 열쇠를 돌렸다. 문이 순순히 열릴까? 다른 자물쇠가 있지는 않을까? 보트를레가 문을 밀자 삐거덕거리지도 않고 조용히 열렸다. 보트를레는 정원 안으로 들어섰다.

"거기 있습니까, 보트를레?" 발메라스가 물었다. "잠깐 기다려주십시오, 그리고 두 분은 우리가 무사히 되돌아 나올 수 있도록 이 문을 지켜주십시오. 조금이라도 이상한 점이 있으면 휘파람을 붑시다."

발메라스는 보트를레의 손을 잡고 어두운 관목 숲으로 들어갔다. 중앙의 잔디밭 가장자리로 나오니 밝은 공터가 나타났다. 또한 그 순간 달빛이 비쳐들었다. 두 사람 앞에 성이 나타났다. 이름과 어울리게 뾰족한 종루로 둘러싸인 첨탑이 있는 성이다. 불이 켜진 창문은 없었고 소리가 들려오지도 않았다. 발메라스가 보트를레의 팔을 잡았다.

"쉿."

"왜 그러십니까?"

"저기에 개들이 있어요…. 보이시지요…."

개들이 으르렁거리는 소리가 들렸다. 발메라스는 낮게 휘파람을 불었다. 희미하게 짐승 두 마리의 윤곽이 나타나더니 주인인 발메라스의 발아래에 얌전히 앉았다.

"착하지, 그대로 있어…. 거기 그렇게… 좋아…. 움직이지 마라."

발메라스는 보트를레에게 말했다. "이제 갑시다. 저는 준비되었습니다."

"길은 확실하지요?"

"그렇습니다. 테라스로 갑시다."

"그런 뒤에는요?"

"기억으로는 왼쪽에 강을 굽어볼 수 있도록 1층 창문 높이로 테라스가 나 있는데, 그곳에 덧문이 있습니다. 대충 닫혀 있어서 밖에서도 열 수 있는 덧문입니다."

정말이었다. 두 사람이 도착해 살짝 건드리자 덧문이 쉽게 열렸다. 발메라스는 다이아몬드 반지 끝으로 창유리를 뜯어내고는 창문 손잡이를 돌렸다. 두 사람은 차례로 발코니를 지나갔다. 이제 성안이다.

"우리가 지금 있는 이 방은 복도 끝에 있습니다. 그리고 조각상들로 장식된 커다란 현관이 있고 그 현관 끝에는 부친이 계신 방으로 이어지는 계단이 있습니다."

발메라스가 한 발짝 앞으로 나갔다.

"보트를레 씨, 가실 건가요?"

"예, 갑니다."

"아니, 지금 망설이고 있군요…. 왜 그러십니까?"

발메라스가 보트를레의 손을 잡았다. 보트를레의 손은 얼음장처럼 차가웠다. 발메라스는 보트를레가 바닥에 웅크리고 있음을 알았다.

"왜 그러세요?" 발메라스가 다시 물었다.

"아닙니다. 괜찮아질 겁니다."

"하지만…."

"두렵습니다."

"두렵다니요!"

보트를레가 솔직하게 털어놓았다. "신경이 쇠약해졌거든요. 잘 다스려왔지만… 오늘은 이 침묵과 흥분…. 그리고 서기관에게 칼을 맞은 뒤부터는…. 하지만 괜찮아질 겁니다…. 자, 이제 됐습니다…."

보트를레는 자리에서 일어났다. 발메라스는 보트를레를 방 밖으로 데리고 나갔다. 두 사람은 어둠 속에서 복도를 더듬으며 지나갔다. 어찌나 조용히 움직였는지, 두 사람은 서로의 존재도 느끼지 못할 정도였다. 그런데 희미한 불빛이 두 사람이 다가가는 현관을 비추는 것 같았다. 발메라스가 앞장섰다. 계단 앞, 종려나무 가지들 사이로 보이는 외발 원탁 위에 놓인 야등이었다.

"멈춰요!" 발메라스가 속삭였다.

야등 가까이에서 한 남자가 총을 들고 보초를 서고 있었다. 두 사람을 보았을까? 그럴지도 모른다. 무언가 이상한 낌새를 느낀 듯 보초가 총을 들었기 때문이다.

보트를레는 묘목 화분 뒤에 무릎을 꿇고 몸을 숙인 후 움직이지 않았다. 심장이 가슴 밖으로 튀어나올 것만 같았다. 하지만 소리가 들리지 않고 움직임도 없자 보초는 안심했는지 총을 내렸다. 하지만 묘목의 화분 쪽을 계속 처다보았다.

끔찍이 긴장된 시간이 10~15분간 흘렀다. 달빛이 계단의 창문으로 새어 들어왔다. 보트를레는 불현듯 빛이 서서히 움직이고 있음을 눈치챘다. 그대로 있다가는 10여 분 뒤에 얼굴 정면을 비출 것만 같았다. 얼굴에서 흘러내린 땀방울이 떨리는 손 위로 떨어졌다.

보트를레는 어찌나 불안한지 자리에서 일어나 달아나고 싶은 마음이 간절했다. 하지만 발메라스가 곁에 있다는 게 떠올랐고 발메라스를 찾으려고 두리번거렸다. 그런데 놀랍게도 발메라스는 묘목 화분과 조각상 뒤로 몸을 숨기며 어둠 속을 헤쳐가고 있었다. 발메라스는 이미 계단 아래에 도착해 보초에서 몇 발짝 떨어지지 않은 거리에 있었다. 무엇을 하려는 것일까? 무작정 지나치려고? 혼자서 아버지를 구출하겠다는 걸까? 무사히 지나갈 수나 있을까? 보트를레의 눈앞에서 발메라스가 사라졌다. 보트를레는 좀 더 무겁고 긴장된 침묵을 느끼며 무슨 일이 일어날 듯한 생각이 들었다.

갑자기 어떤 그림자가 보초를 향해 달려들었고 야등이 꺼졌다. 싸우는 듯한 소리가 들렸다…. 보트를레는 달려나갔다. 두 그림자가 바닥에서 뒹굴었다. 보트를레가 몸을 숙여 살펴보려고 하는 그때에 거친 신음과 숨소리가 들렸고 이 중 한 사람이 일어나 보트를레의 팔을 잡았다.

"서둘러요…. 갑시다."

발메라스였다.

두 사람은 계단 두 층을 올라가 양탄자가 깔린 복도의 입구에 도착했다.

"오른쪽입니다…. 왼쪽에서 네 번째 방." 발메라스가 속삭였다.

잠시 후 두 사람은 방문을 발견했다. 예상대로 방은 굳게 잠겨 있었다. 문을 강제로 여는 데 30분간의 노력이 필요했다.

마침내 두 사람은 방 안으로 들어갔다. 보트를레는 더듬거리며 침대를 찾았다. 아버지는 잠들어 있었다. 보트를레가 아버지를 조용히 깨웠다.

"저예요, 이지도르…. 이 사람은 친구고요…. 두려워하실 필요 없어요…. 일어나세요…. 아무 말씀도 하지 마시고요…."

보트를레 영감은 옷을 입었다. 그런데 방을 나가려는 순간 두 사람에게 이렇게 말했다.

"이 성에 나만 있는 게 아니란다…."

"아! 또 누가 있나요? 가니마르 경감? 숌즈?"

"아니…. 그 사람들은 본 적이 없어."

"그렇다면 누구인가요?"

"어떤 아가씨란다."

"분명 드 생 베랑 양일 거예요."

"모르겠구나…. 정원을 산책하다가 몇 번인가 멀리서 보았을 뿐이니까…. 어느 날 창밖을 내다보다가 아가씨가 있는 창문을 봤어…. 내게 손짓을 했지."

"그 방이 어디에 있는지 아세요?"

"그래, 이 복도의 오른쪽 세 번째 방이란다."

"푸른 방이군요. 양쪽으로 여는 문이라 들어가기가 더 쉬울 겁니다." 발메라스가 중얼거렸다.

발메라스의 말처럼 한쪽 문이 쉽게 열렸다. 보트를레 영감이 방으로 들어가 여자를 데리고 나오기로 했다.

10분 뒤 여자를 데리고 방에서 나온 보트를레 영감이 말했다.

"네 말이 맞았어…. 드 생 베랑 양이야."

네 사람은 계단을 내려왔다. 계단 아래에서 발메라스가 멈춰 서더니 쓰러진 보초를 살폈고 세 사람을 방으로 안내했다.

"죽지는 않았어요. 살아 있습니다."

"아!" 보트를레가 안심했다.

"다행히 내 칼날이 굽어 있었습니다…. 치명상은 아닙니다. 하지만 이런 자들은 동정받을 자격도 없지요."

밖에서는 개 두 마리가 네 사람을 반갑게 맞으며 비밀의 문까지 안내해주었다. 그곳에서 보트를레의 두 친구를 다시 만났고 일행은 정원을 빠져나왔다. 그때가 새벽 3시였다.

이렇게 첫 승리를 거두었지만 보트를레는 이것만으로 만족할 수 없었다. 보트를레는 아버지와 드 생 베랑 양을 안전한 곳에 데려다 놓고 곧바로 성에 사는 사람들, 특히 아르센 뤼팽의 습관을 물었다. 이를 통해 뤼팽이 사나흘에 한 번, 저녁에 차를 타고 성에 왔다가 아침이 되면 떠난다는 사실을 알았다. 뤼팽은 성에 올 때마다 보트를레의 아버지와 드 생 베랑 양의 방을 찾았는데 두 사람 모두 뤼팽이 예의와 친절을 갖추었다며 입을 모아 칭찬했다. 그런데 요즘은 뤼팽이 성에 오지 않는다고 했다.

뤼팽 외에도 요리와 청소를 담당하는 나이 든 여자, 그리고 번갈아가며 보트를레 영감과 드 생 베랑 양을 감시하며 절대 말을 시키지 않던 두 남자가 있다고 했다. 두 남자는 행동이나 모습으로 보아 뤼팽의 부하들이 분명했다.

"어쨌든 공범은 두 명, 그 나이 든 여자까지 합하면 세 명이군요. 만만히 봐서는 안 됩니다. 그리고 이렇게 시간을 낭비하지 말고⋯."

발메라스가 느닷없이 자전거를 타고 에귀종 마을로 내달려 가더니 군경대를 깨웠다. 군경의 몸을 흔들어 깨운 뒤 말안장 준비 나팔을(전투개시 신호 - 옮긴이) 불게 했다. 그 후 발메라스는 여덟 명의 군경과 함께 크로장으로 돌아왔다. 군경 두 명은 곁에서 보초를 섰고 나머지 두 명은 비밀의 문 앞을 지켰다. 군경반장의 지휘를 받은 나머지 네 명은 보트를레, 발메라스와 함께 성의 정문으로 향했다. 하지만 때는 이미 늦었다. 문이 활짝 열려 있었던 것이다. 어느 농부의 말에 따르면 한 시간 전에 자동차 한 대가 성을 빠져나갔다고 한다. 성안을 수색하는 작업이 이루어졌지만 이렇다 할 성과는 없었다. 모든 가능성을 생각했을 때 뤼팽 일당은 성을 임시 거처로 생각한 게 틀림없었다. 누더기 옷 몇 벌, 속옷 몇 벌, 주방도구가 전부였기 때문이다. 보트를레와 발메라스를 더욱 놀라게 한 건 부상당했던 보초가 사라진 일이다. 격투의 흔적은 물론 현관 바닥에 있었을지도 모를 핏자국의 흔적도 전혀 보이지 않았다. 요컨대 뤼팽이 에기유 성에 있었음을 증명할 물증은 하나도 없었다. 드 생 베랑 양의 방 바로 옆방에 뤼팽의 명함이 꽂힌 화려한 꽃다발 여섯 개가 발견되지 않았다면 보트를레, 보트를레 영감, 발메라스, 드 생 베랑 양의 증언은 아무도 믿어주지 않았을 것이다. 드 생 베랑 양이 받기를 거절한 꽃다발은 팽개쳐진 채 방치되어 있었다. 꽃다발 하나에는 카드 외에 편지가 있었는데 레이몽드 드 생 베랑 양이 보지 않은 편지였다. 오후에 예심판사가 편지를 열어봤고 편지에는 열 쪽에 걸쳐 애원, 약속, 협박의 내용이 담겨 있었다. 거절당한 사랑의 광기 그 자체였다. 편지의 내용은 이렇게 끝나 있었다.

화요일 저녁에 오겠습니다, 레이몽드. 그때까지 잘 생각해보십시오. 나는 무엇이든 각오할 준비가 되어 있습니다.

화요일 저녁이라면 보트를레가 드 생 베랑 양을 구출한 바로 그날이다.

드 생 베랑 양의 구출로 생각지 못하게 사건이 해결되었다는 소식에 전 세계가 놀라움과 흥분의 도가니에 빠진 일은 지금도 기억이 생생하다. 뤼팽이 그토록 열망해 갖은 술수를 동원해 납치한 드 생 베랑 양뿐만 아니라 그녀의 사랑을 얻을 때까지 휴전이 필요해 볼모로 납치한 보트를레 영감도 구출되었다. 그리고 그동안 꽁꽁 감춰진 비밀도 전 세계 곳곳으로 알려졌다.

대중은 정말로 흥거워했다. 뤼팽이 패한 내용을 담은 노래도 나왔다. 〈뤼팽의 사랑〉, 〈아르센의 오열〉, 〈사랑에 빠진 도둑〉, 〈소매치기의 한탄〉 같은 노래였다. 거리마다 사람들은 이런 노래들을 흥얼거렸고 곧 멀리까지 퍼졌다.

질문 공세와 인터뷰가 이어져도 레이몽드 드 생 베랑은 매우 침착하게 대답했다. 편지와 꽃다발, 뤼팽의 안쓰러운 사랑 이야기가 공개되었다. 뤼팽은 놀림감으로 희화화되어 연단에서 곤두박질친 꼴이 되었다. 반대로 보트를레는 우상으로 등극했다. 보트를레는 앞을 내다보고 예상하여 결국에는 모든 것을 밝힌 영웅이었다. 예심판사 앞에서 드 생 베랑 양이 증언한 납치 경위는 보트를레가 가정한 사실과도 일치했다. 모든 점에서 보트를레가 앞서 확신한 내용이 실제와도 들어맞았다. 뤼팽으로서는 만만치 않은 상대를 제대로 만난 셈이다.

보트를레는 아버지에게 사부아의 산악지대로 돌아가기 전 몇 달간 따뜻한 햇볕을 받으며 휴식을 취하는 게 좋겠다고 했다. 그래서 보트를레는 제스브르 백작과 딸 쉬잔이 겨울을 보내기 위해 머무르는 니스 근방에 아버지와 드 생 베랑 양을 직접 바래다주었다. 그다음 날에 발메라스도 이들 새로운 친구들에게 어머니를 모셔왔다. 제스브르 백작의 별장 주변에서 다들 한 가족처럼 모여 지냈다. 백작이 고용한 여섯 명 정도의 남자들이 밤낮으로 별장 주변을 지켰다.

수사학급의 학생인 보트를레는 10월 초, 수업과 시험 준비 때문에 파리로 돌아갔다. 다시 일상이 시작되었다. 이번에는 고요하고 아무 사건도 없는 일상이었다. 더 이상 무슨 일이 일어날 수 있겠는가? 전쟁은 끝나지 않았는가?

뤼팽 쪽에서도 깨끗이 승복하고 모든 사실을 그대로 받아들인 것 같았다. 뤼팽에게 납치되었던 가니마르와 헐록 숌즈도 어느 화창한 날 돌아왔기 때문이다. 하지만 두 사람은 초라한 모습으로 돌아왔다. 경찰청 맞은편 오르페브르 방파제에서 두 사람은 묶인 채 졸고 있는 모습으로 넝마주이에게 발견됐다.

멍하게 일주일을 보낸 가니마르와 숌즈는 다시 정신을 차리고 이야기를 시작했다. 사실 숌즈는 고집스럽게 입을 꼭 다물고 있었기에 가니마르 혼자서 이야기한 셈이다. 가니마르에 따르면 두 사람은 '제비호'라는 요트를 타고 아프리카 일대를 여행했다. 선원들이 아프리카 항구에 정착할 때마다 배 밑창에서 몇 시간씩 보내야 하는 건 괴로웠으나 그것만 아니면 대개 자유롭고 매력적이며 배울 게 많은 여행이었다고 했다. 하지만 오르페브르 제방 위에 내리게 된 일에 대해서는, 아마 며칠 동안 잠이 들었기 때문인지 두 사람 모두 아무런 기억도 없었다.

가니마르와 헐록 숌즈가 자유의 몸이 된 것은 뤼팽이 패배를 인정했다는 의미다. 뤼팽은 더 이상 싸우지 않고 무조건 패배를 인정했다. 게다가 뤼팽의 패배를 더욱 분명하게 보여주는 사건이 일어났다. 루이 발메라스와 드 생 베랑 양이 약혼한 것이다. 두 사람은 가까이 지내다 서로 사랑하는 관계로 발전했다. 발메라스는 레이몽드 드 생 베랑의 우울한 매력을 사랑했고, 레이몽드는 살아오며 받은 상처 때문에 누군가의 보호를 절실히 원했던 터라 자신을 구하기 위해 용감하게 뛰어든 발메라스의 힘과 열정을 받아들였다.

사람들은 발메라스와 드 생 베랑 양의 결혼식 날짜를 불안한 마음으로 기다렸다. 혹시 뤼팽이 다시 공격해오지는 않을까? 사랑했던 여성을 영원히 잃는 상황을 뤼팽이 지켜보기만 할까? 별장 주변을 어슬렁거리는 수상한 사람들이 두세 번 눈에 띄기도 했다. 어느 날 저녁 발메라스는 한 술꾼이 쏜 총알에 모자를 맞는 일을 당하기도 했다. 그러나 어쨌든 정해진 날짜와 시간에 결혼식은 무사히 거행되었고 마침내 레이몽드 드 생 베랑 양은 루이 발메라스의 아내가 되었다.

운명 자체가 보트를레의 편에 서서 승리의 방명록에 보트를레의 이름을 적어준 것 같았다. 대중은 신이 났고 보트를레의 숭배자들 사이에서는 보트를레의 승리와 뤼팽의 패배를 축하하는 대연회를 베풀자는 아이디어가 나오기도 했다. 이 멋진 아이디어는 큰 공감을 불러일으켰다. 보름 만에 300명이 연회에 참석하겠다고 신청했다. 파리의 모든 고등학교 수사학급당 학생 두 명에게 초대장이 뿌려졌다. 언론도 보트를레 찬가를 이어갔다. 이 같은 연회에서 추대식이 빠질 수 없다. 주인공이 보트를레라 그런지 추대식에서의 연설은 매력적이고 간소했다. 보트를레의 존재만으로도 모든 것이 빛났으니 말이다. 보트를레는 평소와 마찬가지로 겸손했다. 과도하게 울려 퍼지는 브라보 소리에 조금 놀라워했고 자신을 최고의 탐정으로 치켜세우는 칭찬에 쑥스러워했다. 조금 난감해하면서도 대단히 감동한 듯 보였다. 보트를레는 연단에서 모든 사람을 기쁘게 할 몇 마디로 자신의 감정을 표현했지만 많은 사람이 바라보자 부끄러워 얼굴이 빨개졌다. 보트를레는 자신의 기쁜 마음과 뿌듯함을 이야기했다. 아무리 이성적이고 절제력 있는 보트를레라고 해도 잊을 수 없는 취기에 휩싸인 몇 분을 맛보았다. 보트를레는 장송 고등학교의 반 친구들, 특별히 축하해주러 온 발메라스, 제스브르 백작, 아버지에게 미소를 지었다.

그런데 보트를레가 연설을 끝내고 다시 잔을 드는 순간, 연회실에서 시끄러운 목소리가 들렸다. 누군가 신문을 흔들며 요란한 몸짓을 했다. 다시금 분위기를 추슬렀고 분위기를 깨며 호들갑을 떤 사람도 흥분을 가라앉혔지만, 테이블 주변에서 호기심에 가득 찬 술렁거림이 퍼져 나갔다. 신문이 이 사람에서 저 사람의 손으로 옮겨갔기 때문이다. 초대 손님들은 문제의 기사가 실린 면을 볼 때마다 외쳤다. "읽어보세요! 읽어보세요!" 맞은편에서 누군가 소리를 지르고 주빈석에서는 사람들이 일어났다. 보트를레 영감은 신문을 가져와 아들에게 건넸다.

"조용히 해보세요! 보트를레가 읽으려고 하니까요…. 조용히 해주세요!"

보트를레가 사람들 앞에 서서 아버지가 건네준 석간신문을 훑어봤다. 그러다가 푸른색 색연필로 밑줄이 그어진 어느 제목, 소란을 몰고 온 기사를 찾아냈다. 보트를레는 손을 들어 조용히 해달라는 신호를 보냈다. 기사를 읽어 내려간 보트를레는 놀라운 내용을 발견했는지 점차 목소리에서 흥분된 감정이 묻어나왔다. 보트를레의 모든 노력을 물거품으로 만들고 에기유에 대한 보트를레의 생각을 뒤집으며 아르센 뤼팽과의 결투에서 보트를레가 승리한 게 아니라는 놀라운 폭로가 실린 기사였다.

비명 문학 아카데미(사학, 고고학, 문헌학을 연구하는 최고 학문 기관 – 옮긴이)의 마시방이 보낸 공개서한.

신문사 사장님께,
1679년 3월 17일, 즉 루이 14세 시대인 1679년에 파리에서 다음과 같은 제목의 소책자가 발간되었습니다.

《에기유 크뢰즈의 비밀》
최초로 공개되는 진실의 전모.
저자 자신이 궁정을 교화시킬 목적으로 100부 한정으로 인쇄함.

3월 17일 오전 9시, 저자지만 이름을 알 수 없는 아주 젊은 남자가 말쑥하게 차려입고 궁정의 유력 인사들이 머무는 곳에서 이 책을 나누어주기 시작했습니다. 세 곳을 돌았을 무렵인 오전 10시, 근위대장에게 체포되어 국왕의 집무실로 끌려갔습니다. 책 100권이 모두 수거되었고 꼼꼼한 검열과 확인 작업이 이루어졌습니다. 국왕은 책 전부를 직접 불에 던졌고 딱 한 권만 자신의 소유로 남겨두었습니다. 국왕은 근위대장에게 책의 저자를 드 생 마르스에게 데려가라고 했습니다. 드 생 마르스는 저자를 일단 피뉴롤에 가두었다가 다음에는 생 마르그리트 섬의 요새에 가두었습니다. 이 남자가 바로 그 유명한 '철가면'으로 알려진 인물입니다.

책의 검토 작업 현장에 있던 근위대장이 국왕이 한눈을 파는 사이에 아직 불에 타지 않은 한 권을 벽난로에서 꺼내 읽지 않았더라면 진실은, 적어도 진실의 일부는 영원히 묻혀버렸을 겁니다. 그런데 6개월 후 그 근위대장은 가이용에서 망트로 가는 도중에 공격받아 살해당했습니다. 살해범들은 근위대장의 옷가지를 뒤졌지만 오른쪽 주머니에 있는 보석은 미처 보지 못했습니다. 후에 발견된 이 보석은 엄청난 가치를 지닌 최고의 다이아몬드였습니다.

근위대장이 남긴 서류에서 자필 원고가 발견됐습니다. 그 원고는 불에서 건져낸 책을 언급하지는 않았지만 사실 책의 초반 몇 장을 요약해놓은 것이었습니다. 이것은 영국의 국왕들에게 대대로 전해진 비밀이었는데, 가엾게도 미쳐버린 헨리 6세의 왕위가 요크 공작에게 옮겨갔을 때 잊혔습니다. 그러다 잔 다르크에 의해 샤를 7세로 추앙된 프랑스 국왕에게 넘어갔고 그때부터 국가의 비밀이 되어 '프랑스의 국왕을 위하여'라는 글과 함께 밀봉된 편지로 선왕의 임종 현장에서 전해 내려왔습니다. 국왕들이 대대로 소유한 그 비밀은 수 세기에 걸쳐 축적된 엄청난 보물의 존재와 그 보물이 있는 장소를 명시한 것이었습니다.

그로부터 114년 뒤 탕플에 갇혀 있던 루이 16세가 왕실 가족을 감시하는 임무를 맡은 장교들 가운데 한 명을 불러 이렇게 물었습니다. "혹시 조상 중에 우리 선왕을 모시던 근위대장이 있지 않은가?"

"예, 폐하."

"그렇다면 자네는… 자네는…."

루이 16세가 망설였습니다. 그러자 장교가 말을 받았지요.

"폐하를 배신하는 일은 없을 것이옵니다, 폐하…."

"그렇다면 잘 듣게."

왕은 주머니에서 작은 책을 꺼내 마지막 여러 장 중에서 한 장을 찢었습니다. 그러다가 생각을 고쳤습니다.

"아니지, 내가 베껴 적는 게 낫겠군…."

왕은 큰 종이 한 장을 찢어서 작은 직사각형의 쪽지로 만들고는 그 위에 책 속에 있는 다섯 줄의 점, 선, 숫자들을 베껴 적었습니다.

"내가 죽은 후 이 쪽지를 왕비에게 전하고 이렇게 말해주게. '왕으로부터 온 전갈입니다, 왕비님. 왕비님과 아드님을 위하여….' 이렇게 말했는데 만일 왕비가 이해하지 못하면…."

"왕비님께서 이해하지 못하면 어찌할까요?"

"그러면 '에기유 비밀에 관한 것입니다'라고 덧붙여주게. 왕비가 이해할 것이네."

왕은 이렇게 말한 후 아궁이에서 붉게 타오르는 불 속으로 책을 던졌습니다. 1월 21일, 왕은 기요틴(사형 집행 기구—옮긴이)에 올랐습니다.

장교는 왕으로부터 전달받은 임무를 수행하기 위해 왕비가 콩시에르주리 감옥으로 이송되고 난 후 두 달을 기다려야 했습니다. 결국 장교는 어느 날 은밀한 방법을 동원해 마리 앙투아네트를 만났습니다. 장교는 왕비에게 바로 알아들을 수 있도록 이야기했습니다. "왕비님, 서거하신 국왕께서 왕비님과 아드님을 위해 전하라 하셨습니다."

장교는 밀봉된 편지를 왕비에게 건넸습니다. 왕비는 간수들이 한눈을 파는 틈을 타 봉인을 뜯었습니다. 처음에는 해독 불가능한 암호 같은 글들을 보고 놀라는 것 같더니 곧이어 이해하는 듯했습니다. 왕비는 쓸쓸한 미소를 지었고 장교는 왕비가 이렇게 말하는 걸 들었습니다.

"왜 이렇게 늦었을까?"

왕비는 주저했습니다. 이 위험한 쪽지를 어디에 숨겨야 할지 몰라서 그랬을까요? 마침내 왕비는 기도책을 열고 가죽 장정과 양피지 커버 사이에 있는 비밀 주머니 같은 곳에 쪽지를 밀어 넣었습니다.

"왜 이렇게 늦었을까?" 왕비는 연신 그렇게 말했습니다.

이 쪽지가 좀 더 일찍 도착했다면 목숨을 구해줄 수 있었을 텐데 너무 늦게 도착한 것일지도 모릅니다. 그해 10월, 이번에는 마리 앙투아네트가 기요틴에 올랐습니다.

한편 장교는 집안 대대로 내려오는 서류들을 뒤지다가 루이 14세의 근위대장이었던 증조부의 원고를 발견했습니다. 이 원고를 본 순간 장교는 한 가지 생각뿐이었습니다. 남는 모든 시간을 동원해 이 수수께끼 같은 문제를 풀어내겠다는 것이었지요. 장교는 모든 라틴 작가들의 작품을 읽었고, 프랑스와 이웃 나라들의 연대기를 전부 훑어봤고, 수도원들을 드나들며 회계 장부, 종교사적 기록과 논문들을 꼼꼼하게 읽었습니다. 이리하여 오랜 세월에 걸쳐 흩어져 있던 인용문들을 발견했습니다.

갈리아 전쟁에 대해 카이사르가 남긴 책 중 제3권을 보면 칼레트족 수장인 비리도빅스는 G. 티툴리우스 사비누스에게 패한 후 카이사르 앞에 끌려가 자신의 몸값으로 에기유의 비밀을 털어놓았다⋯.

샤를 왕과 북부 야만족의 수장 롤로 사이에 맺어진 생 클레르 쉬르 엡트 조약에는 롤로라는 이름에 여러 직함을 붙이는데 그중 하나가 '에기유 비밀의 주인'이었다.

《앵글로색슨 연대기》(깁슨 출간, 134쪽)는 정복자 기욤을 이야기하면서 기욤의 군기 깃대 끝이 마치 '바늘(에기유)'처럼 뾰족하고 날카롭게 갈라져 있었다고 전한다⋯.

잔 다르크의 심문 조서에는 다소 모호한 문장으로 적힌 대목이 있는데 잔 다르크가 프랑스 국왕에게 전달할 비밀이 하나 있다고 하자 판관들이 '그래, 우리도 그것이 무엇인지 알고 있다. 그래서 잔, 너는 죽어야 한다'라고 대답했다고 한다.

앙리 4세는 가끔 '에기유에 대고 맹세하건대'라는 말을 했다.

훨씬 이전에는 프랑수아 1세가 1520년에 르아브르의 귀족들에게 연설할 때 이런 말을 했는데 이 말은 옹플뢰르의 한 부르주아의 일기에 다음과 같이 적혀 있다. '프랑스 국왕들은 상황의 방향과 도시들의 운명을 정할 비밀을 지녔다.'

사장님, 위에서 언급한 모든 인용문, 철가면, 근위대장, 근위대장의 증손자 장교에 관한 이야기들은 장교 자신이 1815년 6월에 인쇄한 소책자에 자세히 적었고, 저는 그 책에서 이 같은 인용문과 이야기를 발견했습니다. 1815년 6월은 워털루 전쟁이 발발할 즈음이라 혼란스러운 시대인 만큼 소책자에 담긴 엄청난 폭로가 조용히 묻힌 채 지나갔습니다.

이 소책자는 어떤 가치가 있을까요? 사장님께서는 아무런 가치도 없고 곧이곧대로 믿을 수 없다고 말씀하실 겁니다. 저도 소책자를 처음 봤을 때 그렇게 생각했으니까요. 하지만 카이사르의 저서 중 바로 위에서 언급된 해당 장을 직접 들추어보고 소책자에 적힌 내용이 정확히 그곳에 있다는 것을 확인한 순간 놀라움을 금치 못했습니다. 생 클레르 쉬르 엡트 조약, 앵글로색슨 연대기, 잔 다르크의 심문 조서에서도 똑같이 확인했습니다.

결국 1815년의 소책자를 쓴 저자의 이야기는 모두 사실입니다. 어느 날 저녁, 나폴레옹의 장교가 프랑스 원정 동안 지친 말을 데리고 어느 성의 문을 두드렸고 생루이 기사단 소속의 어느 나이 든 기사가 맞이해주었습니다. 장교는 그 노기사와 이야기를 나누다가 놀라운 사실을 알게 되었다고 합니다. 크뢰즈 근처에 있는 이 성은 이름이 에기유라고 했고 루이 14세가 건축하고 이름을 붙였는데 어찌 된 일인지 다급히 명령을 내려 종루들과 첨탑으로 성을 장식하도록 했다고 합니다. 그런데 그 시기가 1680년이었다고 합니다.

1680년! 제일 처음으로 문제가 되었던 소책자가 출간되고 저자인 철가면이 감옥에 갇힌 지 1년이 지난 해입니다. 이로써 모든 것이 설명되었습니다. 루이 14세는 왕실의 비밀이 누설될지도 모른다는 생각에 이 성을 짓고 이름을 붙여 호기심 강한 사람들에게 고대의 비밀에 대한 자연스러운 해답을 제시한 겁니다. 에기유 크뢰즈란 크뢰즈 근처에 지어진 성으로 뾰족한 종루들이 있고 왕에게 속한 성이라는 거지요. 사람들은 갑자기 수수께끼의 해답을 알게 되자 비밀을 파헤치려는 이런저런 조사들을 멈췄습니다.

루이 14세의 계산은 정확했습니다. 무려 2세기 이상이 지났음에도 보트를레 씨 역시 같은 함정에 빠졌으니까요. 사장님, 제가 이 편지를 쓰는 이유는 이 때문입니다. 뤼팽이 안프레디라는 이름으로 발메라스 씨에게 크뢰즈의 성을 빌려 볼모 두 명을 머물게 한 이유는 루이 14세의 역사적 함정이라 부를 만한 술책을 보트를레 씨에게 똑같이 내밀기 위해서입니다. 보트를레 씨의 수사가 성공을 거둘 것으로 내다본 뤼팽이 자신이 요청한 평화를 얻기 위해서 말이지요.

이제 어쩔 수 없이 다음과 같은 결론을 내려야 합니다. 우리에게 알려진 사실들을 가지고 정말 놀랍고 천재적인 방법으로 해독 불가능한 문서를 해독한 사람은 바로 뤼팽입니다. 뤼팽은 프랑스 왕실의 최후 계승자로서 에기유 크뢰즈에 얽힌 왕가의 비밀을 이미 터득했습니다!

기사는 여기서 끝났다. 하지만 에기유 성에 관한 대목이 시작된 몇 분 전부터 신문은 보트를레가 아닌 다른 사람이 읽고 있었다. 패배를 안 보트를레는 창피한 마음에 신문을 떨어뜨리고 털썩 주저앉아 두 손으로 얼굴을 감싸 쥐었기 때문이다.

이 믿을 수 없는 이야기에 깜짝 놀라고 흥분한 사람들은 점점 보트를레의 주변에 모여들었다. 보트를레의 입에서 나올 대답, 보트를레가 제시할 반론을 초조하게 기다렸다.

그러나 보트를레는 움직이지 않았다.

발메라스는 보트를레의 손을 부드럽게 풀고 얼굴을 들어 올렸다.

이지도르 보트를레는 울고 있었다.

7
에기유 개론

  새벽 4시였다. 이지도르 보트를레는 학교로 돌아가지 않았다. 뤼팽에게 선언한 가차 없는 전쟁의 끝을 보기 전까지는 돌아가지 않을 생각이었다. 충격으로 어깨가 축 처진 보트를레는 친구들과 함께 마차에 있는 동안에도 이 같은 결심을 아주 작은 목소리로 중얼거렸다. 얼마나 정신 나간 다짐인가! 말도 안되고 되지도 않는 전쟁! 혼자인 데다 무기도 없는 어린 보트를레가 에너지와 힘이 넘치는 저 거대한 존재에 맞서 무엇을 할수 있을까? 어디에서 상대를 공격할 것인가? 상대는 공격할 수 없는 존재다. 상대의 어디를 상처 입힌단 말인가? 상대는 쓰러뜨릴 수 없는 존재다. 어디서 상대에게 접근할 것인가? 상대는 접근할 수 없는 존재다. 새벽 4시… 보트를레는 장송 고등학교의 동창생 집으로 다시 갔다. 방 벽난로 앞에 서서 대리석 위에 팔꿈치를 올리고 두 주먹에 턱을 괸 채 거울 속에 비친 자신의 모습을 바라봤다.
  보트를레는 울지 않았다. 더는 울고 싶지 않았고 침대 위에서 몸부림치며 절망하고 싶지도 않았다. 절망하며 보낸 앞의 두 시간만으로 충분하다. 보트를레는 생각하고 또 생각해서 이 상황을 이해하고 싶었다.

보트를레는 거울 속 자신의 눈을 뚫어지게 바라봤다. 마치 생각에 잠긴 자신의 모습을 바라보며 사고력을 두 배로 키우려는 듯, 마음속에서 찾을 수 없고 풀 수 없는 해답을 거울 속에서 찾으려는 듯했다. 보트를레는 그 상태로 6시까지 있었다. 그러자 점차 복잡하고 우울한 모든 잡념에서 벗어나 문제의 핵심이 아주 간단해지고 방정식처럼 깨끗이 정리되었다.

그렇다. 보트를레는 속았다. 그렇다. 보트를레는 암호를 잘못 해독했다. '에기유'라는 단어는 크뢰즈 근처에 있는 성을 뜻하는 게 아니었다. '드모아젤'이라는 단어도 레이몽드 드 생 베랑과 사촌 동생을 가리키는 게 아니었다. 암호문의 역사는 수 세기를 거슬러 올라가기 때문이다.

그렇다면 모든 것을 다시 시작해야 한단 말인가? 어떻게? 암호가 적힌 쪽지를 조사하는 데 가장 탄탄하고 유일한 근거가 되어줄 것부터 시작해야 한다. 바로 루이 14세 때 출간된 책이다. 하지만 철가면으로 추정되는 저자가 인쇄한 100권의 책 중고작 두 권만이 불에 타지 않았다고 했다. 한 권은 근위대장이 빼돌렸으나 행방을 알 수 없고, 또 다른 한 권은 루이 14세가 보관하다가 루이 15세에게 전해졌고 루이 16세가 불태웠다. 하지만 핵심적인 내용이 적힌 장을 필사한 쪽지가 남아 있다. 문제의 해답, 아니 적어도 암호화된 해답을 담은 이 쪽지는 마리 앙투아네트가 기도책 표지 속에 밀어 넣었다.

그 쪽지는 어떻게 되었을까? 보트를레가 손에 쥐고 있던, 뤼팽이 브레두 서기에게 시켜 빼앗아 간 그 쪽지였을까? 아니면 여전히 마리 앙투아네트의 기도책 안에 숨겨져 있을까?

질문은 이렇게 이어졌다. '왕비의 기도책은 어떻게 되었을까?'

보트를레는 잠시 휴식을 취한 뒤 저명한 수집가인 친구의 아버지를 찾아가 문의했다. 친구의 아버지는 문서 수집의 비공식 전문가로 알려졌으며 최근에는 소장품 목록을 작성하는 어느 박물관 관장으로부터 자문을 의뢰받기도 했다.

"마리 앙투아네트의 기도책? 그 책은 왕비가 하녀에게 시켜 비밀리에 페르생 백작에게 전했네. 백작의 가문에서 귀하게 보관되다가 5년 전부터는 진열장에 보관되어 있지."

"진열장에요?"

"카르나발레 박물관의 진열장에 있네."

"그 박물관은 언제 문을 여나요?"

"앞으로 20분 후에."

개관 시각에 정확히 맞춰 카르나발레 박물관이 있는 고풍스러운 마담 드 세비네 호텔 앞에서 이지도르 보트를레는 친구와 함께 마차에서 뛰어내렸다.

"저기, 보트를레 씨!"

보트를레가 이곳에 도착했을 때 열 명 정도의 사람들이 모여 웅성거리고 있었다. 놀랍게도 에기유 크뢰즈 사건을 취재 중인 기자들이었다. 기자 한 명이 큰 소리로 말했다. "정말 희한한 일 아닙니까! 우리 모두 같은 생각입니다. 조심하십시오, 아르센 뤼팽이 우리 중 한 명 같습니다."

모두 한꺼번에 박물관으로 들어갔다. 즉각 상황을 보고받은 박물관 관장은 모두를 진열장 앞으로 안내해 일체 장식이 없고 왕가의 소유물로는 전혀 생각할 수 없는 초라한 책 한 권을 보여주었다. 하지만 왕비가 지극히 비극적인 나날들을 보내며, 어루만지고 눈물로 가득한 빨간 눈으로 바라봤을 그 책을 보자 모두 잠시 숙연한 감정이 들었다…. 신성모독이라도 되는 듯 아무도 감히 그 책을 집어들어 넘겨 볼 생각을 하지 않았다.

"자, 보트를레 씨가 보셔야 할 것 같습니다."

보트를레는 조심스럽게 책을 집어들었다. 책의 모습은 소책자의 저자가 묘사한 그대로였다. 우선 지저분하고 때가 묻었으며 여기저기 닳아 해진 양피지 커버가 있고 그 아래에는 단단한 가죽으로 된 진짜 표지가 있는 게 그랬다.

보트를레는 비밀의 주머니를 조사하면서 얼마나 떨렸겠는가! 혹시 모든 것이 전설에 지나지 않는다면? 루이 16세가 적었고 왕비가 페르생 백작에게 넘긴 쪽지를 여기서 다시 발견할 수 있을까?

앞표지 윗부분에는 무엇을 숨길 만한 곳이 없었다.

"없군." 보트를레가 중얼거렸다.

"없다는군." 흥분한 기자들이 메아리처럼 보트를레의 말을 따라 했다.

그런데 뒷표지는 억지로 틈을 벌리자 양피지 커버와 장정 사이가 벌어졌다. 보트를레는 그 사이에 손을 집어넣었다…. 무엇인가 있다. 그래, 무엇인가는… 종이다….

"오! 이런… 정말 있어요!" 보트를레가 승리에 찬 목소리로 외쳤다.

"어서! 어서 해보세요! 빨리 꺼내지 않고 뭐해요?" 기자들이 보트를레에게 큰 소리로 말했다.

보트를레는 반으로 접힌 종이를 꺼냈다.

"어서 읽어봐요…! 붉은색 잉크로 글자가 적혀 있군요…. 가만있자…. 피 같군요…. 아주 옅은 핏자국… 어서 읽어봐요!"

보트를레는 쪽지를 읽었다.

페르생, 내 아들을 위해 이것을 맡깁니다.
1793년 10월 16일…
마리 앙투아네트

순간 보트를레는 너무 놀라 비명을 질렀다. 왕비의 서명 아래에 검은색 잉크로 적힌 두 단어가 있었기 때문이다.

아르센 뤼팽

이번에는 기자들이 한 명씩 쪽지를 돌려보며 보트를레처럼 놀라움을 담은 비명을 질렀다.

"마리 앙투아네트와… 아르센 뤼팽."

사람들 사이에 침묵이 흘렀다. 기도책 안에서 발견된 두 개의 서명, 나란히 있는 두 개의 이름, 1세기 이상 잠들어 있던 이 유물, 가엾은 왕비의 절망적인 외침, 왕비의 목이 기요틴에서 떨어진 끔찍한 날짜 1793년 10월 16일…. 이 모든 것이 음산

하고 처절한 비극으로 느껴졌다.

"그래, 아르센 뤼팽입니다. 왕비의 친구인 페르생 백작은 죽어가는 왕비의 외침을 이해하지 못했습니다. 백작은 사랑했던 여인인 왕비가 보내준 쪽지를 기념품으로 생각하며 살았고, 왕비가 왜 이 쪽지를 보냈는지 그 이유를 간파하지 못했습니다. 뤼팽은 모든 것을 발견했습니다. 그자가… 뤼팽이 차지했습니다."

"뤼팽이 무엇을 차지했다는 말입니까?"

"쪽지 말입니다! 루이 16세가 적었던 쪽지, 그리고 제가 가지고 있었던 쪽지요. 모양, 특징, 붉은색 인장까지 모두 똑같습니다. 뤼팽이 왜 제게서 그 쪽지를 빼앗으려고 했는지 이제야 이해가 갑니다. 제가 쪽지 내용을 조사하면 비밀을 밝혀낼 수 있다고 본 겁니다."

"그렇다면?"

"제가 내용을 본 쪽지가 진짜입니다. 붉은색 인장의 흔적을 봤습니다. 마리 앙투아네트가 직접 한 이 서명이 마시방이 언급한 소책자의 이야기가 모두 진짜임을 증명하고 있기에, 즉 에기유 크뢰즈의 역사적 문제가 정말로 존재하므로 저는 분명 그 비밀을 밝혀낼 것입니다."

"어떻게요? 진짜든 가짜든 그 쪽지를 해독하지 못하면 아무 소용도 없지 않습니까. 내용을 설명한 책은 루이 16세가 태워버렸으니까요."

"그렇습니다. 하지만 루이 14세의 근위대장이 불에서 건진 책자가 있습니다."

"그게 남아 있다고 어떻게 확신할 수 있습니까?"

"파괴되었다는 증거는 있습니까?"

보트를레는 아무 말도 하지 않았다. 생각을 꼼꼼히 정리하려는 듯 눈을 감고 있다가 천천히 입을 열었다.

"비밀을 간직한 근위대장은 먼저 쪽지를 분산해 일기장에 담았고 그 일기장을 증손자가 발견했습니다. 그러고는 더 이상의 진전이 없었습니다. 근위대장은 수수께끼의 해답을 남겨놓지 않았습니다. 왜 그랬을까요? 아마도 자신이 직접 비밀을 이용해보고 싶은 마음이 들었기 때문이지요. 증거요? 근위대장은 살해되었습니다. 또 다른 증거요? 죽은 근위대장에게서 엄청난 보석이 발견되었습니다. 그 보물은 왕가의 보물에서 빼낸 게 확실하며 에기유 크뢰즈의 비밀 속에 담긴, 아무도 모르는 은닉 장소에서 나왔을 겁니다. 뤼팽이 내게 남긴 말이 있습니다. 뤼팽은 거짓말을 하지 않지요."

"보트를레 씨, 그럼 결론은 무엇입니까?"

"제가 내린 결론은 이렇습니다. 이 이야기가 가능한 한 많은 사람의 관심을 끌어야 합니다. 우리가《에기유 개론》이라는 제목의 책을 찾고 있음을 신문마다 내보내는 겁니다. 그렇게 하다 보면 어느 시골 도서관에서 그 책을 발견할 수도 있겠지요."

즉각 기사가 작성되었다. 보트를레는 기사의 결과를 기다리지도 않고 곧바로 일을 시작했다.

흔적의 실마리가 나타나기 시작했다. 근위대장의 살인 사건은 가이용 근방에서 발생했다. 보트를레는 그 마을을 찾아갔다. 물론 200년 전에 일어난 살인 사건을 재구성하자는 생각은 아니다. 하지만 큰 사건이 일어났다면 그 사건이 일어난 지역에서 무엇인가 흔적이 남을 것이고 그 흔적은 기억과 전통이 되는 법이다.

지역 연대기에는 이 같은 흔적이 모두 모여 있다. 박학다식한 학자, 오랜 전설 수집가, 과거에 일어난 일에서 자잘한 사건을 들춰내는 사람들이 이 같은 사건을 어느 날인가에는 기사로 썼던가 지역 학회에 발표했을 것이다.

보트를레는 그러한 사람들을 서너 명 만나봤다. 그들 가운데 특히 나이 든 공증인에게 여러 가지 질문을 했고, 또 그와 함께 감옥과 재판 관련 기록, 행정구역 관련 서류들을 살펴봤다. 그러나 17세기에 일어난 근위대장의 살인 사건과 관련된 내용은 전혀 없었다.

하지만 보트를레는 단념하지 않고 파리에서도 계속 조사했다. 어쩌면 파리에서 근위대장의 살인 사건에 대한 예심이 있었을 수도 있기 때문이다. 그러나 노력은 별 성과를 거두지 못했다.

하지만 보트를레는 또 다른 흔적을 떠올렸고 그에 맞춰 새로운 방향으로 조사했다. 근위대장의 이름을 찾아낼 수 있지 않을까? 근위대장의 손자는 다른 나라로 이민했다. 증손자는 프랑스 공화국의 군대에서 일하며 왕실 가족이 유폐된 탕플을 지키는 임무를 맡았고 또한 나폴레옹을 모시고 프랑스 원정까지 나섰다.

보트를레는 참을성 있게 조사함으로써 위와 비슷한 집안 내력을 가진 두 명의 이름을 찾아냈다. 한 명은 루이 14세 시대를 살았던 라르베리, 또 한 명은 공포정치 시대에 시민 병사로 살아간 라르비였다.

이것만 해도 이미 중요한 정보를 찾은 셈이다. 보트를레는 신문에 짤막한 기사를 써서 이 같은 사실을 알렸고 라르베리와 그 후손에 관한 정보를 찾고 있다는 내용도 적었다.

마침내 그에 대한 답변이 돌아왔다. 답변을 준 사람은 소책자 이야기를 발표했던 비명 문학 아카데미 회원인 마시방이었다.

선생님,
볼테르의 《루이 14세의 세기》라는 원고(25장: 치세의 특징과 일화)에서 나온 구절을 알려드립니다. 그 구절은 여러 판본 속에서 삭제되었던 부분입니다.

나는 고인인 코마르탱에게서 이야기를 들은 적이 있다. 코마르탱은 재무성 감독이자 샤미야르 재상의 친구였다. 코마르탱에 따르면, 어느 날 왕께서 라르베리가 살해되어 귀한 보석들을 도둑맞았다는 소식을 듣고는 서둘러 마차를 타고 달려가셨다. 왕께서는 무척 흥분한 것 같았고 '모든 것이 날아갔어…, 모든 것이 날아갔어…'라고 여러 번 중얼거리셨다. 그다음 해에 라르베리의 아들, 그리고 벨린 후작과 결혼한 라르베리의 딸이 자신들의 영지인 프로방스와 브르타뉴로 추방되었다고 한다. 무언가 석연치 않은 부분이 있는 게 틀림없다.

여기에 제가 한 가지 내용을 덧붙이겠습니다. 볼테르에 따르면 샤미야르가 철가면의 기묘한 비밀을 알고 있던 마지막 재상이라는 것입니다.

선생께서는 이 구절을 통해 무언가를 이끌어낼 수 있을 것입니다. 또한 라르베리의 살인 사건과 그 자식들의 추방 사이에 놓인 관계를 알아내리라고 생각합니다. 저로서는 루이 14세가 그 같은 상황에서 보인 행동, 의혹, 걱정에 대해 매우 세세하게 가정할 수는 없습니다. 하지만 라르베리의 슬하에는 아들과 딸이 있었습니다. 아들은 아마도 시민 병사 라르비의 할아버지로 추정됩니다. 라르베리가 남긴 서류 가운데 일부는 딸에게 남겨졌을 수 있고 그 서류 중에 근위대장이 불 속에서 꺼낸 소책자가 들어 있지 않을까요?

저는 성채의 연감을 살펴보았습니다. 렌 근방에 벨린 남작이라는 사람이 있습니다. 혹시 벨린 후작의 후손이 아닐까요? 저는 어제 그 남작에게 '에기유'라는 단어가 들어간 제목을 가진 소책자가 있는지 묻는 편지를 썼습니다. 지금은 벨린 남작의 대답을 기다리고 있습니다.

이 이야기를 선생께 들려줄 수 있어서 매우 만족합니다. 괜찮으시다면 저를 찾아오셔도 좋습니다. 그럼 이만 줄입니다.

추신—물론 이 내용은 신문사에 전하지 않았습니다. 선생께서 목표에 접근해가는 지금으로선 단단히 비밀을 지켜야겠지요.

보트를레의 생각도 같았다. 보트를레는 한술 더 떠서 오늘

아침, 자신에게 끈질기게 질문하는 기자 두 명에게 자신의 생각과 계획에 대해서 허무맹랑한 정보를 흘렸다.

오후에 보트를레는 서둘러 마시방이 사는 볼테르 제방 17번지로 달려갔다. 그런데 뜻밖에도 마시방은 보트를레에게 전하는 쪽지를 남긴 채 갑작스러운 외출 중이었다. 보트를레는 쪽지를 읽었다.

희망적인 전보를 받고 출발합니다. 렌에서 묵을 예정입니다. 선생은 저녁 기차를 타고 렌이 아닌 벨린의 작은 역까지 직행하시기 바랍니다. 그 역에서 4킬로미터 떨어진 성에서 만납시다.

보트를레는 계획이 꽤 만족스러웠다. 마시방과 동시에 성에 도착하는 게 특히 마음에 들었다. 아직 여행 경험이 적어 서투를까 봐 걱정되었기 때문이다. 보트를레는 친구의 집으로 돌아와 친구와 낮시간을 보냈다. 저녁에는 브르타뉴행 급행열차를 탔고 다음 날 오전 6시에 벨린에서 내렸다. 보트를레는 우거진 숲 사이로 4킬로미터나 되는 길을 걸어서 갔다. 저 멀리 언덕 위로 르네상스 스타일과 루이 필립 시대 스타일이 혼합된 성이 눈에 띄었다. 네 채의 큰 망루와 송진으로 반들반들하게 칠한 도개교가 있어 장엄하게 보였다.

보트를레는 성에 가까워질수록 가슴이 뜀을 느꼈다. 진정 그동안 줄기차게 달려온 길의 종착점에 이르렀을까? 성에 비밀의 열쇠가 있을까?

보트를레에게 일말의 두려움도 없는 건 아니었다. 이 모든 게 지나치게 쉽게 풀리는 듯해서 오히려 불안했다. 이번에도 뤼팽이 세운 사악한 계획에 속아 넘어가는 것은 아닌지, 마시방도 뤼팽 손에 놀아나는 사람은 아닌지, 이런저런 생각이 들었다.

하지만 이내 보트를레는 웃음을 터뜨렸다.

"내가 우습게 되어가는군. 이러다가는 모든 것을 아는 무적의 존재, 그 무엇으로도 무찌를 수 없는 진지전능한 신처럼 뤼팽을 생각하겠어. 이 얼마나 우스운 일이야! 뤼팽도 실수하거나 상황에 휩쓸릴 수 있고 잘못을 저지를 수 있어. 암호문을 떨어뜨리는 실수를 했잖아. 그 덕분에 뤼팽의 계획을 알아낼 수 있었던 거고. 모든 것이 거기에서 시작됐어. 뤼팽도 그 실수를 만회하기 위해 지금까지 노력하고 있는 거야." 보트를레는 자신감이 가득 차올라 기분 좋게 성의 벨을 눌렀다.

"누구십니까?" 하인 한 명이 현관문으로 나왔다.

"벨린 남작님을 뵐 수 있을까요?"

보트를레는 명함을 내밀었다.

"남작님은 아직 일어나지 않으셨습니다. 조금 기다려도 괜찮으신지요?"

"혹시 저보다 먼저 남작님을 뵈러 온 분이 계신가요? 수염이 희고 등이 약간 굽은 신사분인데요." 보트를레는 신문에 실렸던 마시방의 사진을 떠올리며 물었다.

"예, 그 신사분은 10분 전에 오셨습니다. 응접실로 안내해드렸습니다. 절 따라오세요…."

마시방과 보트를레의 만남은 화기애애했다. 보트를레는 귀한 정보를 준 마시방에게 감사했고 마시방은 보트를레의 놀라운 능력을 높이 샀다. 두 사람은 문서에 관련된 의견과 책을 발견해 얼마나 다행인지 모른다는 이야기를 나누었다. 마시방은 드 벨린에 대해 들은 내용을 거듭 알려주었다. 남작은 60세로 오래전에 아내를 잃어 딸과 함께 은둔하다시피 살고 있다고 했다. 딸 가브리엘 드 빌몽은 남편을 잃고 큰아들도 자동차 사고를 당하는 등 불행한 삶을 살았다는 말도 해주었다.

"남작님께서 두 분을 위층으로 모시라고 하셨습니다."

하인이 두 사람을 2층에 있는 방으로 안내했다. 벽은 아무런 장식도 없었고 가구로는 사무용 책상, 칸막이 선반, 서류와 장부로 뒤덮인 탁자뿐이었다. 남작은 두 사람을 대단히 친절하게 맞이했다. 그동안 극심히 외로웠는지 말벗을 그리워하는 사람 같은 태도였다. 상황이 이렇다 보니 보트를레와 마시방은 이곳에 온 용건부터 바로 이야기하기가 왠지 불편했다.

"예, 알고 있습니다. 마시방 씨가 편지를 보내셨지요. 에기유 문제에 관한 책, 조상 대대로 물려받은 책에 관한 것이었지요?"

"그렇습니다."

"선조와 저는 그리 사이가 좋지 않습니다. 그 당시 사고방식이란 꽤 희한하지요. 저는 지금의 시대를 사는 사람입니다. 과거와는 관계를 끊었고요."

"그러시군요. 그런데 그 책을 보신 기억이 전혀 없습니까?" 보트를레는 안달이 나서 불쑥 끼어들었다.

"있습니다! 제가 전보로 이야기한 그대로입니다." 남작이 마시방에게 이야기했다. 남작은 불편한 기색을 드러내며 방 안을 오가는가 하면 창밖을 바라보기도 했다. "물론 기억납니다! 서재에 있는 수천 권의 책들 가운데서 딸이 가진 그 제목의 책을 본 적이 있습니다. 사실 저는 독서라면… 신문도 안 읽거든요…. 제 딸은 가끔 읽지요! 손자 조르주라도 성하면 좋을 텐데! 소작료와 임대료도 꼬박꼬박 들어오면 좋겠는데 말이지요…! 여기 제 장부들이 보이지요…. 장부에 파묻혀 살고 있습니다…. 솔직히 말씀드리면 마시방 씨가 편지로 알려주신 그 역사에 대해서는 전혀 모르고 있습니다…."

이지도르 보트를레는 남작의 수다스러움에 짜증이 나서 말을 끊었다.

"실례지만, 남작님, 그 책은…."

"내 딸이 찾았어요. 어제부터 찾았다고 하더군요."

"그렇다면?"

"찾긴 했습니다. 한두 시간 전쯤에요. 두 분이 오셨던 시간에…."

"그 책은 어디에 있습니까?"

"어디에 있느냐고요? 딸이 이 테이블 위에 놓았는데…. 아, 저기입니다…."

보트를레가 서둘러 그쪽으로 갔다. 테이블 끝에 종이들이 잡다하게 뒤섞인 무더기 위로 붉은색 모로코가죽 장정의 작은 책이 있었다. 보트를레는 이 세상 그 누구도 건들지 못하게 할 것처럼 흥분하며 손을 내밀었다. 그러면서도 정작 감히 집을 엄두가 나지 않는 듯했다.

"드디어." 마시방이 흥분해 큰 소리로 말했다.

"드디어… 손에 넣었어요…. 이제, 됐습니다…."

"제목은… 확실합니까?"

"맞습니다! 보세요."

보트를레는 가죽 장정에 박힌 황금색 글자 《에기유 크뢰즈의 비밀》을 보여주었다.

"확실한가요? 우리가 마침내 비밀을 푼 게 맞지요?"

"첫 장… 첫 장에는 뭐라고 적혀 있습니까?"

"읽어보겠습니다. '**최초로 공개되는 진실의 전모. 저자 자신이 궁정을 교화시킬 목적으로 100부 한정으로 인쇄함.**'"

"맞습니다, 맞아요." 마시방이 흥분한 목소리로 중얼거렸다. "바로 불 속에서 꺼낸 책입니다. 루이 14세가 없애려고 한 그 책이에요."

보트를레와 마시방은 책을 살펴봤다. 처음 절반에는 라르베리가 일기장에 적어놓은 설명이 나와 있었다.

"그다음을 읽어봅시다, 그다음을요." 보트를레가 얼른 해답을 알고 싶어 서둘렀다.

"그다음으로 지나가다니요? 그럴 수는 없어요. 프랑스 왕가의 비밀을 알아챈 철가면이 비밀을 유포하려다 감옥에 갔다는 사실은 이미 알지만, 철가면이 어떻게 그 비밀을 알았는지는 아직 모르지 않습니까? 또 왜 왕가의 비밀을 퍼뜨리려고 했는지도 모르고요. 끝으로 철가면의 정체는 과연 무엇일까요? 볼테르가 주장하는 것처럼 루이 14세의 이복형제? 아니면 근대 비평에서 주장하듯 이탈리아의 재상 마티올리? 젠장, 정말로 중요한 문제들입니다!"

"그건 나중에! 나중에요!" 보트를레가 끼어들었다. 보트를레는 수수께끼를 풀기도 전에 책이 사라질 걸 걱정하듯 서둘렀다.

하지만 역사적인 세세한 부분에 관심이 있는 마시방의 생각은 달랐다. "우리에게는 시간이 있습니다. 나중에… 우선 설명부터 봅시다."

갑자기 보트를레의 눈이 번쩍 뜨였다. 쪽지! 어느 쪽의 한가운데에서 다섯 줄로 이루어진 수수께끼 같은 점과 숫자들이 눈에 띈 것이다. 보트를레는 열심히 연구했던 암호와 이 암호가 똑같음을 한눈에 알아봤다. 기호들도 똑같이 배열되었고 '드모아젤'이라는 단어나 '에기유 크뢰즈'라는 단어를 이루는 글자들이 따로따로 떨어져 배치된 간격도 똑같았다. 앞에는 짤막한 해설이 달려 있었다.

필요한 모든 정보는 루이 13세가 작은 표로 요약한 것으로 보인다. 그 표를 아래에 전한다.

이어서 표와 그에 관련된 설명이 나왔다.
보트를레가 목이 멘 소리로 읽었다.

보다시피 이 표에서 숫자를 모음으로 바꿔봤자 아무것도 얻을 수 없다. 수수께끼를 풀려면 우선 수수께끼를 알아야 한다. 이는 미로에 수많은 길이 있음을 아는 사람들에게 주어진 실과 같다. 이 실을 잡고 걸어가 보자. 내가 안내해주겠다.

우선 네 번째 줄을 보자. 네 번째 줄은 수치와 지시 사항을 담고 있다. 적힌 지시 사항을 따르면 분명 목표에 도달할 수 있다. 단 에기유 크뢰즈의 실제 의미가 분명히 무엇인지를 알고 있어야 한다는 조건에서 말이다. 첫 번째 세 줄을 통해 이를 알 수 있다. 앞에서 밝혔다시피 첫 번째 줄은 내가 왕에게 복수하기 위해 작성한 것으로…

보트를레가 갑자기 당황스러워하며 읽기를 멈췄다.

"왜 그러십니까? 무슨 일이에요?" 마시방이 물었다.

"의미가 통하지 않아요."

"정말이군요. '**첫 번째 줄은 내가 왕에게 복수하기 위해 작성한 것으로…**'가 무슨 뜻이지요?"

"글자 그대로지요!" 보트를레가 큰 소리로 말했다.

"그런데요?"

"찢겼어요! 그다음 두 쪽이…! 찢긴 흔적을 보세요…!"

보트를레는 분노와 실망감에 휩싸여 몸을 떨었다. 마시방이 몸을 숙여 봤다.

"정말이군요…. 딱 두 장이 찢겼군요. 최근에 찢긴 것 같은데요. 오린 게 아니라 손으로 찢은 자국입니다…. 아주 거칠게 찢은 자국이에요…. 자, 끄트머리 몇 장에는 손으로 움켜쥔 자국도 있습니다."

"도대체 누가? 누굴까?" 보트를레가 주먹을 쥔 채 신음하듯 말했다. "하인이? 뤼팽의 일당이?"

"몇 달 전에 일어난 일일 수도 있습니다." 마시방이 말했다.

"어쨌든… 누군가 침입해서 이 책에 손을 댔다는 말입니다…. 남작님, 뭐라도 아시는 게 없습니까…? 의심 가는 사람은 없나요?" 보트를레가 남작을 돌아보며 큰 소리로 물었다.

"딸애에게 물어보겠습니다."

"그래요…. 그렇게 해주십시오…. 어쩌면 따님은 알 수도 있으니까요…."

벨린 남작은 벨을 울려 하인을 불렀다. 잠시 후 남작의 딸인 드 빌몽 부인이 들어왔다. 수심이 가득하고 풀이 죽은 젊은 여자였다. 보트를레는 즉시 남작의 딸에게 질문했다.

"이 책을 서재 위에서 발견했다고 하셨습니까?"

"예, 아직 끈도 풀지 않은 책 상자에서요."

"책을 읽으셨습니까?"

"예, 어제저녁에요."

"책을 읽을 때 두 쪽이 없었나요? 잘 생각해보십시오. 숫자와 점으로 이루어진 표 다음에 나오는 두 쪽입니다."

"아닙니다, 제대로 다 있었어요." 남작의 딸이 놀라며 대답했다.

"하지만 찢겨 있습니다…."

"그 책은 간밤에 그대로 제 방에 있었습니다."

"오늘 아침은요?"

"오늘 아침에는 마시방 씨가 오셨다고 해서 제가 직접 이리로 가지고 왔어요."

"그런 뒤에는요?"

"그다음에는… 잘은 모르겠지만… 혹시….”

"무슨?”

"조르주… 제 아들이… 오늘 아침에 그 책을 가지고 놀았어요.”

남작의 딸은 보트를레, 마시방, 아버지와 함께 서둘러 나갔다. 아이는 방에 없었다. 곳곳을 다 뒤진 끝에 성 뒤에서 노는 아이를 발견했다. 하지만 아이는 어른 세 명이 딱딱한 어조로 이런저런 질문을 쏟아내자 그만 놀라서 울음을 터뜨렸다. 이제는 사방으로 뛰어가 하인들을 추궁했다. 그야말로 난리였다. 보트를레는 진실이 손가락 사이로 빠져나가는 물처럼 자취를 감출 듯한 끔찍한 기분이 들었다. 이성을 되찾으려고 애썼고 드 빌몽 부인의 팔을 잡고 남작, 마시방과 함께 응접실로 돌아왔다.

"책은 완전한 상태가 아닙니다. 두 쪽이 찢겼습니다…. 하지만 부인께서는 그 두 쪽에 적힌 내용을 읽으셨지요?” 보트를레가 말했다.

"예.”

"무슨 내용인지 아십니까?”

"알아요.”

"말씀해주실 수 있습니까?”

"물론이에요! 호기심이 동해 꼼꼼하게 읽은 책이니까요. 그런데 두 쪽의 내용은 특히 놀라웠습니다. 정말 놀라운 비밀이 폭로된 내용이었어요.”

"그렇다면 말씀해주십시오, 어서. 부탁드립니다. 그 내용은 매우 중요합니다. 어서 말씀해주세요. 시간을 끌 때가 아닙니다. 에기유 크뢰즈가…."

"오! 간단해요. 에기유 크뢰즈란…."

바로 그때 하인이 들어왔다.

"부인께 온 편지입니다…."

"이상하다…. 집배원은 아까 다녀갔는데."

"어떤 소년이 전해달라고 했습니다."

드 빌몽 부인은 편지 봉투를 뜯고 편지를 읽었다. 그러고는 갑자기 창백하고 겁에 질린 표정으로 가슴에 손을 얹고는 휘청였다.

편지가 미끄러져 바닥에 떨어졌다. 보트를레가 편지를 주워 실례를 무릅쓰고 읽었다.

입 닥치세요…. 그러지 않으면 부인의 아들은 영영 깨어나지 못할 겁니다….

"우리 아들… 우리 아들…." 드 빌몽 부인은 말을 더듬었다. 부인은 너무나 연약해서 위험에 처한 아들을 구하러 갈 수 없어 보였다.

보트를레가 드 빌몽 부인을 안심시켰다.

"별것 아닐 겁니다…. 그냥 지나가는 소리일 겁니다…. 도대체 누가 이런 짓을 하겠습니까?"

"아르센 뤼팽은 아니길." 마시방이 슬그머니 끼어들었다.

보트를레는 마시방에게 조용히 하라는 신호를 보냈다. 보트를레는 적이 다시 한 번 주의를 기울이고 무엇이든 할 태세를 갖추었음을 이미 알고 있었다. 그래서 드 빌봉 부인에게서 오랫동안 기다렸던 정보를 당장 얻으려고 애쓴 것이다.

"제발요, 부인, 진정하시고요…. 우리 모두 곁에 있으니… 위험은 전혀…."

드 빌봉 부인이 과연 말할 것인가? 보트를레는 그렇게 믿었고 그러기를 바랐다. 부인은 몇 마디를 더듬거리며 말했다. 그런데 또다시 문이 열렸다. 이번에는 하녀가 들어왔다. 하녀는 무척 당황한 것처럼 보였다.

"조르주 도련님이… 부인… 조르주 도련님이…."

드 빌봉 부인은 불쑥 기운을 차렸다. 그리고 거의 본능적으로 그 누구보다도 빠르게 성큼성큼 계단을 내려갔고 현관을 지나 테라스 쪽으로 달렸다. 의자 위에는 어린 조르주가 축 늘어진 채 움직이지 않았다.

"뭐야! 자고 있잖아…!"

"도련님이 갑자기 잠이 들었어요. 잠을 깨우려 했지만 깨어나지 않아 방으로 옮기려고 했어요. 그런데 손이… 손이 너무 차가웠어요."

"차갑다고! 그래, 정말 그렇네…. **아! 제발, 우리 아들이 깨어나야 할 텐데!**"

보트를레는 슬그머니 바지 주머니에 손을 넣고는 권총 손잡이를 쥐었다. 그리고 손가락을 방아쇠에 걸어 재빨리 마시방을 향해 발사했다.

마시방은 보트를레의 행동을 예상한 듯 날쌔게 총알을 피했다. 보트를레는 하인들에게 소리치며 마시방에게 달려들었다.

"도와주세요! 뤼팽입니다…!"

마시방은 갑작스러운 공격에 버드나무 의자 위로 넘어졌다.

7초에서 8초 후 마시방이 일어났다. 마시방은 헐떡이는 보트를레를 놔두고 보트를레의 권총을 들었다.

"자… 좋아…. 움직이지 마…. 2~3분 전에야 날 알아본 것 같군…. 조금 전에야 날 알아봤어. 내가 그렇게도 마시방과 닮았나 보지?"

놀랍게도 마시방은 허리를 꼿꼿이 편 채 겁에 질린 하인 세 명과 당황한 남작을 바라보며 웃었다.

"이지도르, 실수했군. 저들에게 내가 뤼팽이라고만 말하지 않았어도 내게 마음껏 달려들었을 텐데 말이야. 저 덩치들 좀 보게. 내가 어떻게 되었겠는가, 이런! 4대 1이라니!"

뤼팽은 하인들에게 다가갔다.

"자, 두려워할 필요는 없습니다…. 사탕이라도 줄까요…? 자, 막대 사탕이라도? 기운이 날 텐데 말입니다. 아! 자네는 내게 100프랑 지폐를 돌려주어야겠어. 그래, 자네. 내가 방금 부인에게 편지를 전하는 값으로 돈을 주었지…. 자, 어서, 못된 하인 같으니."

뤼팽은 하인이 내민 푸른색 지폐를 받고는 갈기갈기 찢어버렸다.

"배신의 대가로 받은 돈은… 영 신경이 거슬려서 말이야."

뤼팽은 모자를 집어들고는 드 빌몽 부인 앞에 고개를 숙여 인사했다.

"용서해주시겠습니까, 부인? 살다 보면, 특히 나 같은 사람은 나조차도 얼굴을 붉힐 흉악한 일들을 저지를 때가 자주 있습니다. 하지만 아드님 걱정은 마십시오. 그저 조그만 주사를 한 대 놓았을 뿐입니다. 아까 어른들이 질문해댈 때 말이지요. 늦어도 한 시간 뒤에는 깨어날 겁니다…. 다시 한 번 사과드립니다. 하지만 비밀은 지켜주시길 바랍니다."

뤼팽은 다시 한 번 인사했고 자신을 따뜻하게 맞아준 드 벨린 남작에게도 감사 인사를 전했다. 그런 뒤 지팡이를 집어들고 담배에 불을 붙여 남작에게도 한 대 권한 후 근사하게 모자를 쓰다듬었다. 이어서 뤼팽은 보트를레에게 마치 후견인 같은 목소리로 말했다. "잘 있게, 애송이!" 그러고는 하인들 앞에 담배 연기를 내뿜으며 조용히 나갔다.

보트를레는 몇 분을 기다렸다. 드 빌몽 부인은 아까보다 침착해진 채로 아들을 돌봤다. 보트를레는 마지막으로 요청할 생각으로 부인에게 다가갔다. 두 사람의 눈이 마주쳤다. 보트를레는 아무 말도 하지 않았다. 무슨 일이 있어도 드 빌몽 부인이 절대 입을 열지 않으리라는 것을 이해했기 때문이다. 아들 생각만이 가득한 부인의 머릿속에서 에기유 크뢰즈의 비밀은 깊은 어둠 같은 과거 속으로 영영 묻혀버렸다.

보트를레는 이제 그만 포기하고 이곳을 떠났다.

오전 10시 30분이다. 11시 50분에 기차가 있다. 보트를레는 정원의 길을 따라 천천히 걷다가 역으로 향하는 길로 들어섰다.

"어떠신가, 이번에는?"

길가 숲 속에서 갑자기 튀어나온 사람은 마시방, 아니, 뤼팽이었다.

"잘 맞아떨어지지 않았나? 자네의 늙은 친구가 줄타기 묘기를 제대로 하지 않았나? 이제는 분명 단념할 테지? 비명 문학 아카데미 회원인 마시방이라는 이름이 실제로 존재하는지 궁금하겠지? 물론 실제로 있는 사람이라네. 얌전히 굴면 직접 만나게 해줄 수도 있어. 하지만 우선 자네에게 권총을 돌려주겠네. 총알이 들어 있느냐고? 당연히 들어 있지. 다섯 발 들어 있어. 날 골로 보내려면 한 발이면 충분하지…. 총을 그대로 주머니 속에 넣는군…? 그래, 좋은 생각이야…. 그렇게 있는 지금이 훨씬 낫군…. 허튼짓을 하는 것보다는 말이야! 자네는 젊으니까 이렇게 생각하겠지. 저 대단한 뤼팽에게 또다시 당했구나. 그런데 그가 세 발짝 떨어진 곳에 가까이 서 있어…. 모르겠다, 총을 쏘자…. 좋아, 해보라고…. 그런데 그보다는 100마력의 힘을 자랑하는 내 자동차에 타보는 건 어떻겠나?"

뤼팽은 입술에 손을 대고 휘파람을 불었다.

늙은 마시방의 진지한 모습과 뤼팽의 과장된 행동이 뒤섞여 익살스러운 분위기가 연출됐다. 보트를레는 그만 웃고 말았다.

"웃었군! 웃었어!" 뤼팽은 기뻐서 펄쩍 뛰며 큰 소리로 말했다. "자네한테 부족한 게 바로 웃음이라고…. 자넨 나이에 비해 너무 진지해…. 자네는 호감이 갈 만큼 순수하고 소박한 매력이 넘치지만 웃음이 없어."

뤼팽은 보트를레 앞에 떡하니 섰다.

"자, 이제는 자네를 울릴 수도 있어. 내가 자네의 수사 과정을 어떻게 알았는지 아는가? 마시방이 자네에게 보낸 편지와 오늘 아침 마시방이 빌린 성에서 자네와 만나기로 한 약속을 어떻게 알았을까? 자네에게 요즘 머물 집을 제공한 친구의 조잘거림으로 알았다네…. 자네가 그 바보에게 이런저런 말을 했을 테지. 그런데 그 친구는 자기 여자친구에게 미주알고주알 다 이야기하더군. 그 여자친구가 뤼팽과는 비밀이 없는 친구인데도 말이야. 내가 뭐라 했나? 거 보게…. 자네 눈시울이 벌써 축축해졌군…. 친구의 배신 때문에 슬퍼진 거지…. 괜찮아…. 별 것도 아닌 거 가지고…. 자네의 놀란 눈빛을 보면 언제나 내 마음이 편치 않아…. 어느 날 저녁에 자네가 가이용에서 내게 이것저것 물었던 때가 늘 기억나. 그 늙은 공증인은 나였어. 웃으라고…. 내가 뭐라고 했나? 자네에게 부족한 것은… 순발력이야. 내게는 순발력이 있고."

가까이에서 자동차 엔진 소리가 들렸다. 뤼팽은 보트를레의 팔을 덥석 잡았고 차가운 눈빛으로 쏘아봤다.

"이제는 좀 가만히 있어주겠나? 자네가 할 수 있는 게 아무것도 없음을 알았을 텐데 그렇게 힘을 낭비해봐야 무슨 소용인가? 세상에는 악당들이 많아…. 그들을 쫓고 나는 그만 내버려 두게…. 그러지 않으면…. 내 이야기는 알아들은 것으로 알겠네."

뤼팽은 자신의 의지를 강요하듯 보트를레를 잡아 흔들고는 빈정대며 이렇게 말했다.

"이런, 내가 바보지! 자네가 날 그냥 놔둔다고? 자넨 그럴 사람이 아니지…. 아, 내가 왜 주춤거리는지 모르겠어…. 자네를 얼른 묶어 재갈을 물릴 수도 있는데 말이야. 두 시간 후에는 컴컴한 어둠 속에 몇 달 동안 가둬버릴 수도 있지. 나는 아주 안전하게 빈둥거리고…. 내 조상인 프랑스 국왕들이 마련해준 평화로운 은신처에 숨어, 나를 위해 모아둔 엄청난 보물들을 누리면서 말이야. 하지만 나는 그렇게 살지 못할 운명 같네. 자네가 원하는 게 뭔가? 누구나 약점이 있어. 나 역시 그렇지. 자네에게 잔인할 수 없다는 게 약점이야. 도대체 어쩌자는 거야. 아직은 멀었어. 자네가 에기유의 심연 속에 손을 담그려면 건너야 할 강이 한두 개가 아니야. 젠장, 나도 열흘이나 걸렸다고. 자네는 10년이 걸릴 거야. 우리 두 사람 사이에는 엄청난 차이가 있으니까."

자동차가 도착했다. 큰 지붕이 달린 커다란 자동차였다. 뤼팽은 차 문을 열었다. 보트를레는 비명을 질렀다. 차 안에 있는 사람은 뤼팽, 아니 마시방이었다.

갑자기 보트를레는 모든 것을 깨닫고 웃었다.

뤼팽이 보트를레에게 말했다. "조용히 하게나. 마시방 씨가 주무시고 있다네. 내가 만나게 해주겠다고 하지 않았나. 이제 어떻게 된 건지 이해가 되는가? 자정쯤에 나는 두 사람이 성에서 만나기로 한 약속을 알고 있었어. 그래서 오전 7시에 그곳으로 갔지. 마시방이 지나가면 바로 건질 수 있도록 말이네. 그리고 간단한 주사 한 방… 그것으로 충분했지! 그렇게 잠이 든 거야…. 마시방 씨가 추울까 봐 햇빛이 잘 드는 언덕 위로 옮겨놓았지. 그래… 좋아… 좋았어…. 모자는 이렇게 손에 쥐어주고!

'한 푼만 주십시오'라고 하듯이. 아! 내가 잠시 마시방이 되는 동안 마시방 씨는 내가 되었지!"

두 명의 마시방, 고개를 꾸벅이며 잠든 마시방과 심각한 표정으로 주의를 기울이고 예의를 차리는 마시방이 서로 마주하는 장면은 정말이지 익살스러웠다.

"오, 제발 이 불쌍한 장님에게 자비를…. 자, 마시방, 여기 동전 두 닢과 내 명함을 주지…."

"애들아, 이제 전속력으로 달리는 거다…. 자, 시속 120킬로미터로 달릴 수 있겠지? 자, 이지도르, 어서 타라고…. 오늘 학회에 총회가 있어. 마시방은 3시 반에 어떤 소논문을 낭독하기로 했지. 예정대로 낭독해야지. 내가 진짜 마시방이 되어 비문에 관한 생각을 발표하는 거라네. 얼른 학회로 가야 해. 뭐하는가? 아직 115킬로미터밖에 안 되잖아…. 두려운가 보군. 아르센 뤼팽과 함께 있다는 사실을 잊은 건가? 아, 이지도르… 인생은 단조롭다고 하지. 하지만 인생은 대단히 멋지기도 해. 인생을 알아야 해. 나야 인생을 알지…. 아까 성에서 자네가 늙은 벨린 남작과 이야기하고 있을 때 나는 창가에 기대 역사적인 책의 페이지들을 찢었다네. 그 얼마나 흥미로운 일인가! 자네가 드 빌몽 부인에게 에기유 크뢰즈에 대해 물었지. 부인이 말해주었을까? 말해주었을 수도 있고 아닐 수도 있지. 그때는 나도 긴장했어…. 부인이 말하면 내 인생을 다시 시작해야 하니까. 모든 것이 무너지고 말지. 하인이 제때 들어와 주지 않았다면? 모를 일이지…. 보트를레가 나의 가면을 벗겼을까? 절대 아니지! 너무 우둔한 생각이야! 뭐, 정확히는 알 수 없네. 자네, 지금도 나를 슬쩍 곁눈질하는군. 그래, 권총을 꺼낼지도 모르지…. 아! 인생이란 이렇게 달콤하네…! 이지도르, 자넨 말이 너무 많아…. 자고 싶지 않나? 난 잠 좀 자야겠어…. 잘 자게…."

보트를레는 뤼팽을 바라봤다. 뤼팽은 벌써 잠든 듯 보였다.

자동차는 탁 트인 공간을 향해 무섭게 달렸다. 마을도, 밭도, 숲도 없었다. 오직 탁 트인 공간, 끝없이 펼쳐진 공간만 있었다. 보트를레는 호기심 어린 눈으로 오랫동안 뤼팽을 바라봤다. 뤼팽의 가면을 벗기고 진짜 모습을 보고 싶다는 생각이 들었다. 두 사람이 같은 공간에 있는 이 상황에 대해서도 생각했다.

오늘 아침의 흥분과 실망이 지나가자 이번에는 보트를레가 피곤을 느끼며 잠이 들었다.

잠에서 깼을 때 뤼팽은 책을 읽고 있었다. 보트를레는 책 제목을 보기 위해 고개를 숙였다. 그 책은 철학자 세네카가 쓴 《루킬리우스에게 보내는 편지》였다.

8
카이사르에서 뤼팽까지

'젠장, 나도 열흘이나 걸렸다고. 자네는 10년이 걸릴 거야. 우리 두 사람 사이에는 엄청난 차이가 있으니까.'

벨린 남작의 성에서 나와 뤼팽이 한 이 말은 보트를레의 행동에 큰 영향을 끼쳤다. 뤼팽은 매우 침착하고 절제력이 있는 사람이지만 가끔은 어린아이처럼 흥분하거나 낭만적인 허세를 부리고 과장된 행동도 하느라 가끔 엉뚱한 말을 늘어놓았다. 보트를레는 그 말을 놓치지 않고 활용했다.

맞든 틀리든 보트를레는 뤼팽이 무의식적으로 뱉는 말 속에서 그의 고백을 읽어왔다고 생각했다. 뤼팽이 이번에 한 말을 토대로 결론을 내려보면 뤼팽과 보트를레가 똑같은 상황에서 에기유 크뢰즈의 진실을 추적해왔다는 의미일 것이다. 두 사람 모두 똑같은 방법을 사용했다는 것은 뤼팽도 똑같은 기회와 똑같은 성공 조건에서 출발했다는 뜻이다. 하지만 같은 기회와 성공 조건에서도 뤼팽은 열흘밖에 걸리지 않았다. 그 조건과 방법, 운은 무엇이었을까? 한마디로 1815년에 발간된 소책자에 대한 지식이다. 뤼팽도 마시방처럼 우연히 소책자를 발견했다. 그 소책자 덕에 마리 앙투아네트의 기도책에 숨겨진 중요한 쪽지를 발견할 수 있었다. 그러므로 소책자와 쪽지가 뤼팽이 사용한 단서의 전부다. 뤼팽은 이 단서들로 모든 것을 다시 세웠다. 불가사의한 도움은 없다. 오직 소책자와 문서만 연구했을 뿐이다.

그렇다! 그렇다면 왜 보트를레는 같은 문제에서 막혀 더 나가지 못했을까? 해봤자 뻔한 결투를 해봐야 무슨 소용인가? 처음에는 확신하고 밀어붙였다가도 결국 덫에 걸려 한심한 결과만 낳을 조사를 해봐야 무슨 소용인가?

보트를레는 즉각 확고하게 결심했다. 일단 결심을 하자 제대로 된 길로 긴다는 생각에 기분이 좋아졌다. 우선 보트를레는 불필요한 넋두리를 하지 않고 친구의 집에서 짐을 들고 나와 여기저기 돌아다니다 파리 중심에 있는 작은 호텔에 머물렀다. 보트를레는 종일 호텔에서 나오지 않았다. 시내 식당에서 식사할 때를 제외하면 커튼이 쳐진 방문을 걸어 잠그고 생각에 잠겨 나머지 시간을 보냈다.

아르센 뤼팽은 열흘이라고 했다. 보트를레는 지금까지 해오던 모든 것을 잊고 소책자와 쪽지만 기억하려고 애썼다. 뤼팽이 말한 열흘이라는 기한을 넘기지 않기 위해 애썼다. 하지만 열흘이 지나갔고 열하루, 열이틀이 지났다. 열사흘이 되자 보트를레는 어떤 빛이 머릿속을 관통하는 듯한 느낌이 들었다. 기적의 식물처럼 엄청난 속도로 생각이 자랐다. 진실이 싹을 피우고 뿌리를 내렸다. 열사흘째 저녁, 보트를레는 아직 문제의 해답을 확실히 알지는 못했지만 어떻게 해답을 얻을 수 있는지는 확실히 알았다. 뤼팽이 사용했을 바로 그 방법!

매우 간단한 그 방법은 하나의 질문에서 출발한다. 소책자에서 에기유 크뢰즈와 관련된 많고 많은 역사적 사실은 서로 어떤 관계가 있는가?

사건들이 워낙 다양해서 답을 찾기가 어려웠다. 하지만 보트를레는 깊이 연구한 끝에 마침내 모든 사건과 관련된 중요한 한 가지 특징을 알아냈다. 모든 사건은 예외 없이 지금의 노르망디 근처에 해당하는 옛날 네우스트리아 왕국에서 일어났다. 환상적인 모험의 모든 주인공은 노르망디인들, 혹은 노르망디 사람이 되었거나 노르망디에서 잠시 활동했던 사람들이다.

오랜 세월에 걸쳐 이루어진 행렬은 정말로 흥미진진했다! 나고 자란 곳이 서로 다른 남작, 공작, 국왕들 모두가 이곳에 모여 놀라운 장면을 연출해왔다!

보트를레는 닥치는 대로 역사책을 읽었다. **최초의 노르망디 공작**인 롤로는 생 클레르 쉬르 엡트 조약 이후 줄곧 에기유의 비밀을 간직한 주인이다.

다음으로 **노르망디 공작**이자 영국 국왕인 정복자 기욤의 군기 깃대는 바늘(에기유)처럼 뾰족하다고 했다.

영국인들이 문제의 비밀을 아는 잔 다르크를 화형에 처한 곳은 루앙이다.

모든 일의 근원인 칼레트족 수장은 어떤 인물이었을까? 카이사르에게 붙잡히자 자신의 몸값으로 에기유의 비밀을 알려주겠다고 한 그 수장도 코 지방, 역시 **노르망디**의 중심에 있는 코 지방의 부족장 아니던가?

가설이 명확해지고 범위가 좁혀졌다. 루앙, 센 강 유역, 코 지방… 모든 길이 그쪽으로 모여들었다. 노르망디 공작들이 잃어버리고 그 후계자인 영국의 왕들도 잃어버린 비밀이 프랑스 왕실의 비밀이 되었다. 여기서 특별히 짚어야 할 프랑스의 왕 두 명은 앙리 4세와 프랑수아 1세다. 앙리 4세는 루앙을 포위해 공격했고 디에프의 관문인 아르크에서 전투를 승리로 이끌었다. 프랑수아 1세는 르아브르를 세웠고 이런 말을 했다. "**프랑스 국왕들은 상황의 방향과 도시들의 운명을 정할 비밀을 지녔다.**" 루앙, 디에프, 르아브르… 삼각형의 세 꼭짓점에 해당하는 도시들. 그 점을 연결하여 만들어진 삼각형의 중심부가 바로 코 지방이다.

17세기에 루이 14세는 어느 수수께끼 같은 사람이 진실을 폭로하려고 쓴 책을 불태웠다. 이때 라르베리 근위대장은 불 속에서 한 권을 빼돌려 책에서 알게 된 비밀을 이용해 상당량의 보물을 훔쳤으나 돌아가는 길에 도둑들을 만나 살해되었다. 그 길이 어디였을까? 가이용! 르아브르, 루앙, 파리의 디에프로 통하는 길에 위치하는 작은 마을 가이용!

그로부터 1년 뒤, 루이 14세가 땅을 사들여 에기유 성을 지었다. 그런데 루이 14세가 고른 땅은 어디였는가? 프랑스의 중심부였다. 이는 호기심 많은 사람의 시선을 다른 곳으로 돌리기 위한 작전이었다. 그렇게 하면 노르망디에 관심을 두지 않을 테니 말이다.

루앙… 디에프… 르아브르… 코 지방을 이루는 삼각형… 모든 것이 그 안에 있다…. 한 변은 바다, 또 한 변은 센 강, 나머지

한 변은 루앙에서 디에프로 이르는 두 계곡이다.

불현듯 한 줄기 빛이 보트를레의 머릿속을 비쳤다. 그 삼각형으로 이루어진 지역, 센 강 유역의 절벽에서부터 도버해협의 절벽에 이르는 고원지대는 뤼팽이 늘상 활약하던 영역이 아니던가.

정확히 10년 전부터 뤼팽은 은신처라도 마련해놓은 듯 에기유 크뢰즈의 전설과 밀접하게 관계된 지역을 중심으로 약탈해왔다.

카오른 남작 사건?(《괴도신사 아르센 뤼팽》 중 〈감옥에 갇힌 아르센 뤼팽〉 참조 - 옮긴이) 루앙과 르아브르 사이 센 강 유역에서 벌어진 사건이다. 티베르메닐 사건?(《괴도신사 아르센 뤼팽》 중 〈헐록 숌즈, 한발 늦다〉 참조 - 옮긴이) 루앙과 디에프 사이 고원지대의 반대편 끝에서 벌어진 사건이다. 그뤼셰와 몽티니, 크라스빌 도난 사건? 코 지방의 한복판에서 일어난 사건이다. 뤼팽이 열차 객실에서 라퐁텐가 살인 사건의 범인인 옹프레에게 공격받아 결박당했을 때도(《괴도신사 아르센 뤼팽》 중 〈불가사의한 여행객〉 참조 - 옮긴이) 어디로 가던 중이었던가? 루앙이다. 뤼팽의 포로가 된 헐록 숌즈가 배를 탄 곳은 어디였던가?(《아르센 뤼팽 대 헐록 숌즈》 중 〈납치〉 참조 - 옮긴이) 르아브르 근처였다.

현재의 비극적 사건도 어디가 무대인가? 르아브르에서 디에프에 이르는 앙브뤼메지 아닌가. 언제나 루앙, 디에프, 르아브르가 이루는 삼각형인 코 지방이다.

지금으로부터 수년 전, 소책자를 손에 넣은 아르센 뤼팽은 마리 앙투아네트가 쪽지를 숨긴 곳을 알아채고 그 유명한 기도책을 찾아냈을 것이다. 쪽지를 발견한 뤼팽은 탐험을 떠났고 드디어 목표 지점을 발견해 그곳에 거처를 정했을 것이다.

보트를레도 탐사에 나섰다.

보트를레는 뤼팽과 같은 여행을 한다는 생각에 흥분하며 길을 떠났다. 막강한 힘을 안겨다 줄 엄청난 비밀을 발견할 생각으로 가슴이 뛰었을 뤼팽과 똑같은 희망을 품고 말이다. 결국 보트를레의 노력도 뤼팽의 노력처럼 승리의 결과로 이어질 것인가?

보트를레는 변장한 채 아침 일찍부터 걸어서 루앙을 떠났다. 막대기 끝에 봇짐을 매달아 어깨에 걸친 모습은 마치 프랑스 일주를 하는 여행사 같았다.

보트를레는 곧장 뒤클레르로 갔다. 이곳 마을을 벗어나서는 계속 센 강 유역을 따라 걸었다. 여러 가정을 미리 생각하면서 강력해진 직감에 의지해 구불구불 이어지는 아름다운 강줄기를 따라 걸음을 옮겼다. 카오른 성 도난 사건에서도 도난품들이 운반된 경로는 센 강을 따라 있었다. 주요 골조만 빼고 전부 모조품으로 바꿔치기 당한 샤펠 디외 수도원의 석조품들 역시 센 강을 따라 운반되었다. 보트를레는 루앙에서 르아브르까지, 정기 수송선이 지역의 각종 예술품과 보물들을 끌어모아 억만장자의 은신처를 향해 가는 광경을 상상했다.

"마침내… 드디어…!" 보트를레는 연신 중얼거리며 마침내 진실의 전모에 다가가리라는 생각에 숨이 막힐 듯한 기분을 느꼈다.

초기에 겪은 실패들은 더 이상 보트를레의 기를 꺾어놓지 못했다. 가슴 깊숙하게 자리 잡은 흔들리지 않는 신념이 그 어느 때보다도 정확한 가설로 보트를레를 이끌었다. 아무리 무모해도 상관없다! 지금 쫓고 있는 적을 이기려면 이 정도의 무모함은 상관없다. 보트를레가 세운 가설은 뤼팽이라는 이름의 엄청난 현실에 걸맞게 대담했다. 뤼팽과 같은 인물을 상대하려면 엄청나고 대단한, 초인적인 것을 뛰어넘는 가설을 세워야 했다. 쥐미에주, 라 마이유레이, 생 방드리유, 코드벡, 탕카르빌, 키유뵈프… 모두 보트를레의 기억 속에 생생한 지역들이다! 고딕식 종탑들이 지닌 위엄 혹은 광활한 폐허가 지닌 장엄함을 보트를레는 얼마나 여러 번 바라보았던가!

마침내 르아브르와 그 인근이 등대의 불빛처럼 이지도르 보트를레의 눈에 들어왔다. '**프랑스 국왕들은 상황의 방향과 도시들의 운명을 정할 비밀을 지녔다.**'

알쏭달쏭했던 이 문장이 지금은 명확하게 이해된다! 프랑수아 1세가 이곳에 도시를 세우기로 결심한 동기를 정확히 선언한 문장이 아닌가? 르아브르 드 그라스(은혜받은 항구라는 뜻 – 옮긴이)의 운명은 에기유의 비밀과도 관련 있지 않은가?

"이거야…. 바로 이거야…." 보트를레가 취한 듯 중얼거렸다.

이곳은 노르망디의 유서 깊은 하구이자 프랑스라는 국가가 형성된 초기 요지 중 한 곳이다. 이 유서 깊은 하구는 두 가지 힘으로 완성되었다. 하나는 잘 알려진 신흥 항구로서의 힘, 즉 하늘 아래에서 대서양을 호령하고 세계를 향해 뻗어 나가는 생명력이다. 또 다른 힘은 보이지 않고 느낄 수 없는, 즉 불안하고 어두운 힘이다. 프랑스 역사와 왕가의 비밀 중 한 측면은 에기유로 설명된다. 마찬가지로 뤼팽의 모든 이야기도 에기유로 설명된다. 국왕들에게 막대한 부를 안겨준 힘과 그 원천이 대모험가 뤼팽에게 다시 한 번 새롭게 막대한 부를 안겨준 셈이다.

작은 마을에서 작은 마을로, 강에서 바다로, 보트를레는 코로 바람을 느끼고 귀는 쫑긋 세워 모든 것에서 깊은 의미를 이끌어내려고 노력하면서 샅샅이 누비고 다녔다. 저 언덕에 물어볼까? 이 숲에? 이 마을의 집들에? 이 농부가 하는 의미 없는 말 중에서 수수께끼를 풀 열쇠를 얻을 수 있을까?

어느 날 아침, 보트를레는 하구의 옛 도시인 옹플뢰르가 보이는 어느 여인숙에서 식사했다. 맞은편에는 어떤 남자가 식사하고 있었다. 혈색 좋고 체구가 육중하며 손에 채찍을 쥔 남자는 긴 작업복을 입고 장터를 다니는 노르망디 말 장수 중 한 명이었다. 문득 보트를레는 이 말 장수도 자신을 주의 깊게 바라보는 듯한 기분을 느꼈다. 마치 보트를레를 알고 있거나 적어도 보트를레를 기억하려고 노력하는 듯했다.

'이런, 내가 잘못 느낀 거겠지. 저 말 장수를 본 적이 없으니까. 저 말 장수도 날 알 리가 없잖아.' 보트를레가 생각했다.

정말로 말 장수는 보트를레에게 더 이상 신경 쓰지 않는 것 같았다. 말 장수는 커피와 코냑을 주문하고는 파이프에 불을 붙여 피우고 코냑을 마셨다. 보트를레는 식사가 끝나자 돈을 내고 자리에서 일어섰다. 나가려고 했지만 손님들이 한꺼번에 들어오는 바람에 말 장수가 앉은 테이블 곁에서 잠시 서 있어야 했다. 보트를레는 말 장수가 낮은 목소리로 건네는 말을 들었다.

"안녕하십니까, 보트를레 씨."

이지도르 보트를레는 주저하지 않고 말 장수 곁에 앉아 말했다. "그래요, 제가 보트를레입니다…. 그런데 누구십니까? 절어떻게 아십니까?"

"어렵지 않지요…. 신문에 실린 사진밖에는 못 봤지만요. 하지만 보트를레 씨는 너무… 프랑스어로는 뭐라고 해야 할까…? 분장이 너무 서투르군요."

말 장수는 외국인 억양이 강했다. 보트를레가 말 장수를 자세히 살펴보니 그 역시 진짜 모습을 가린 채 분장했음을 알아볼 수 있었다.

"누구십니까? 누구시지요?" 보트를레가 다시 물었다.

말 장수가 미소 지었다.

"날 알아보지 못하는 겁니까?"

"그렇습니다. 한 번도 본 적이 없으니까요."

"나 역시 이런 내 모습은 처음입니다. 하지만 잘 기억해보세요…. 나도 신문에 자주… 실리는 얼굴입니다. 이제 알겠습니까?"

"모르겠습니다."

"헐록 숌즈입니다."

생각지 못한 만남이었다. 의미 있는 만남이기도 했다. 보트를레는 상황을 바로 이해했다. 보트를레는 인사말을 나눈 뒤 숌즈에게 말했다. "여기에 온 이유는… 그자 때문이겠지요?"

"그렇습니다…."

"그렇다면… 이번에는 우리에게 승산이 있다고 보시는 거군요…."

"확실히 그렇습니다."

보트를레는 숌즈의 생각이 자신의 생각과 일치한다는 것을 확인하고는 기뻤지만 다른 기대도 섞여 있었다. 이 영국인이 목적을 달성한다면 승리를 함께 나눌 것이고 만일 보트를레가 한발 앞선다면?

"증거가 있습니까? 단서는요?"

"두려워 마십시오." 숌즈는 보트를레가 불안해하고 있다는 것을 알고 빈정거렸다. "나는 보트를레 씨가 긴 길을 걸을 생각이 없습니다. 보트를레 씨가 가진 쪽지와 소책자는 내게는 별로 믿을 만한 것들이 아닙니다."

"그렇다면 숌즈 씨는 무얼 가지고 있습니까?"

"내게는 그런 게 없습니다."

"공개할 수 없는 것인가요?"

"전혀 그렇지 않습니다. 왕관 사건, 샤르므라스 공작 사건 (1908년 초연된 4막짜리 연극 〈아르센 뤼팽〉에 등장한 사건 – 옮긴이)을 기억하십니까?"

"예."

"뤼팽의 나이 든 유모 빅투아르를 잊지 않으셨겠지요. 내 친구 가니마르 경감이 가짜 독방식 죄수호송차에서 놓쳐버린 여자지요."

"기억합니다."

"빅투아르의 흔적을 다시 찾았습니다. 25번 국도에서 멀지 않은 농장에 살고 있더군요. 25번 국도는 르아브르에서 릴로 가는 길입니다. 나는 빅투아르를 이용해 뤼팽에게 접근할 생각입니다."

"시간이 걸리겠는데요."

"상관없습니다! 다른 일들은 전부 내팽개쳤습니다. 이번 사건이 제일 중요하니까요. 뤼팽과 나 사이에는 결투… 처절한 결투가 남아 있습니다."

숌즈의 거친 말 속에는 여태까지 당한 모욕과 자신을 잔인하게 가지고 논 적에 대한 각종 원망이 서려 있었다.

"자, 그만 가시지요. 사람들이 우리를 보고 있습니다…. 괜한 위험이 될 수 있습니다…. 하지만 내 말을 기억하십시오. 뤼팽과 내가 마주하는 그날은… 극적인 날이 될 겁니다."

보트를레는 헐룩 숌즈를 두고 나오면서 마음이 한결 가벼워졌다. 저 영국인이 한발 앞설 일을 걱정할 필요는 없을 듯했다.

또한 우연한 만남 덕분에 한 가지 증거를 더 얻었다! 르아브르에서 릴로 가는 도로는 디에프를 지난다. 코 지방의 주요 연안도로이다! 도버해협의 절벽을 내려다보는 해안도로! 이 도로와 가까운 농장에 빅투아르가 살고 있다니. 빅투아르와 뤼팽은 서로 떼려야 뗄 수 없는 관계이며 언제나 맹목적으로 헌신하는 하녀와 주인의 관계이다.

"마침내… 드디어…." 보트를레가 중얼거렸다. "우연한 만남으로 새로운 정보를 얻었군. 이로써 가정이 더욱 확실해졌어. 확실히 한쪽으로는 센 강 유역이, 또 한쪽으로는 국도가 있어. 두 길이 만나는 곳은 프랑수아 1세가 세운 도시이자 비밀을 간직한 도시 르아브르야. 수사 범위가 점점 좁혀지고 있어. 코 지방은 넓지 않다. 게다가 서쪽 부분만 샅샅이 조사하면 돼."

보트를레는 악착같이 마음을 다잡았다.

"뤼팽이 찾은 것이라면 나라고 못 찾을 이유가 없지." 보트를레는 끝없이 자기 암시를 걸었다. 물론 뤼팽은 보트를레보다 여러 가지 커다란 이점을 가지고 있다. 아마도 지역을 속속들이 알 테고 지역 전설에 대한 정확한 정보도 가지고 있을 것이다. 이 지역에 대해서는 문외한인 보트를레로서는 갖지 못한 귀한 이점이다.

하지만 상관없다!

조사하는 데 10년이 걸린다 해도 보트를레는 끝까지 해볼 작정이다. 분명 뤼팽이 여기에 있었다. 보트를레는 뤼팽이 눈에 보이는 듯했고 뤼팽의 행적이 어떠했을지 짐작이 갔다. 뤼팽은 길모퉁이, 숲 언저리, 마을 어귀에서 보트를레를 기다리고 있을지도 모른다. 그래서 허탕을 치며 실망할 때조차 더욱 악착같이 매달리겠다는 보트를레의 결심은 커졌다.

보트를레는 자주 길가에 앉아 늘 몸에 지니고 다니는 쪽지를 열심히 연구했다. 쪽지는 숫자를 모음으로 대체한 암호문의 사본이다.

$$e.a.a..e..e.a.$$
$$.a..a...e.e.~.e.oi.e..e.$$
$$.ou..~e.o...e..e.o..e$$
$$D~\overline{DF}~\square~19F+44~\diagdown~357~\diagup$$
$$ai.ui..e~..eu.e$$

또한 보트를레는 언제나 하는 습관처럼 키 큰 덤불숲에서 배를 깔고 엎드려 몇 시간이고 생각할 때도 잦았다. 시간은 있다. 미래는 보트를레의 것이다.

보트를레는 엄청난 인내심을 발휘해 센 강에서 바다로, 바다에서 센 강을 오갔고 탐사 반경을 차츰 넓혀갔다. 이론적으로 생각했을 때 정보를 건질 가능성이 전혀 없는 곳을 제외하고는 한 곳도 그냥 지나치지 않았다.

보트를레는 연구했다. 몽티빌리에, 생 로맹, 옥트빌, 고느빌, 크리크토를 샅샅이 살폈다. 저녁에는 농부들의 집으로 가 하룻밤 묵게 해달라고 부탁했다. 저녁 식사가 끝난 후에는 모두 모여 담배를 피우고 이야기를 나누었다. 보트를레는 농부들이 긴긴 겨울밤에 나눌 법한 이야기가 오가게끔 분위기를 이끌었고 은근하게 이런 질문을 던졌다. "그럼 에기유는요? 에기유 크뢰즈의 전설… 모르세요?"

"글쎄… 모르겠는데…."

"잘 생각해보세요…. 할머니들이 해주던 옛이야기… 바늘과 관계된 이야기 같은… 마법의 바늘 같은 이야기랄까…."

없었다. 그 어떤 전설도, 기억도 없었다. 그다음 날 보트를레는 서둘러 떠났다.

어느 날 보트를레는 바다를 내려다보는 생 주앵이라는 아담한 마을을 지나가다가 절벽에서 굴러떨어진 바위들 사이로 내려갔다. 그리고 다시 평지로 올라와 브뤼발 해안 계곡으로, 앙티페 곶으로, 벨 프라주라는 작은 내포로 발걸음을 옮겼다. 조금 피곤했지만 신나고 가벼운 걸음걸이로 걸었다. 살아 있음은 얼마나 행복한 일인가! 뤼팽과 에기유 크뢰즈의 비밀, 빅투 아르와 헐록 숌즈를 잊고 주변의 경치와 푸른 하늘, 에메랄드 빛 거대한 바다 등 태양이 비춘 모든 자연을 바라보며 큰 행복 을 느꼈다.

보트를레는 로마 시대 야영지의 잔해처럼 보이는 반듯한 경 사지에서 돌벽을 발견했다. 이어서 작은 성 같은 게 눈에 들어 왔다. 옛 요새를 모방해 지은 듯한 이 성은 갈라진 망루들과 고 딕 스타일의 높은 창문들이 있고 절벽에서 꽤 멀리 떨어진 울 퉁불퉁한 바위투성이의 곳 위에 있었다. 난간과 철사로 된 가 시철망이 에워싼 철책 문은 좁은 입구를 가로막고 있었다.

보트를레는 어렵지 않게 입구를 넘어갔다. 녹슨 자물쇠로 잠 긴 아치식 문 위에서 보트를레는 다음과 같은 문구를 읽었다.

프레포세 요새

보트를레는 굳이 안으로 들어갈 생각은 하지 않았다. 오른쪽 으로 돌아 작은 비탈길을 내려간 후 목조 난간을 갖춘 작은 언 덕으로 이어진 오솔길로 접어들었다. 오솔길 끝에는 좁은 동굴 이 있었다. 바다 쪽으로 툭 튀어나온 바위 속 동굴이었는데 마 치 바위 속에 팬 초소 같았다.

동굴 가운데는 사람이 딱 설 수 있을 정도의 높이였다. 벽에 는 여기저기 낙서가 많았다. 돌에 네모나게 뚫린 구멍들이 채 광창 역할을 했는데, 그곳으로 육지 쪽이 내다보였다. 정확히 말하면 30~40미터 떨어진 프레포세 요새의 총안들이 보였다.

보트를레는 짐을 내려놓고 앉았다. 힘들고 피곤한 하루였다. 그래서인지 잠시 잠이 들었다.

동굴 속에 부는 시원한 바람에 잠이 깼다. 보트를레는 잠시 멍한 눈으로 꼼짝하지 않았다. 다시금 생각을 추스르면서 몽롱한 의식을 가다듬기 위해 애썼다.

아까보다 잠기운을 떨쳐낸 보트를레는 자리에서 일어나려다 갑자기 어느 한곳으로 시선이 쏠렸다. 눈을 크게 뜨고 바라봤다…. 전율이 일었다. 보트를레의 손이 떨렸다. 땀방울이 머리카락 뿌리에서부터 맺힌 듯한 기분이 들었다.

"아니… 아니야…. 이건 꿈일 거야, 환영일 거라고…. 어떻게 이런 일이?" 보트를레는 더듬거리며 중얼거렸다.

그러다 갑자기 무릎을 꿇고 몸을 숙여 앉았다. 발아래 화강암 바닥에 커다란 두 글자가 또렷하게 새겨져 있었다.

두 글자는 수 세기에 걸친 세월의 흐름에 따라 푸르스름하게 이끼가 꼈고 모서리가 닳아 있었지만 분명히 D와 F라고 새겨져 있었다.

D와 F! 이런 기적이! D와 F는 분명 암호문에 나온 두 글자가 아니던가!

아! 다시 종이를 꺼내 확인해볼 필요도 없다. 보트를레는 이 두 글자가 숫자와 지시 사항을 포함한 네 번째 줄에 나온다는 사실을 아주 잘 기억하고 있었다!

너무나도 잘 안다. 보트를레의 망막과 머릿속에 또렷이 박힌 듯한 기분이 들 정도로 생생했다!

보트를레는 자리에서 일어나 가파른 비탈길을 내려갔고 옛

요새를 따라 다시 올라가 가시철망을 뛰어넘었다. 그리고 고원
에서 양 떼에 풀을 먹이는 목동에게 재빨리 다가갔다.

"저 동굴, 저기… 저 동굴…."

보트를레는 입을 떨었다. 무슨 말을 하려고 했지만 잘 나오
지 않았다. 목동은 깜짝 놀란 눈으로 보트를레를 쳐다봤다. 마
침내 보트를레가 말했다.

"아, 저 동굴… 저 요새의 오른쪽에 있는 동굴은… 이름이 있
습니까?"

"아, 저 동굴이요! 에트르타(코 지방의 해수욕장 – 옮긴이) 사람
들은 드모아젤이라고 부릅니다…."

히마디면 보트를레는 녹농에게 달려들 뻔했다. 마치 이 목동
에게 모든 진실이 있어 당장 달려들어 내뱉게끔 해야 할 것 같
았다.

드모아젤! 암호문을 통해 완성시킨 두 단어 중 하나였다!

거센 바람이 불어왔다. 바람은 보트를레의 주위를 휘감았고,
마치 저 넓은 바다와 육지, 사방 곳곳에서 불어오는 돌풍처럼
휘몰아치면서 진실이 담긴 강한 입김을 불어내는 것 같았다!
보트를레는 이제야 깨달았다! 암호문이 진정한 의미를 띠고 나
타난 것이다! 아가씨들의 방… 에트르타….

'바로 이거야….' 보트를레가 생각했다. 머릿속이 빛으로 가
득한 기분이었다. '분명 이거야. 왜 좀 더 일찍 알아채지 못했을
까?'

보트를레가 목동에게 작은 소리로 말했다.

"그럼… 가보셔도 됩니다…. 예, 감사합니다…."

목동은 휘파람으로 자신의 개를 부른 뒤 저 멀리 사라져갔
다.

보트를레는 다시금 요새 쪽으로 방향을 틀었다. 요새를 지나
가려는 순간 갑자기 땅에 바싹 엎드려 담벼락 아래에 몸을 숨
겼다.

'내 정신 좀 봐! **그자가 날 보고 있으면 어쩌지? 그자의 일당이
날 보고 있다면?** 한 시간 전부터 왔다 갔다 하고 있었으니.'

보트를레는 움직이지 않았다. 해가 뉘엿뉘엿 넘어갔다. 조금
씩 밤이 빛에 섞여들더니 주변의 윤곽에 어둠을 드리웠다.

이제 보트를레는 땅에 엎드린 채 조심스럽게 해각의 뾰족한
부분까지 기어서 갔다. 그렇게 절벽까지 간 보트를레는 풀숲을
손으로 헤치고 살짝 고개를 들었다.

바로 앞 바다 한가운데에 거의 절벽과 같은 높이로 커다란
바위가 솟아 있었다. 80미터 높이였고, 넓은 화강암 바닥에서
시작해 위로 올라갈수록 첨탑처럼 뾰족한 모습이 마치 바닷속
괴물의 커다란 이빨처럼 괴상했다. 얼룩지고 희뿌연 회색빛을
띤 커다란 돌비석은 측면에 석회암층과 자갈층이 오랜 세월 차
곡차곡 번갈아 쌓이며 만들어진 수평 무늬가 있었다. 여기저기
균열과 굴곡이 있고 맨 위에는 흙, 풀, 식물이 있었다.

매우 강하고 단단해 보였으며 아무리 강한 파도와 폭풍이 몰
아쳐도 꿈쩍하지 않을 것 같았다. 굽어보고 있는 절벽의 단단
함과 주변으로 드넓게 펼쳐진 바다의 광활함에도 절대 뒤지지
않는 모습이었다.

보트를레는 마치 먹이를 향해 달려들 태세를 취한 짐승의 발

톱처럼 손톱을 세워 땅을 움켜쥐었다. 눈으로는 우둘투둘한 기암의 표면을 먹잇감의 생살인 것처럼 뚫어지게 바라봤다. 그렇게 바라보니 마치 기암을 만지고 느껴 완전히 손에 넣은 듯했다…. 그 기암에 동화되는 기분이 들었다….

태양은 사라졌고 수평선은 자줏빛 노을로 물들었으며 불그스름한 구름 띠가 하늘에 퍼지며 멋진 풍경을 만들어냈다. 마치 환상적인 석호, 불타는 평원, 황금빛 수풀, 피의 호수처럼 보였고 그야말로 장엄하고 고요해서 몽환적이었다

하늘의 짙푸른 색이 어두컴컴하게 변해갔다. 금성이 밝게 빛났고 이어서 별들이 수줍게 빛을 뿜었다.

보트를레는 갑자기 눈을 감고 이마를 두 손으로 감쌌다. 오! 보트를레는 기뻐 죽을 듯했다. 마치 심장을 쥐어뜯을 듯한 감동이 밀려들었다. 저기, 갈매기들이 이리저리 날아다니는 에트르타의 기암석 꼭대기 아래 어느 틈인가에서 아주 희미한 연기가 새어나왔다. 마치 보이지 않는 굴뚝에서 나오는 연기처럼 천천히 나선을 그리며 황혼의 하늘로 올라갔다.

9
열려라, 참깨!

에트르타의 기암은 비어 있다!

자연에 의한 현상일까? 갑작스러운 지각 변동 때문에 동굴이 생겼을까, 아니면 파도치며 밀려오는 바다 혹은 스며든 빗물로 암석 내부가 깎여 들어갔을까? 켈트족이나 골족, 원시인이 만들어낸 초인적인 작품일까? 풀 수 없는 문제일지도 모른다. 하지만 아무려면 어떤가? 중요한 사실은 기암이 비어 있다는 것이다.

포르트 다발이라 불리는 육중한 아치형 절벽이 우뚝 서 있었다. 나무에서 뻗어 나온 어마어마한 가지가 해저 바위에 뿌리를 내리고 있었다. 이 아치형 절벽에서 40~50미터가량 떨어진 곳에 원추형의 기암이 있었다. 원추형 기암은 석회석 껍데기가 뒤집혀 있듯이 그 안은 텅 비어 있었다.

그야말로 엄청난 사실이다! 뤼팽에 이어 이제는 보트를레가 20세기 이상을 떠돌던 커다란 비밀의 열쇠를 발견한 것이다! 야만인들이 들끓던 저 머나먼 시대에서 최고로 중요했을 열쇠! 적에게 쫓기는 부족 전체에게 거대한 은신처의 문을 열어주었을 열쇠! 난공불락 성역의 문을 지켜주었을 열쇠! 힘과 지배권을 안겨줄 멋진 열쇠!

카이사르는 이 열쇠를 알았기 때문에 골족을 굴복시킬 수 있었다. 노르만족은 이 열쇠를 알았기에 지금의 노르망디를 차지했고 나중에는 노르망디를 기반으로 이웃 섬나라를 정복했으며 나아가 시칠리아, 오리엔트, 신세계를 정복할 수 있었다! 영국의 국왕들은 비밀을 쥐고 나서야 프랑스를 짓밟아 영토를 나누고, 파리에서 프랑스 왕관을 빼앗아 머리에 쓸 수 있었다. 그리고 이 열쇠를 잃자 패했다. 프랑스 국왕들도 비밀을 쥐고 나서야 영토를 확장해 조금씩 위대한 국가를 건설했으며 영광과 힘을 빛낼 수 있었다. 하지만 그 열쇠를 잃어버리거나 잘 사용할 줄 모를 때는 죽음, 추방, 쇠락의 길을 갔다. 바다로 둘러싸인 육지에서 약 16미터 떨어져 있고 안이 보이지 않는 왕국…! 노트르담 탑보다 높고 공공광장보다 넓은 화강암을 기반으로 그 위에 지어진 잊힌 요새…. 얼마나 단단하고 안전한 곳인가! 파리에서 센 강을 거쳐 바다에 이르는 곳에 필요로 지어진 새로운 도시 르아브르. 그곳으로부터 28킬로미터나 떨어져 있는 에기유 크뢰즈, 즉 기암성은 탈취할 수 없는 아지트 아닌가? 아지트이자 훌륭한 은신처이다. 수 세기에 걸쳐 쌓아온 국왕들의 모든 보물, 프랑스의 모든 황금, 시민에게서 모아들인 모든 것, 성직자들에게서 뺏은 모든 것, 유럽 전쟁터에서 모은 모든 전리품이 왕가의 금고 속에 쌓여 있는 것이다. 오래된 금화, 빛나는 은화, 다이아몬드, 갖은 보석과 장신구 등 모든 금은보화가 있는 셈이다. 누가 이것을 찾아냈을까? 누가 기암의 거대한 비밀을 알게 되었는가? 아무도 없다.

아니, 뤼팽이 있다.

하긴 뤼팽은 이미 커다란 존재였다. 진실을 그림자 속에 숨긴 설명할 수 없는 기적 같은 인물이다. 그러나 뤼팽에게서 아무리 천재적인 방법이 끝없이 나온다 해도 이 사회와의 싸움에서 늘 승리할 순 없다. 다른 물질적인 자원도 필요하다. 더불어 안전한 피난처, 처벌받지 않을 것이라는 확신, 계획을 차분히 실행할 수 있게 해줄 평화도 필요하다.

기암성 없이는 뤼팽을 이해할 수 없다. 기암성이 없다면 그저 신화나 비현실적인 소설 속 인물로 치부될 것이다. 그러나 비밀을 쥔 뤼팽이라면, 대단한 비밀을 간직한 뤼팽이라면! 운명적으로 얻은 엄청난 도구를 천재적으로 이용할 줄 아는, 그저 좀 더 뛰어난 인간으로 이해할 수 있을 것이다.

어쨌든 기암성은 비어 있다. 이는 분명한 사실이다. 기암성에 어떻게 다가갈 수 있을지 알아야 한다. 물론 바다를 통해야 할 것이다. 암벽이 좀 더 넓은 곳 어딘가에는 조수에 맞춰 몇 시간 간격으로 배를 댈 만한 틈이 있을지도 모른다. 하지만 육지는? 보트를레는 저녁까지 피라미드를 이룬 짙은 덩어리에 시선을 고정한 채 머릿속으로 생각하고 명상하면서 꼼짝 않고 있었다. 그러다 에트르타를 향해 내려가 가장 싼 호텔을 골라 들어가 방에서 암호문을 펼쳤다. 이제 암호문의 의미를 정확히 알아내는 일을 해야 한다. 곧바로 보트를레는 '에트르타Étretat' 단어의 모음 세 개가 첫 번째 줄의 일부 모음 순서와 배열 간격

에 들어맞는다는 것을 알았다. 첫 번째 줄은 아래와 같이 해독
된다.

e . a . a . . étretat . a . .

'에트르타' 앞에는 어떤 단어들이 올까? 아마도 마을과의 관
계에서 기암성이 차지하는 상황과 관계되는 단어일 것이다. 기
암성은 서쪽, 즉 왼쪽에 있고…. 보트를레는 계속 생각하다가
서쪽에서 불어오는 바람이 '다발의 바람vent d'aval'이라고 불
린다는 사실과 기암성 바로 옆의 아치형 절벽이 '포르트 다발
porte d'aval'로 불린다는 것을 기억해냈다.

En aval d'étretat . a . .

두 번째 줄은 '아가씨들'이라는 단어가 나오는 줄이다. 이어
서 보트를레는 이 단어 앞에 라 샹브르 데 드모아젤La chambre
des Demoiselles(아가씨들의 방 – 옮긴이)을 이루는 일련의 모든
모음이 온다는 것을 확인했다.

En aval d'étretat
La chambre des Demoiselles

세 번째 줄은 해독하기가 훨씬 어려웠다. 보트를레는 머릿
속으로 더듬더듬 생각한 끝에 아가씨들의 방이라 불리는 동굴

과 프레포세 요새에서 멀지 않은 곳의 상황을 떠올리며 마침내
암호문을 해석했다. 다섯 번째 줄과 종합해보면 다음과 같다.

En aval d'étretat

La chambre des Demoiselles

Sous le fort de Fréfossé

Aiguille creuse

이렇게 네 줄이 해독되었다. 핵심적이고 전체적인 내용이 해
독된 셈이다. 이를 통해 암호를 풀어보자면 '에트르타의 하구
로 가서 아가씨들의 방으로 들어간 다음 프레포세 요새 아래로
내려가 기암성에 도착한다'가 된다.

어떻게? 네 번째 줄에 있는 수치와 지시 사항을 통해서.

D DF ☐19F+44◸357◿

위 암호는 들어가는 입구와 기암성까지 가는 길을 나타내는
특별한 공식이 분명하다.

보트를레는 암호문의 논리에 맞춰 가설을 세워봤다. 육지와
기암성의 오벨리스크 사이에 직행 통로가 있다면, 아가씨들의
방에서 출발해 지하 통로를 거쳐 프레포세 요새를 지난 다음
절벽에서 수백 미터를 내려가 해저 바위 아래 뚫린 터널로 기
암성에 도착한다는 가설이다.

지하 통로의 입구? 혹시 뚜렷하게 나타난 D와 F라는 두 글자

가 지하 통로의 입구를 지시하는 것은 아닐까? 지하 통로를 여는 교묘한 기계 장치와 관련 있는 것은 아닐까?

다음 날 오전 내내 보트를레는 에트르타 주변을 돌아다녔고 도움이 되는 정보를 얻기 위해 여기저기서 사람들과 이야기를 나누었다. 오후가 되어서는 절벽으로 올라가 낚시꾼으로 변장했다. 이번에는 반바지에 어부 복장을 한 열두 살짜리 소년의 모습이었다.

보트를레는 동굴 속으로 들어가자마자 D와 F 글자 앞에 무릎을 꿇고 앉아 살폈다. 하지만 이내 실망하고 말았다. 두 글자를 아무리 더듬고 누르고 이리저리 움직여봐도 꼼짝도 하지 않았기 때문이다. 보트를레는 글사가 있는 부분이 전혀 움직이지 않으며 기계 장치와 연결된 것도 아니라는 사실을 이해했다. 하지만… 하지만 두 글자는 무엇인가를 의미하는 게 분명하다! 보트를레가 마을에서 얻은 정보에 따르면 이 글자가 새겨진 이유를 설명해줄 사람은 아무도 없다. 에트르타에 관한 귀한 책을 집필한 코셰 신부도 이 두 글자에 대해 밝혀주지 못했다. 물론 노르망디 출신의 고고학자인 코셰 신부는 보트를레가 알고 있는 사실을 모른다. 그 사실이란 바로 암호문의 지시 사항에 D와 F가 나온다는 것이다. 과연 우연의 일치일 따름일까? 우연의 일치는 말도 안 되는 일이다. 그렇다면…?

문득 보트를레의 머릿속에 한 생각이 떠올랐다. 지나치게 합리적이고 단순한 생각이라 과연 맞는 것인지 잠시 주저할 정도였다. D와 F는 암호문에서 가장 중요한 두 단어의 이니셜

이 아닐까? 기암성에 이르는 길을 알려줄 핵심적인 단어일지도 모른다. 드모아젤의 D와 프레포세 요새의 F, 우연으로 보기에는 너무나도 기묘한 관계가 있다.

그렇다면 이렇게 해석할 수 있다. 'DF' 그룹은 아가씨들의 방과 프레포세 요새 사이의 관계를 의미하는데, 암호문의 첫 번째 줄에 나오는 D는 기암성으로 가는 길의 출발점인 아가씨들의 방, 즉 동굴을 의미하고 암호문의 한가운데 줄에 나오는 F는 프레포세를 의미한다. 프레포세는 아마도 지하 통로의 입구일 것이다.

아직 풀리지 않은 의문 두 가지는 왼쪽 아래 모서리에 어떤 표시가 있는 직사각형과 19라는 숫자였다. 19는 분명 동굴 안에 들어온 사람에게 요새 아래로 들어가는 방법을 알려주는 숫자인 게 분명하다.

문득 보트를레는 직사각형에 생각이 미쳤다. 혹시 주변에, 즉 동굴 벽이나 시야 범위에 직사각형 표시가 있지는 않은지 살폈다. 하지만 오랫동안 찾아봐도 별 성과가 없어 포기하려는 순간, 바위에 창문처럼 뚫린 구멍이 눈에 들어왔다. 구멍 가장자리는 울퉁불퉁하고 거칠었으나 모양은 암호문에 나온 직사각형이었다. 보트를레는 바닥에 새겨진 D와 F 위에 두 발을 올려놓고 서서 창문 역할을 하는 구멍을 통해 밖을 바라봤다. 창문은 육지를 향해 있었기 때문에 동굴에서 육지로 이르는 오솔길, 두 개의 심연 사이에 걸친 오솔길이 보였고 그다음에는 요새를 받친 언덕의 아랫부분이 보였다. 보트를레는 요새를 보기 위해 왼쪽으로 몸을 숙였고, 바로 그때 암호문 직사각형의 왼쪽 아래에 있는 곡선의 의미를 이해했다. 창문 왼쪽 아래에도 규석 덩어리가 약간 돌출되어 있었고 규석 끄트머리가 갈고리처럼 굽어 있었기 때문이다. 마치 총의 조준점처럼 보였다. 여기에 눈을 맞추었더니 맞은편 언덕의 비탈길에 있는 지표면이 보였다. 오래된 돌벽이 대부분을 차지하는 다소 한정된 공간이었다. 프레포세 요새의 잔해 혹은 로마 시대의 건축물 잔해 같았다.

보트를레는 이 돌벽 쪽으로 달려갔다. 돌벽은 10여 미터의 길이였고 잡초와 식물들로 뒤덮여 있었다. 하지만 아무리 살펴봐도 단서는 나오지 않았다.

그럼 숫자 19는 무엇을 의미할까?

보트를레는 다시 동굴로 돌아와 주머니에서 미리 준비해온 실 꾸러미와 줄자를 꺼낸 다음 규석의 모서리에 실을 매고 19미터 지점에 조약돌을 매달아 육지 쪽으로 던졌다. 조약돌은 오솔길 끝에 겨우 닿을까 말까 했다.

'이런 바보, 그 시대에 미터법을 사용했을 것 같아? 19는 19투아즈(길이의 옛 단위로 1투아즈는 약 1.949미터 – 옮긴이)를 뜻하거나 아니면 아무 의미도 없는 거지.'

보트를레는 다시 계산한 후 이번에는 실의 37미터 지점에 매듭을 묶었고 돌벽으로 가서 실 매듭과 만나는 지점을 더듬거리며 찾았다. 아가씨들의 방 창문에서 37미터 떨어진 지점을 포착하자 보트를레는 한 손으로 그곳에 돋아난 미역취를 헤집었다.

보트를레의 입에서 비명이 터져 나왔다. 실 매듭은 벽돌 위에 양각으로 새겨진 작은 십자가 무늬 위에 놓여 있었다.

암호문에서도 숫자 19 다음에 십자가 무늬가 있지 않던가!

보트를레는 몸을 휩싸는 흥분을 가라앉히기 위해 노력해야 했다. 떨리는 손으로 얼른 십자가를 잡고 바퀴살을 돌리듯 힘 주어 돌렸다. 벽돌이 살짝 움직이는 것 같았다. 보트를레는 좀 더 세게 돌렸으나 더 이상 움직이지 않았다. 이번에는 돌리지 않고 눌러봤다. 그러자 벽돌이 움직이며 자물쇠가 열리는 소리 가 들렸다. 벽돌 오른쪽에서 1제곱미터 되는 벽면 일부가 빙글 빙글 돌더니 어두컴컴한 지하가 나타났다.

보트를레는 미친 사람처럼 정신없이 벽돌이 덧씌워진 철문 을 붙잡고는 그 즉시 닫았다. 보트를레의 얼굴에 놀라움, 기쁨, 들킬지도 모른다는 두려움이 뒤섞여 알 수 없는 표정이 떠올 랐다. 머릿속에는 20세기 동안 이 문 앞에서 일어났을 모든 일, 큰 비밀을 깨우치고 이 문으로 들어왔을 모든 사람이 주마등처 럼 스쳐 지나갔다… 켈트족, 골족, 로마인, 노르만족, 영국인, 프랑스인, 남작, 공작, 국왕들, 그리고 이들 다음으로 아르센 뤼 팽… 뤼팽 다음으로 보트를레… 보트를레는 머리가 터질 것만 같았다. 눈꺼풀이 파르르 떨리더니 기절하듯 쓰러졌고 비탈길 을 따라 절벽 끝까지 데굴데굴 굴렀다.

보트를레의 임무는 끝났다. 적어도 혼자 힘으로 할 수 있는 임무는 끝난 셈이다.

보트를레는 저녁에 치안국장에게 긴 편지를 써서 조사 결과 와 기암성의 비밀을 상세하게 보고했고 조사를 끝내기 위해 도 움을 요청한 후 주소를 적었다.

답장을 기다리는 이틀 밤 동안 보트를레는 내내 아가씨들의 방에 있었다. 그렇게 있다 보니 밤에 흔히 들려오는 소리에도 깜짝 놀랄 정도로 신경이 예민해졌고 때때로 두려움에 사로잡혔다. 매 순간 그림자들이 다가오는 듯한 기분을 느꼈다. 혹시 누군가 동굴 속에 보트를레가 있다는 것을 알지는 않은지…. 누가 오는 것은 아닌지…. 누군가 와서 목을 조른다면…. 보트를레는 눈을 또렷하게 뜨려고 애쓰며 벽에서 눈을 떼지 않았다.

첫째 날 밤은 아무 일 없이 지나갔다. 하지만 둘째 날 밤은 별빛과 초승달빛 아래에서 문이 열리고 어두컴컴한 그곳을 빠져나오는 사람들이 보였다. 수를 세보니 두 명, 세 명, 네 명, 다섯 명….

다섯 명은 무엇인가 꽤 무게가 나가는 짐을 들고 있는 것 같았다. 이 사람들은 들판을 가로질러 르아브르 길로 걸어갔다. 이어서 자동차가 멀어져가는 소리가 들렸다.

보트를레는 호텔로 돌아가기로 하고 큰 농장을 따라가다가 갑자기 비탈을 거슬러 올라가 나무 뒤에 숨었다. 사람들이 또 지나가고 있었던 것이다. 네 명… 다섯 명… 모두 짐을 나르고 있었다. 잠시 후 또다시 자동차 소리가 들렸다. 보트를레는 동굴로 돌아갈 힘이 남지 않아 호텔로 돌아가 잠을 잤다.

잠에서 깬 보트를레는 호텔 사환으로부터 편지 한 통을 받았다. 편지를 뜯어보니 가니마르로부터 온 카드였다.

"드디어!" 보트를레가 외쳤다. 힘든 조사 작업 끝에 도움이 절실하던 터였다.

이윽고 가니마르와 만난 보트를레는 서둘러 두 손을 내밀었고, 가니마르는 보트를레의 두 팔을 잡고는 그의 얼굴을 찬찬히 바라보며 말했다. "자네, 정말 대단한 친구야."

"뭘요! 운이 좋았을 뿐입니다." 보트를레가 대답했다.

"그자를 상대할 때는 운 같은 건 없어." 가니마르가 말했다. 가니마르는 뤼팽에 대해서 말할 때마다 엄숙한 표정을 지었고 뤼팽의 이름조차 입에 올리지 않았다.

가니마르가 의자에 앉았다.

"그렇다면 그자를 거의 잡은 건가?"

"스무 번도 넘게 그랬듯이 거의 잡기는 했지만…." 보트를레가 웃으면서 말했다.

"그래, 하지만 오늘은 다르겠지…."

"사실 오늘은 다른 때와 다르긴 합니다. 이번에는 그자의 은신처이자 요새를 알게 되었으니까요. 어쨌든 진짜 뤼팽이 포착되었습니다. 뤼팽이 도망친다 해도 에트르타의 기암성은 그대로 있지요."

"왜 뤼팽이 도망치리라고 생각하는가?" 가니마르가 걱정스럽게 물었다.

"어쩌면 뤼팽은 도망갈 필요가 없을 수도 있어요. 뤼팽이 현재 기암성 안에 있다는 증거는 어디에도 없으니까요. 어젯밤에 뤼팽의 공범 열한 명이 기암성에서 나왔습니다. 뤼팽이 그 가운데 끼어 있을 수도 있고요." 보트를레가 말했다.

가니마르가 생각에 잠겼다.

"맞는 말이야. 중요한 건 기암성이지. 나머지는 운에 맡기는 수밖에. 지금은 다른 이야기를 먼저 나누지."

가니마르는 심각한 표정으로 다시 진지하게 말했다.

"보트를레, 이번 사건에 대해 자네를 철저하게 입단속하라는 지시를 받았어."

"누구의 지시인가요? 파리 시 경찰청의 지시?" 보트를레가 농담조로 말했다.

"좀 더 윗선이야."

"총리요?"

"더 윗선."

"이런!"

가니마르가 목소리를 낮추며 말을 이었다. "보트를레, 나는 지금 엘리제 궁에서 오는 길이야. 엘리제 궁에서는 이번 사건을 매우 중요한 국가기밀로 보고 있어. 기암성을 비밀에 부치는 데는 진지한 이유가 있어…. 특히 전략적인 이유지…. 기암성이 나중에 무기 보급의 중심처로서 신종 화기나 최근 개발된 로켓을 보관하는 곳, 즉 프랑스의 비밀 병참기지가 될 수 있다고 보는 거지."

"하지만 어떻게 그런 비밀을 틀어막을 수 있겠습니까? 옛날이라면 국왕 혼자 알고 있을 비밀이지만 지금은 뤼팽 일당뿐만 아니라 벌써 몇 명이나 기암성을 알고 있습니다."

"아! 하지만 10년, 아니 5년 만이라도 비밀을 지킨다면 어떻게 되겠나! 그 5년 동안 상황이 달라질 수 있네…."

"하지만 기암성을 손에 넣어 미래의 병참기지로 삼으려면 일단 공격해야 합니다. 뤼팽을 제대로 잡아야 한다고요. 이 모든 일이 소리 없이 조용히 처리되지는 않지요."

"이런저런 추측은 할 수 있어도 장담은 할 수 없지. 어쨌든 해보자고."

"좋아요, 어떤 계획이 있나요?"

"두 가지 계획이 있어. 첫째, 자네는 이지도르 보트를레가 아니야. 둘째, 이번 사건은 더 이상 아르센 뤼팽의 문제가 아니야. 자네는 에트르타에 있는 부랑자 소년으로 근처를 어슬렁거리다가 땅속에서 나오는 사람들을 우연히 본 거야. 그나저나 절벽 위에서 아래로 통하는 계단이 있다고 생각하는 거지?"

"예, 해안을 따라 계단이 여러 개 있습니다. 베누빌 맞은편에 사제의 계단으로 불리는 계단이 있다고 하고요. 해수욕객이라면 누구나 알고 있는 계단이에요. 어부들이 이용하는 서너 개의 터널도 있고요."

"그럼 나와 내 부하 절반이 자네의 안내를 받아 걸어가기로 하지. 내가 혼자 들어갈지 함께 들어갈지는 상황을 보고 정하겠네. 어쨌든 기암성을 공격할 거야. 뤼팽이 기암성 안에 없다면 덫을 놓겠네. 언젠가 걸려들도록. 하지만 만일 기암성 안에 있다면…."

"만일 뤼팽이 기암성에 있다면 도망칠 때 뒤쪽, 즉 바다를 이용할 겁니다."

"바다 쪽으로 도망쳐도 나머지 절반의 내 부하들에게 즉시 잡힐 걸세."

"좋습니다. 하지만 바닷물이 빠지는 썰물 때를 택하면 기암성의 지반이 훤히 드러나 뤼팽을 추적하는 일이 완전히 공개되고 홍합, 새우, 조개를 잡던 모든 어부가 바위 주변에 몰려들어 구경할 겁니다."

"그래서 바닷물이 가득한 밀물 때로 잡을 거라네."

"만일 뤼팽이 배로 도망친다면요?"

"이미 준비해놓았네. 약 열두 척 정도의 어선이 사용될 거야. 어선마다 내 부하가 조종하고 있네. 도망치기는 어려울 테지."

"하지만 뤼팽은 물고기가 그물 사이를 빠져나가듯 열두 척 정도의 어선은 쉽게 빠져나갈 수 있을 겁니다."

"그렇다면 바닷속으로 침몰시킬 걸세."

"이런! 대포가 있습니까?"

"그렇다네. 르아브르에 어뢰정 한 대가 있거든. 내 전화 한 통이면 어뢰정이 기암성 근처로 즉시 출동하도록 준비해놓았네."

"뤼팽이 으쓱하겠군요! 어뢰정이라…! 경감님은 만반의 준비를 하셨군요. 이제 공격에 나서기만 하면 되겠어요. 공격은 언제 시작합니까?"

"내일."

"밤이요?"

"해수가 차오르는 대낮, 정확히는 10시네."

"좋습니다."

보트를레는 겉으로는 쾌활한 척했지만 사실 마음속에는 불안감이 가득했다. 그다음 날까지 보트를레는 잠을 이룰 수 없었고, 이리저리 뒤척이며 실행 불가능한 여러 계획을 세워보기도 했다. 가니마르는 보트를레와 헤어져 에트르타에서 10여

킬로미터 떨어진 이포르로 갔다. 그곳에서 부하들과 만날 약속을 했고 해안을 따라 수심을 측정한다며 어선 열두 척을 빌리는 등 만반의 준비를 해놓았다.

오전 9시 45분, 가니마르는 열두 명의 장정을 대동하고 절벽으로 올라가는 길 아래에서 이지도르 보트를레를 만났다. 10시 정각에 가니마르와 보트를레 일행은 벽의 잔해 앞에 도착했다. 결정적인 순간이 왔다.

"보트를레, 왜 그러나? 안색이 창백한데?" 가니마르가 농담조로 친근하게 말을 걸었다.

"가니마르 경감님은 어떻고요? 곧 세상을 하직할 것 같은 표정인데요." 보트를레도 농담으로 맞받아쳤다.

두 사람은 일단 앉았다. 가니마르가 럼주를 홀짝홀짝 마셨다.

"겁이 나서 이러는 게 아니라고. 지나치게 흥분해서 그래! 그자를 붙잡을 기회가 올 때마다 뱃속이 이렇게 울렁거린다니까. 럼주 좀 줄까?"

"괜찮습니다."

"그러다가 도중에 포기하는 게 아닌가?"

"숨이 멈춘다면 포기하겠지요."

"이런! 어디 한번 보자고. 이제 문을 열어보게. 들킬 위험은 없는 거겠지?"

"없습니다. 기암성은 절벽보다 낮고 우리는 지금 땅이 푹 꺼진 곳에 있으니까요."

보트를레는 벽으로 다가가 벽돌을 눌렀다. 찰칵 소리가 나더니 지하 통로 입구가 나타났다. 등불을 켜서 안쪽을 비추어보자 바닥은 물론 아치형 천장까지 벽돌로 조성된 모습이 보였다. 얼마 동안 걸었더니 계단이 나타났다. 보트를레는 속으로 마흔다섯 개의 계단을 세어가며 내려갔다. 가뜩이나 발걸음이 느린데 중간에서 주춤거리기도 했다.

"이런, 젠장!" 가니마르는 무엇인가에 부딪힌 것처럼 멈춰 서더니 머리를 움켜쥐고는 소리쳤다.

"무슨 일입니까?"

"문!"

"이런." 보트를레가 중얼거렸다. 딱 봐도 부수기 쉽지 않은 장애물로 그야말로 딘딘한 칠문이었다.

"끝장났군. 자물쇠도 없고." 가니마르가 말했다.

"오히려 잘됐습니다."

"어째서?"

"문이란 열리라고 만들어졌습니다. 문에 자물쇠가 없다면 열 수 있는 비밀이 따로 있을 겁니다."

"하지만 우리가 그 비밀을 모르지 않나."

"제가 알아낼 겁니다."

"어떤 방법으로?"

"암호문으로요. 암호문 네 번째 줄은 어려운 문제가 있을 때 해결하라고 있는 겁니다. 그러니 상대적으로 해석하기 쉬울 거예요. 사람들을 엉뚱한 방향으로 이끌기 위해서가 아니라 도움을 주려고 적었을 테니까요."

"상대적으로 쉽다니! 난 그렇게 생각하지 않아." 가니마르가 암호문을 펼쳐보며 큰 소리로 말했다. "숫자 44 그리고 왼쪽에 점이 찍힌 삼각형. 도저히 알 수가 없군."

"아니요, 어렵지 않습니다. 문을 잘 보세요. 문의 네 귀퉁이에 삼각형 철판이 덧대어졌고 이 철판은 커다란 못이 박혀 고정되어 있습니다. 맨 아래 왼쪽의 철판을 잡고 모서리에 있는 못을 돌려보세요⋯. 십중팔구 효과가 있을 겁니다."

"십중팔구가 다 날아갔나 보군." 가니마르가 낑낑대며 못을 돌린 후 말했다.

"그렇다면 숫자 44인데⋯."

보트를레가 생각에 잠긴 채 낮은 목소리로 말을 이었다.

"어디 보자⋯. 우리는 지금 마지막 계단에 있습니다⋯. 마흔다섯 번째 계단입니다. 암호문의 숫자는 44인데 왜 45일까요? 우연일까요? 아닙니다⋯. 이번 사건에 우연이란 하나도 없습니다. 일부러 가장한 우연은 있을지 몰라도 순수한 우연은 없습니다. 경감님, 한 계단 더 내려와 주시겠습니까? 그렇게 마흔네 번째 계단에 그대로 계세요. 이제 제가 못을 돌리겠습니다. 빗장이 움직일 거예요. 그러지 않으면 모든 것이 헛수고가 될 거고요."

정말로 묵직한 문이 끼익 소리를 내면서 열렸다. 그러자 꽤 넓은 동굴이 두 사람 눈앞에 펼쳐졌다.

"정확히 프레포세 요새 아래에 있는 것 같습니다. 이제부터는 지층을 지나는 겁니다. 벽돌은 끝나고 온통 석회암투성이의 세상에 있을 거예요." 보트를레가 말했다.

맞은편 끝에서 들어오는 빛이 지하동굴을 비추었다. 빛이 들어오는 곳으로 다가갔더니 천문대 관측구처럼 생긴 절벽 틈새에서 나오는 빛이었다. 두 사람 맞은편으로 50미터 떨어진 곳에 기암성의 인상적인 암석층이 서 있었다. 오른쪽 가까이에는 포르트 다발의 아치형 절벽이, 왼쪽 저 멀리에는 넓은 내포의 해안선을 가둔 채 좀 더 두드러져 보이는 아치형 절벽이 있었다. 배 한 척이 돛을 펼치고 지나갈 수 있을 정도로 큰 마네포르트였다.

"우리 쪽 배들이 안 보이는군요." 보트를레가 말했다.

"안 보이겠지. 포르트 다발이 에트르타와 이포트 연안 전체를 가리고 있으니까. 그런데 저기 넓은 바다 쪽에 검은 선이 보일 거야. 바다 표면 가까이에." 가니마르가 말했다.

"그럼 저게…?"

"그렇다네. 우리 쪽 전함인 어뢰정 25호야. 뤼팽이 도망친다면 어뢰정 공격을 받고 바닷속 풍경을 실컷 보게 될 테지."

틈새 가까이에 내리막 계단의 입구가 보였다. 벽면에 이따금 작은 창문이 뚫려 있어서 두 사람은 계단을 내려가는 동안 자주 기암성을 보았다. 기암성의 모습은 점점 거대해졌다. 수면 높이까지 오자 구멍들은 사라졌고 어둠이 감돌았다. 보트를레는 큰 소리로 계단 수를 세었다. 358번째 계단에 이르자 두 사람 앞에 좀 더 넓은 통로가 나왔다. 그러나 육중한 철문이 앞을 가로막고 있었다.

"우리가 아는 방법입니다. 암호문에 357이라는 숫자와 오른쪽에 점이 찍힌 삼각형이 있습니다. 아까와 같은 방법으로 하면 됩니다." 보트를레가 말했다.

두 번째 문도 첫 번째 문처럼 열렸다. 아주 긴 터널이 나타났다. 군데군데 둥근 천장에 매달린 등불이 터널을 비추었다. 벽을 축축하게 적신 물이 바닥으로 방울방울 떨어지고 있었다. 이쪽 끝에서 저쪽 끝까지 걷기 쉽도록 평평한 판자로 만들어진 보도도 설치되어 있었다.

"우리는 지금 바다 밑을 지나가는 겁니다, 경감님. 안 오세요?" 보트를레가 말했다.

가니마르는 목조 보도 위를 걷다가 어느 등불 앞에 멈춰 서더니 등불을 떼어냈다.

"도구들은 중세시대 물품 같은데 불을 밝히는 방식은 현대식이군. 이 친구들, 백열등을 사용하고 있어."

가니마르는 계속 길을 갔다. 터널은 좀 더 넓은 빈 동굴로 이어졌다. 맞은편에는 위로 오르는 계단 입구가 보였다.

"이제 기암성으로 올라가는 길이 나왔군. 정신을 바짝 차려야 해!" 가니마르가 말했다.

그런데 부하 한 명이 가니마르를 불렀다.

"경감님, 왼쪽에 또 다른 계단이 있습니다."

얼마 안 있어 오른쪽에서도 또 다른 계단을 발견했다.

"젠장, 상황이 복잡하게 됐군. 우리가 한쪽을 택하면 그놈들은 다른 쪽으로 달아날 거야." 가니마르가 중얼거렸다.

"여기서 갈라져 갑시다." 보트를레가 제안했다.

"안돼, 안돼…. 그러면 우리 세력이 너무 약해져…. 우리 중 한 사람이 정찰을 나가는 게 좋겠어."

"그러시다면 제가…."

"그래, 자네가 가보도록 하게. 난 부하들과 이렇게 기다리고 있겠네. 그럼 아무것도 두려워할 게 없지. 절벽이나 기암성 안에는 여러 길이 있을 거야. 하지만 중요한 건 절벽에서 기암성까지 이어지는 통로는 이 터널이 유일하다는 거야. 반드시 이 동굴을 지나야 하지. 그러니 자네가 돌아올 때까지 난 여기에 있겠네. 자, 보트를레, 조심하게…. 조금이라도 문제가 있으면 즉시 돌아오라고…."

보트를레는 곧바로 가운데 계단을 통해 사라졌다. 서른 번째 계단에 이르자 나무로 만든 문이 앞을 가로막았다. 보트를레가 손잡이를 잡고 돌리자 문이 열렸다.

보트를레는 방 안으로 들어갔다. 높이는 매우 낮았지만 대단히 넓었다. 짤막한 기둥들에 매달린 등불이 여기저기 널부러진 의자와 궤짝, 찬장, 상자들을 환히 비추었다. 마치 지하의 골동품 가게에 온 듯했다. 보트를레는 오른쪽과 왼쪽에서 두 계단의 입구를 보았다. 아래 동굴에서 나온 두 개의 계단과 이어져 있는 게 틀림없었다. 보트를레는 다시 내려가 가니마르에게 보고할까 했지만 맞은편에 있는 새로운 계단을 보자 혼자서 계속 조사해보고 싶은 호기심이 생겼다. 보트를레는 서른 개의 계단을 더 올라갔다. 문이 나왔다. 그리고 나타난 더 작은 방…. 보트를레는 기암성의 내부 설계가 어떻게 되었는지 이해했다. 방들이 겹겹이 쌓이고, 위로 올라갈수록 방 규모가 작아지는 형식이었다. 각 방은 물건을 보관하는 저장고 구실을 했다.

계단으로 4층에 이르자 더 이상 등불이 없었다. 대신 틈새를 통해 햇빛이 조금 들어왔다. 보트를레는 10여 미터 정도 아래에 바다가 있음을 알았다.

보트를레는 자신이 가니마르에게서 너무 멀리 떨어져 있다고 느꼈고 조금 불안했다. 긴장된 마음을 다스리지 않으면 그대로 줄행랑을 칠 것만 같았다. 그렇다고 당장 무슨 위험이 닥친 것은 아니었지만 주변이 너무 조용해서 뤼팽과 일당이 기암성을 버리고 떠나버린 게 아닐까 하는 생각마저 들었다.

"다음 계단만 올라가 보자." 보트를레가 혼잣말을 했다.

다시 서른 개의 계단을 올라갔다. 이번에도 문이 나왔는데 좀 더 가볍고 현대적으로 만들어진 문이었다. 보트를레는 조금이라도 이상한 낌새가 있으면 도망칠 생각을 하며 천천히 문을 밀었다. 아무도 없었다. 하지만 이번 방은 다른 방들과는 용도가 달라 보였다. 벽에는 태피스트리가 걸려 있고 바닥에는 양탄자가 깔렸다. 금은 세공품이 가득한 두 개의 화려한 장식장도 서 있었다. 암벽 깊숙이 파인 좁은 틈에는 작은 유리창이 설치되어 있었다.

방 한가운데에는 레이스로 수놓은 냅킨, 과일과 과자가 담긴 그릇, 샴페인 병, 꽃 등으로 화려하게 장식된 테이블이 있었다. 테이블에는 세 사람 몫의 식기가 준비되어 있었다. 보트를레는 가까이 다가갔다. 냅킨 위에는 초대 손님들의 이름이 적인 카드들이 놓여 있었다.

보트를레가 제일 먼저 읽은 카드에는 **아르센 뤼팽**이라는 이름이 적혀 있었다. 맞은편 카드에는 **아르센 뤼팽 부인**이라고 적혀 있었다. 보트를레는 세 번째 카드를 읽다가 소스라치게 놀랐다. 바로 자신의 이름이 적혀 있었기 때문이다. **이지도르 보트를레!**

10
프랑스 국왕들의 보물

커튼이 젖혔다.

"보트를레 씨, 안녕하십니까. 좀 늦으셨군요. 정오에 맞춰 점심을 들려고 했는데 말입니다. 하지만 몇 분 정도밖에 늦지 않으셨으니 괜찮습니다…. 왜 그러십니까? 날 못 알아보는 겁니까? 내가 많이 변했나 보군요!"

보트를레는 뤼팽과 결투를 벌이는 동안 놀랄 일들을 많이 겪었기 때문에 생각지 못한 일이 생길 것을 예상해 각오하고 있었다. 하지만 지금의 충격은 전혀 예상하지 못했다. 단순한 놀라움이 아니라 공포스럽고 충격적이었다. 보트를레와 마주하고 있는 남자, 어쩔 수 없이 아르센 뤼팽이라고 생각할 수밖에 없는 남자가… 바로 발메라스였다! 기암성의 소유자, 발메라스! 아르센 뤼팽과 대결하기 위해 보트를레가 도움을 청했던 그 남자, 발메라스! 크로장에서 함께 모험한 동료이자 어두운 현관에서 뤼팽의 공범을 물리치고 레이몽드 구출에 도움을 주었던 용감한 친구 발메라스!

"당신은… 당신… 당신은 발메라스 씨!" 보트를레가 더듬거리며 말했다.

"못 믿겠습니까? 신부 혹은 마시방 씨로 분장한 나를 봤다고 해서 나를 확실하게 안다고 생각했습니까? 이런! 누군가로 변장할 때는 상황에 맞는 적절한 능력을 조금 이용해야지요. 성공회 신부와 비명 문학 아카데미 회원의 역할을 제대로 못 하면 뤼팽이 될 자격이 없습니다. 하지만 뤼팽, 진짜 뤼팽은 지금 여기에 있습니다, 보트를레 씨! 두 눈을 뜨고 잘 보십시오…."

"그렇다면… 댁이 아르센 뤼팽이라면… 그렇다면… 레이몽드 양은…."

"아, 그렇지, 보트를레 씨에게 소개해야겠습니다…."

뤼팽은 다시 한 번 커튼을 거두며 신호를 보낸 후 이렇게 말했다. "아르센 뤼팽 부인입니다."

"아니, 드 생 베랑 양이잖아." 보트를레는 혼란스러워하며 중얼거렸다.

"아니, 아르센 뤼팽 부인입니다. 원한다면 루이스 발메라스 부인이라고 해도 좋지요. 법적 절차를 밟아 결혼으로 맞이한 내 아내지요. 이 모든 게 보트를레 씨 덕분입니다."

뤼팽이 보트를레에게 손을 내밀었다.

"정말 감사합니다…. 그리고 내게 품은 앙심은 털어냈으면 합니다."

이상하게도 보트를레는 뤼팽을 향한 어떠한 앙심도 느끼지 않았다. 모욕감도, 굴욕감도 전혀 느끼지 않았다. 상대인 뤼팽이 상당한 우위에 있음을 받아들인 것이다. 보트를레는 뤼팽이 내민 손을 잡고 악수했다.

"식사가 준비되었습니다."

하인 한 명이 식탁에 식사를 차려놓고 알렸다.

"미안하지만 보트를레, 우리 요리사가 휴가 중이라 어쩔 수 없이 좀 식은 음식을 먹어야 할 것 같습니다."

보트를레는 전혀 식욕이 없었지만 뤼팽의 태도에 대단히 흥미를 느끼며 식탁에 앉았다. 뤼팽이 정확히 아는 것은 무엇일까? 뤼팽은 자신에게 닥칠 위험을 알까? 가니마르와 부하들이 근처에 있다는 것을 모르는 게 아닐까…? 뤼팽은 계속 말을 이었다. "그래요, 보트를레 씨 덕분입니다. 솔직히 말하자면 레이몽드와 나, 우리는 처음 만난 날부터 서로 사랑했습니다. 완벽하게요…. 레이몽드 납치며 감금, 허풍, 이 모든 것은 우리가 서로 사랑해서 일어난 일입니다…. 레이몽드도 나와 마찬가지로 자유롭게 사랑할 수 있게 되자 단순히 일시적인 관계로 끝낼 수 없다고 생각했습니다. 하지만 뤼팽으로서는 이런 상황을 해결하기가 어려웠습니다. 하지만 내가 어린 시절부터 늘 떠나지 않았던 발메라스로 다시 태어난다면 상황이 해결되리라고 보았습니다. 마침 보트를레 씨가 포기하지 않고 이 기암성을 발견하자 나는 당신의 집요함을 이용할 생각을 했습니다."

"그리고 나의 어리석음도 이용할 생각이었을 테지요."

"이런! 누구나 어리석은 면은 있지 않습니까!"

"그래서 날 속이고 이용해서 얻은 게 있습니까?"

"물론 있습니다! 발메라스가 뤼팽이라고 누가 의심이나 할 수 있었겠습니까? 발메라스는 보트를레의 친구며 뤼팽이 사랑한 여인을 가로챈 장본인인데 말이지요. 정말 재미있었습니다.

오! 멋진 추억이었습니다! 크로장에서의 모험! 발견된 꽃다발! 내가 내게 보낸 편지! 결혼을 앞둔 발메라스가 또 다른 나인 뤼팽을 조심하던 일! 그리고 보트를레 씨의 연회 저녁 날, 충격으로 힘을 잃은 당신을 부축했던 일! 모두 멋진 추억입니다…!"

침묵이 흘렀다. 보트를레는 레이몽드를 뚫어지게 바라봤다. 레이몽드는 아무 말 없이 뤼팽의 말을 듣고 있었고 사랑, 열정, 그 외에 보트를레가 뭐라고 정의할 수 없는 감정, 즉 불안감, 혼란스러운 슬픔을 머금은 눈으로 뤼팽을 바라보았다. 뤼팽은 고개를 돌려 레이몽드를 바라보며 다정하게 미소 지었다. 두 사람은 테이블을 가로질러 손을 잡고 있었다.

갑자기 뤼팽이 말투를 바꿨다.

"보트를레, 내 작은 처소에 대해 어떻게 생각하나?" 뤼팽이 큰 소리로 웃었다. "그럴듯하지 않나? 최고는 아니지만… 이곳에서 만족하며 살았던 사람들이 꽤 쟁쟁한 인물들이었지…. 기암성의 주인이었던 사람들의 이름을 보라고. 이곳에 살았다는 흔적을 남겼거든."

벽에는 다음과 같은 이름이 새겨져 있었다.

카이사르   샤를마뉴   롤로

정복자 기욤   영국 왕 리처드

루이 11세   프랑수아 1세

앙리 4세   루이 14세   아르센 뤼팽

"그다음에는 누구 이름이 올 것 같나? 아쉽게도 목록은 여기까지야. 카이사르에서 뤼팽까지가 끝이지. 얼마 안 있어 대중들이 이 신비한 성을 방문할 테지. 대중은 뤼팽이 아니었다면 이 모든 것은 영원히 알려지지 않았을 것이라고 말하겠지. 아! 보트를레, 이 버려진 땅에 처음으로 발을 들였던 날 얼마나 뿌듯했는지 아는가! 잊힌 비밀을 되찾고 그 비밀의 주인, 유일한 주인이 되었을 때의 기분이란! 이 같은 유산을 계승한 사람이 된 기분! 그 많은 국왕 다음으로 기암성에 살게 되었으니까…!"

갑자기 레이몽드가 뤼팽에게 손짓하며 말을 막았다. "들리지요…." 레이몽드가 말했다.

"파도가 부서지는 소리일 거예요." 뤼팽이 말했다.

"아니… 아니에요…. 파도 소리는 나도 알아요…. 이건 파도 소리가 아니에요…."

"파도 소리가 아니면 뭐겠어요, 내가 점심에 초대한 건 보트를레 씨뿐인데." 뤼팽이 웃으며 말했다.

그리고 뤼팽은 하인에게 말을 걸었다. "샤롤레, 보트를레 씨가 들어온 다음에는 계단 문을 잠갔겠지?"

"예, 빗장까지 걸어 잠갔습니다."

뤼팽이 자리에서 일어났다.

"자, 레이몽드, 그렇게 떨지 마세요…. 아, 이런, 얼굴이 백지장처럼 창백하군요."

뤼팽은 레이몽드와 하인에게 나지막한 목소리로 속삭이더니 커튼을 젖히고 두 사람을 나가게 했다.

아래에서 소리가 들렸다. 일정한 간격을 두고 둔탁한 소리가

반복해서 들렸다. 보트를레는 생각했다. '가니마르 경감이 인내심을 잃었군. 문을 부수고 있어.'

뤼팽은 아무 소리도 들리지 않는 사람처럼 매우 침착하게 말을 이었다.

"내가 발견했을 때 기암성은 대단히 손상된 상태였지! 루이 16세와 프랑스 혁명 이후 1세기 동안 이 비밀의 장소를 소유한 사람은 아무도 없는 것 같았네. 터널은 폐허와 마찬가지였고 계단들도 무너지기 일보 직전이었어. 안에는 물이 새어 보강하고 재건축을 해야 했다네."

보트를레는 하고 싶은 말을 툭 던졌다.

"여기에 왔을 때는 비어 있었나요?"

"그랬지. 국왕들은 나처럼 기암성을 창고로 사용하지는 않은 것 같더군…."

"그렇다면 피난처로?"

"그래, 아마도. 내란이 있던 시대였으니까. 하지만 기암성의 진짜 용도는… 뭐라고 해야 할까? 프랑스 국왕들의 금고라고 볼 수 있다네."

쿵쿵거리는 소리는 이제 더욱 또렷하게 들렸다. 가니마르가 첫 번째 문을 부수고 두 번째 문을 공격하고 있는 게 틀림없었다.

침묵이 흐른 후 쿵쿵거리는 소리가 더욱 가까이 들렸다. 세 번째 문을 공격하는 것 같았다. 이제 문은 두 개가 남은 셈이다.

보트를레는 창문을 통해 기암성 주위를 둘러싼 선박들을 보았다. 멀지 않은 곳에서 커다란 물고기처럼 둥둥 떠 있는 어뢰정의 모습도 보였다.

"정말 시끄럽군!" 뤼팽이 큰 소리로 말했다. "말소리가 안 들리잖아! 함께 올라가지 않겠나? 기암성을 둘러보는 것에 관심이 있을 것 같은데."

두 사람은 위층으로 올라갔다. 뤼팽은 다른 곳과 마찬가지로 곧장 문을 닫았다.

"내 화랑이지." 뤼팽이 말했다.

벽마다 그림들이 걸려 있었다. 보트를레는 곧바로 매우 유명한 화가들의 사인을 보았다. 라파엘로의 〈성모화〉, 안드레아 델 사르토의 〈루크레치아 델 페데 초상〉, 티치아노의 〈살로메〉, 보티첼리의 〈성모와 천사들〉, 그 외 틴토레토, 카르파치오, 렘브란트, 벨라스케스의 그림들이 걸려 있었다.

"멋진 모사화군요." 보트를레가 말했다.

그러자 뤼팽이 놀란 표정으로 보트를레를 바라봤다.

"무슨 소리! 모사화라니! 제정신이 아니군! 마드리드, 피렌체, 베네치아, 뮌헨, 암스테르담에 있는 그림이 모사화지."

"그렇다면 이 그림들은?"

"유럽 곳곳의 미술관에서 차근차근 수집한 진품들이라네. 미술관에는 바꿔치기한 모사화를 두었지."

"하지만 언젠가는…."

"언젠가는 들통이 날 거라고? 그렇지, 그때는 그림 뒤에 있는 내 서명을 발견할 거야. 내가 조국 프랑스에 진품을 기증했다는 것을 알겠지. 어쨌든 나는 나폴레옹이 이탈리아에서 한 일을 그대로 한 것뿐이라네… 아! 보트를레, 여기 제스브르 백작의 루벤스 그림 넉 점도 있네….”

기암성 구석에서 쿵쿵 소리가 끊이지 않고 들렸다.

“더 이상 못 참겠군!” 뤼팽이 말했다. “위층으로 또 올라가자고.”

다시 한 층을 올라갔고 새로운 문이 나왔다.

“태피스트리들이 있는 방이지.” 뤼팽이 말했다.

태피스트리들은 벽에 걸려 있지 않고 둘둘 말려 끈으로 묶여 라벨이 부착된 채 오래된 헝겊 꾸러미들과 섞여 있었다. 뤼팽이 헝겊들을 펼쳤다. 수놓은 훌륭한 비단, 멋진 비로드, 빛이 바랜 야들야들한 실크, 샤쥐블, 금은 수공예 직물들이었다….

두 사람은 또 층계를 올라갔다. 보트를레는 괘종시계, 추시계, 서고(오! 화려한 장정, 귀한 판본들은 유명 도서관들에서 훔친 것들이다), 레이스 세공품, 골동품 보관실을 구경했다.

매번 올라갈 때마다 방의 반경이 줄어들었다. 그리고 쿵쿵거리는 소리는 멀어져갔다. 가니마르가 문을 부수는 데 시간이 걸리는 듯했다.

“마지막으로 국보가 보관된 방이네.” 뤼팽이 말했다.

이번 방은 다른 방들과 달랐다. 둥근 모양이었지만 천장이 매우 높은 원추형으로 기암성의 꼭대기에 있는 방이었다. 맨 아래층과 이곳의 높이가 15미터에서 20미터 정도는 되는 듯했다.

절벽 쪽에는 채광창이 하나도 없었지만 바다 쪽으로는 그 누구의 은밀한 시선도 두렵지 않은 듯 두 개의 통유리 창이 탁 트여 있어서 햇빛이 쏟아져 들어왔다. 귀한 목재가 깔린 바닥에는 동심원 문양이 있었다. 벽에는 유리 장식장과 그림들이 걸려 있었다.

"내 소장품 중에서도 최고만 모았네. 여기 이 성역에 있는 모든 것은 성스럽지. 고르고 고른 핵심적인 보물들로, 값을 매길 수 없을 만큼 훌륭하다네. 이 보석들을 보게, 보트를레. 칼데아 산 부적들, 이집트 목걸이들, 켈트족의 팔찌들, 아라비아의 사슬 장식들…. 이 조각상들 좀 보라고. 그리스의 비너스상, 코린트의 아폴로상…. 타나그라 인형들을 보라고! 진품 타나그라 인형들은 전부 여기에 있어. 이 진열장 밖에 있는 것은 세계 어디에 있든 모두 모조품이야. 생각만 해도 얼마나 재미있나! 보트를레, 성당들을 턴 도둑들, 토마와 일당을 기억하고 있을 테지. 남불에서 잠시 내 대리인으로 지냈지만. 그래! 이것이 토마와 일당이 훔친 앙바작의 성골함이야. 진품이라고, 보트를레! 루브르 박물관의 스캔들도 기억하고 있겠지. 어느 현대 예술가가 상상으로 만든 가짜 삼중관 사건 말이네. 보게, 이것이 진품 삼중관이야. 보트를레! 보라고, 잘 보라고! 이것은 신의 상상력이 빚어낸 가장 뛰어난 작품인 다 빈치의 〈모나리자〉 진품이야. 무릎을 꿇고 보게, 보트를레. 완벽한 여성이 자네 앞에 있다네!"

두 사람 사이에는 긴 침묵이 흘렀다. 아래에서 쿵쿵거리는 소리가 다시금 가까이 들렸다. 이제 뤼팽과 보트를레, 그리고 가니마르 사이에 남은 문은 두세 개밖에 되지 않았다. 저 멀리 바다에는 어뢰정의 검은색 등과 점차 수가 불어나는 선박들이 보였다. 보트를레가 물었다. "그런데 보물은요?"

"아! 그게 궁금한 모양이로군! 지금까지 인류 예술의 모든 작품을 보았는데도 충분하지 않나? 자네의 호기심을 채우려면 국보급을 감상해야겠군…. 대중들도 자네 같을 거야! 자, 실컷 보고 만족하라고!"

뤼팽이 발로 세게 바닥을 두드리자 바닥을 덮고 있던 판자 하나가 움직였다. 뤼팽이 판자를 상자 뚜껑처럼 들어 올리자 움푹 파인 바위에 둥근 함이 나타났다. 함은 비어 있었다. 좀 더 떨어진 곳에서도 뤼팽은 아까와 같은 방법을 사용했고 또 다른 함이 나타났지만 역시 비어 있었다. 뤼팽은 세 번 더 같은 방법을 사용했지만 세 개의 함도 비어 있었다.

"아니, 이런 일이! 루이 11세 때, 앙리 4세 때, 리슐리외 시대 때에는 다섯 개의 함이 그득했는데 말이야. 루이 14세 때부터 함이 비기 시작한 것 같네. 베르사유 궁전 건축, 전쟁, 내란 진압에 국고를 다 써버렸지. 낭비벽이 있던 루이 15세, 그의 애첩들인 퐁파두르 후작부인과 뒤바리 백작부인은 어떻고! 함에 있던 보물들을 썼겠지! 갈고리발톱처럼 보물들을 움켜쥐고 전부 써버렸다고! 봐, 하나도 안 남았지…." 뤼팽이 빈정거렸다.

"좋아, 보트를레, 더 남은 것이 있지…. 여섯 번째 비밀 함이야. 이 함에는 손 하나 안 댔다네…. 누구도 감히 손을 대지 못했지. 최고의 보물이야…. 그러니 만일을 위해 마지막으로 남겨놓았을 테지. 보라고, 보트를레!"

뤼팽이 몸을 숙여 뚜껑을 들어 올렸다. 함 속에 철로 된 금고가 있었다. 뤼팽은 주머니에서 복잡하게 홈이 파인 열쇠를 꺼내 금고를 열었다. 광채가 뿜어져 나왔다. 각종 보석이 찬란히

빛나며 형형색색을 뿜냈다. 사파이어의 짙은 푸른색, 루비의 불꽃색, 에메랄드의 초록색, 토파스의 태양빛.

"자, 보게, 보트를레. 국왕들은 금화, 은화, 돈, 보화는 닥치는 대로 다 써버렸지만 보석 금고는 손 하나 대지 않았어! 보석 틀을 보라고. 모든 시대, 모든 세기, 모든 나라의 보석 틀이 전부 다 있어. 왕비들이 가져온 지참금이 여기에 있어. 왕비마다 지참금을 가져왔지. 스코틀랜드의 마거릿, 사부아의 샤를롯, 마리 앙투아네트와 카트린 드 메디시스, 오스트리아의 모든 대공비, 엘리너, 엘리자베스, 마리아 테레지아…. 이 진주들 좀 보라고, 보트를레! 이 다이아몬드들! 이 엄청나게 큰 다이아몬드를 좀 봐! 어느 것 하나 황비의 것이라 해도 손색이 없지. 프랑스의 136캐럿 다이아몬드도 이 다이아몬드 앞에서는 빛을 잃을 거라네!"

뤼팽이 일어나 맹세하듯 손을 내밀었다.

"보트를레, 세상에 이렇게 말하게. 뤼팽은 왕실 금고에 있던 보석 중 단 하나도 가져가지 않았다고 말이야. 내 명예를 걸고 맹세하건대 단 하나도 가져가지 않았어! 내겐 그럴 권리도 없고 말이네. 왕실 금고 속 보물은 프랑스의 재산이었으니까…."

아래에서 가니마르는 더욱 서두르고 있었다. 쿵쿵거리는 소리의 울림을 들으니 바로 한 칸 건너 골동품 보관실의 문을 부수고 있는 듯했다.

"금고는 그냥 열어두자고. 다른 함들도, 비어 있는 이 작은 함도 그대로 두자고…." 뤼팽이 말했다.

뤼팽은 방을 휙 둘러보았고 진열장들과 그림들을 유심히 살피고는 생각에 잠긴 표정으로 왔다 갔다 했다.

"이 모든 것을 두고 떠나야 한다니 참 슬프군! 가슴이 찢어지는 것 같아! 내게 가장 찬란했던 시간을 여기서 보냈지. 내가 사랑했던 이 귀한 것들 앞에 서서 혼자 감상하면서…. 하지만 더 이상은 볼 수도, 만질 수도 없어."

뤼팽의 표정이 얼마나 지쳐 보였는지 보트를레는 알 수 없는 연민을 느꼈다. 뤼팽 같은 사람은 고통도, 기쁨이나 굴욕감도 다른 사람들보다 크게 느낄 게 분명했다.

이제 뤼팽은 창가로 다가가 손가락으로 수평선을 가리키며 말했다.

"그런데 더 슬픈 것은 이 모든 것을 버려야 한다는 거라네. 아름답지 않나? 넓은 바다… 하늘… 좌우에 선 에트르타 절벽들과 세 개의 문인 포르트 다몽, 포르트 다발, 마네포르트…. 대가에게 어울릴 개선문들이지. 그 대가는 나였고! 모험의 왕! 기암성의 왕! 신비하고 초인적인 왕국! 카이사르에서 뤼팽까지… 이 얼마나 얄궂은 운명이란 말인가!"

뤼팽은 갑자기 웃음을 터뜨렸다.

"동화 속의 왕이라고? 왜 그렇지? 그렇다면 이브토의 왕이라는 건가! 이게 무슨 장난 같은 말인가! 세상의 왕이라고 해야지, 그래, 그게 진실이지! 난 기암성 꼭대기에서 세상을 지배했고 세상을 먹잇감처럼 발톱에 움켜쥐었어! 삼중관을 들어 올려 보게, 보트를레…. 전화기 두 대가 보일 거야. 오른쪽은 파리와 연결된 전화기고 왼쪽은 런던과 연결된 전화기라네! 그 나라에 있는 회계원들, 판매중개인들, 선전꾼들은 모두 내 수하들이지. 국제적인 거래가 이루어진다네. 거대한 예술품과 골동품 시장, 세계의 시장에서 말이지. 아! 보트를레, 내가 가진 힘 때문에 머리가 돌 지경이야. 난 힘과 권위에 취해 있네!"

바로 아래에 있는 문이 열렸다. 가니마르와 부하들이 뛰어다니며 여기저기를 뒤지는 소리가 들렸다. 잠시 후 뤼팽이 낮은 목소리로 말을 이었다.

"자, 이제 끝났어… 한 소녀가 지나갔지. 슬픔을 머금은 아름다운 눈동자에 금발인 소녀, 그래, 정직한 영혼을 가진 소녀…. 그리고 이제 끝이야…. 내 손으로 어마어마한 조직을 무너뜨리려고 해…. 나머지 것은 내게 아무 의미도 없고 시시할 뿐이야…. 그 금발 머리보다 중요한 것은 없어…. 그 슬픈 눈동자, 그 정직한 영혼."

가니마르와 부하들이 계단을 올라오고 있었다. 그리고 '쾅' 하는 소리와 함께 마지막 문이 열렸다…. 뤼팽이 갑자기 보트를레의 팔을 잡았다.

"보트를레, 내가 왜 자네를 자유롭게 놔두었는지 아나? 지난 몇 주 동안 난 여러 번이나 자네를 깔아뭉갤 수 있었네. 자네가 어떻게 여기까지 성공적으로 오게 되었는지 아는가? 내가 왜 부하들에게 각자의 몫을 챙겨주었는지 아나? 절벽에서 자네는 각자의 몫을 받고 나가는 내 부하들을 봤지. 자네는 알고 있지 않은가? 기암성은 모험이야. 기암성이 나의 것인 한 난 모험가로 살아가지. 기암성을 뺏기면 모든 과거가 내게서 빠져나가는 거야. 레이몽드가 바라보는 눈길에 더 이상 얼굴을 붉히며 부끄러워하지 않아도 될 평화와 행복의 미래가 시작되는 거지."

뤼팽은 갑자기 화가 난 듯 문쪽을 돌아봤다.

"조용히 좀 해주게, 가니마르. 아직 내 연설이 안 끝났어!"

그러나 쿵쿵거리는 소리는 더욱 커졌다. 기둥을 뽑아 문을 부수는 것만 같았다. 보트를레는 뤼팽 앞에 서서 궁금증을 품고 상황을 지켜봤다. 뤼팽이 무슨 술수를 쓸지 궁금했다. 기암성을 버리는 것은 그렇다 해도 왜 도망가지 않고 이대로 있는 것일까? 뤼팽의 계획은 무엇일까? 가니마르에게서 도망치려는 마음은 있는 걸까? 그리고 레이몽드는 어디에 있는 걸까?

하지만 뤼팽은 생각에 잠긴 채 중얼거리기만 했다.

"정직한… 정직한 아르센 뤼팽…. 더 이상 도둑질하지 않고… 평범한 사람처럼 살기…. 못 할 것도 없지 않은가? 나라고 그런 삶을 제대로 살지 말라는 법은 없지…. 그나저나 날 좀 내버려 둬, 가니마르, 이 멍청한 친구야. 내가 지금 역사적인 말을 하는 게 안 들리나? 보트를레가 내 후손들에게 전할 말을 듣고 있는 게 안 들리느냔 말이야!"

그러더니 뤼팽은 갑자기 웃음을 터뜨렸다.

"내가 괜한 시간 낭비를 하고 있군. 가니마르는 내가 하는 역사적인 말이 얼마나 중요한지 알 리가 없는데 말이야."

뤼팽은 붉은색 분필을 쥐고는 걸상을 벽에 붙이고 그 위에 올라가 큰 글씨로 이렇게 썼다.

아르센 뤼팽은 기암성의 모든 보물을 프랑스에 바친다. 단, 한 가지 조건은 이 보물을 루브르 박물관의 '아르센 뤼팽실'에 전시해야 한다는 것이다.

"이제 양심이 편안해지는군. 프랑스와 나, 우리 사이의 빚은 청산된 셈이니까." 뤼팽이 말했다.

가니마르와 부하들은 있는 힘껏 문을 부수고 있었다. 판자 하나가 부서졌다. 손 하나가 틈새로 들어와 자물쇠를 찾아 더 듬거렸다.

"이런! 가니마르가 단번에 들이닥치겠군."

뤼팽은 자물쇠 쪽으로 달려가 얼른 열쇠를 빼버렸다.

"이 친구야, 이 문은 꽤 단단하다고⋯. 아직은 시간적인 여유가 있군⋯. 보트를레, 이제 작별 인사를 해야겠어. 그리고 고맙네⋯! 자네가 마음만 먹었다면 저들을 도와 날 공격할 수도 있었는데 말이지⋯. 하지만 자네는 저들과 달리 바보가 아니니까."

뤼팽은 동방박사가 그려진 반 데어 바이덴의 거대한 삼면화 쪽으로 갔다. 뤼팽은 오른쪽 덧문을 확 젖혔고 작은 문의 손잡이를 잡았다.

"잘해보게, 가니마르. 성공하길 비네!"

갑자기 총소리가 울렸다. 뤼팽이 그림 뒤로 피했다.

"아, 이런, 동방박사의 심장 부분을 정확히 맞혔군. 연습을 많이 했나 보지? 이런, 동방박사가! 심장을 정통으로 맞았어! 엉망이 되었군⋯."

"항복해, 뤼팽!" 가니마르가 부서진 판자 구멍 사이로 권총을 들이밀며 소리쳤다. 가니마르의 눈은 이글이글 타고 있었다.

"항복해, 뤼팽!"

"동방박사는 아직 그럭저럭 버틸 만해."

"움직이면 그대로 쏴버리겠다."

"그래 봐야 여기서는 날 잡지 못해!"

정말로 뤼팽은 멀리 있었다. 가니마르가 아무리 뚫린 문짝 틈으로 총을 쏜다 해도 뤼팽을 겨눌 수는 없었다. 뤼팽이 있는 옆쪽도 총으로 겨누기 어려운 건 마찬가지였다. 하지만 뤼팽도 난감한 상황이었다. 삼면화의 작은 문으로 빠져나가면 가니마르와 마주친다. 도망치려고 하면 경찰의 총에 맞을 게 뻔했다. 가니마르의 권총에는 총알이 다섯 발 남아 있었다.

"이런, 나도 한물갔나 보군. 뤼팽, 이 친구가 막판에 감상적이 되어서 쓸데없이 아슬아슬한 모험을 했어. 이렇게 주절거리는 게 아니었는데 말이야."

뤼팽은 벽에 바짝 붙었다. 가니마르 부하들의 노력으로 판자가 하나 더 떨어져 나갔다. 가니마르는 행동반경이 더 편해졌다. 뤼팽과 가니마르 사이의 거리는 기껏해야 3미터 정도였다. 하지만 채색 목판으로 된 진열장이 뤼팽을 보호하고 있었다.

"보트를레, 그렇게 가만히 있지만 말고 저 위에다가 총을 쏴!" 가니마르가 분노로 이를 갈며 소리쳤다.

하지만 보트를레는 그저 지켜보기만 할 뿐 움직이지 않았다. 있는 힘을 다해 결투에 뛰어들어 적을 때려눕혀야 하지만 보트를레는 알 수 없는 감정에 휩싸여 움직이지 못했다.

가니마르의 외침에 보트를레는 정신이 확 들었고 손으로 권총 자루를 움켜쥐었다.

'내가 나서면 뤼팽은 끝장이야…. 난 그럴 권리가 있어…. 내가 해야 할 일이기도 하고….' 보트를레가 생각했다.

보트를레와 뤼팽의 눈이 마주쳤다. 그런데 위험이 닥친 매우 급박한 상황에서도 뤼팽의 눈빛은 한없이 고요하고 주의 깊었다. 뤼팽은 보트를레를 옥죄는 윤리적 문제에만 관심을 보였다. 보트를레는 과연 눈앞에 있는 적에게 최후의 일격을 가할까…? 문이 위에서 아래로 우지끈 부서지는 소리가 들렸다.

"보트를레, 내게 맡겨. 우리가 놈을 잡겠네!" 가니마르가 고래고래 소리를 질렀다.

보트를레는 권총을 들어 올렸다.

모든 일이 눈 깜짝할 새에 일어나 보트를레는 정신을 차리고 나서야 상황을 깨달았다. 조금 전 뤼팽은 몸을 낮춘 채 가니마르가 휘두르는 무기를 피해 벽을 따라 달렸다. 그런데 난데없이 보트를레는 물리칠 수 없는 어떤 강한 힘을 받아 바닥에 나뒹구는가 싶더니 이내 들어 올려지는 느낌을 받았다.

뤼팽이 보트를레의 몸을 방패 삼아 들어 올린 것이다.

"열 번이면 열 번, 난 전부 빠져나갈 수 있어, 가니마르! 뤼팽에게는 언제나 모든 일이 가능하니까 말이야…."

뤼팽은 재빠르게 삼면화 쪽으로 뒷걸음질쳤다. 뤼팽은 한 손으로 보트를레를 가슴에 꼭 안고 다른 한 손으로는 삼면화 뒤에 숨은 탈출구의 작은 문으로 나간 다음 문을 닫았다. 뤼팽은 겨우 탈출했다. 이어서 가파른 계단이 아래에 펼쳐졌다.

"가자고. 지상군을 처리했으니 이제는 프랑스 함대를 상대해야지. 워털루 전투에 이어 트라팔가르 전투라…. 자네도 기다린 보람이 있잖아! 위에서 가니마르와 부하들이 삼면화 앞에서 쩔쩔매고 있을 생각을 하니 재미있군. 애송이들, 너무 늦었다고…. 어서 서두르게, 보트를레….”

기암성의 안쪽 벽에 깊이 자리 잡은 계단은 피라미드처럼 위에서 아래로 가파른 경사를 이룬 데다 구불구불한 나선형이었다.

보트를레와 뤼팽은 계단을 두세 개씩 건너뛰어 서둘러 내려갔다. 가끔 암벽 틈새로 강한 햇살이 들어왔다. 보트를레는 20여 미터까지 앞으로 다가온 어선들과 검은색 어뢰정을 알아보았다.

두 사람은 계단을 내려가고 또 내려갔다. 보트를레는 아무 말도 없었고 뤼팽은 계속 열심히 떠들어댔다.

“가니마르가 무엇을 할지 궁금하지 않아? 다른 계단으로 내려가 입구를 가로막고 있을까? 아니, 가니마르는 그렇게 멍청하지 않지…. 이미 그곳에 부하 네 명을 배치했을 거야. 네 명이면 충분하니까.”

그리고 뤼팽은 걸음을 멈추었다.

“잘 들어보게…. 저 위에서 저들이 고함을 지르고 있어…. 창문을 열어 함대를 부르고 있군…. 저기를 보라고, 배들도 소란스럽군. 서로 신호를 주고받는 거야…. 어뢰정이 움직이고 있어…. 용감한 어뢰정! 내가 아는 어뢰정이야. 르아브르에서 왔군…. 포수들은 제 위치로… 이런, 저기 함장도 있군. 안녕하신가, ‘뒤게 트루앵’호.”

뤼팽은 창문으로 손수건을 내밀어 흔들고는 다시 걸어갔다.

“적군 함대가 힘껏 달려오고 있군. 얼마 안 있어 함대가 도착하겠어. 이거 굉장히 재미있겠군!”

저 아래에서 소리가 들려왔다. 두 사람은 해수면 높이까지 다가왔고 곧바로 넓은 동굴에 도착했다. 두 개의 등불이 어둠 속에서 왔다 갔다 하고 있었다. 그림자 하나가 툭 튀어나왔다. 레이몽드였다. 레이몽드가 뤼팽의 목을 껴안았다!

"어서! 서둘러요! 얼마나 걱정했다고요! 무얼 하고 있었던 거예요…? 아, 당신 혼자 온 게 아니군요?"

뤼팽이 레이몽드를 안심시켰다.

"우리의 친구 보트를레니 걱정하지 마세요…. 보트를레는 신중하니까…. 이 이야기는 나중에 해주겠습니다…. 지금 우리에겐 시간이 없으니…. 샤롤레, 거기 있나…? 아, 좋아…. 배는…?"

"준비되었습니다." 샤롤레가 대답했다.

"시동을 걸게." 뤼팽이 말했다.

잠시 후 엔진이 돌아가는 소리가 들렸다. 보트를레는 점차 어둠에 눈이 익숙해지자 지금 있는 곳이 물가에서 가까운 동굴 속 선착장 같은 곳이고 앞에는 보트가 한 척 있다는 것을 알았다.

"모터보트야." 보트를레가 보트를 뚫어지게 관찰하는 모습을 보며 뤼팽이 말했다. "놀랐나 보군, 보트를레…. 이해가 안 가나? 바닷물이라서 조수가 자주 스며들지. 그래서 이렇게 눈에 띄지 않는 안전한 선착장을 만들 수 있는 거라네."

"하지만 배가 드나들 수 있는 환경은 아니군요." 보트를레가 이의를 제기했다.

"나는 드나들 수 있지. 증명해 보이겠네." 뤼팽이 말했다.

뤼팽은 레이몽드부터 배에 태운 후 다시 보트를레에게 돌아왔다. 보트를레는 망설였다.

"겁나나?" 뤼팽이 물었다.

"무엇이 말인가요?"

"어뢰정에 맞아 바닷속으로 가라앉지는 않을까?"

"아닙니다."

"그렇다면 수치스럽고 불명예스럽고 부도덕한 뤼팽 편에 서는 것보다 정의, 사회, 도덕을 대표하는 가니마르 곁에 있는 것이 의무가 아닌지 고민하는 거로군?"

"그렇습니다."

"안타깝게도 자네에게는 선택의 여지가 없어. 지금으로서는 사람들이 우리 둘 다 죽었다고 생각해야 하네…. 그래야 내게 평화가 주어지고 미래에 정직한 사람이 되지. 나중에 내가 자네를 자유롭게 해주면 그땐 자네 마음대로 떠들고 다니라고…. 그때쯤에는 내게 두려울 게 없을 테니까."

보트를레는 이미 뤼팽에게 팔을 덥석 붙들린 상태에서 저항해봐야 아무 소용이 없다고 느꼈다. 그리고 왜 저항해야 하는가? 뤼팽에게 느껴지는 연민에 그저 몸을 맡길 수 있지 않은가? 연민에 사로잡힌 보트를레는 뤼팽에게 이런 말을 해주고 싶었다. '잘 들어요, 훨씬 심각한 다른 위험이 있습니다. 숌즈가 쫓고 있어요….'

"자, 어서 가지." 뤼팽이 말했다. 보트를레는 미처 말할 틈이 없었다.

보트를레는 뤼팽이 이끄는 대로 배까지 다가갔다. 배는 전혀 생각하지 못한 특이한 모양이었다.

보트를레와 뤼팽은 갑판으로 올라가 사다리처럼 생긴 가파르고 좁은 계단을 내려갔고, 이들이 다 내려가자 계단 끝에 연결된 뚜껑문이 닫혔다.

계단 아래에는 레이몽드가 있었다. 비좁은 공간은 등불 하나에 의지하고 있었고 세 사람은 다닥다닥 붙어 앉았다. 뤼팽은 작은 뿔나팔 모양의 송화기를 들고 지시를 내렸다.

"출발하게, 샤롤레."

보트를레는 엘리베이터를 타고 내려가는 것처럼 발밑의 땅이 아래로 계속 꺼지는 듯한 거북한 기분을 느꼈다. 다만 지금은 땅이 아니라 물속으로 천천히 꺼지는 중이었다.

"가라앉고 있는 건가?" 뤼팽이 농담조로 말했다. "안심하게… 아까 우리가 있던 위쪽 동굴에서 아래쪽 동굴로 내려가는 것이니까. 아래쪽 동굴은 바다로 반쯤 열려 있어. 그래서 썰물 때만 바다로 들어갈 수 있지. 조개잡이를 하는 사람들이라면 이미 알고 있는 사실이네. 자! 움직이지 말고 10초만 가만히 있게…. 지금 우리는 지나가는 중이야. 길이 좁아! 잠수함 크기 정도니까."

"그런데 아래 동굴로 들어오는 어부들이 그 위에 동굴이 있고 기암성을 지나는 계단을 통해 다른 동굴로 갈 수 있다는 점을 어떻게 모를 수 있나요? 동굴에 들어오면 맨 처음 알 수 있는 사실인데요."

"그렇지 않아, 보트를레! 아래 동굴은 바위처럼 보이는 이동식 천장 장치가 있어서 썰물 때는 자동으로 닫힌다네. 밀물 때에는 밀려오는 바닷물로 자연스럽게 들어 올려지다가 바닷물이 빠지면 다시 내려가는 거야. 이것이 아래쪽 동굴의 천장 역할을 하네. 그래서 밀물 때 드나들 수 있는 거지. 천재적이지 않나? 다 내 머리로 생각해놓은 것이지. 카이사르도, 루이 14세도, 그 어떤 선조도 생각해내지 못한 일이야. 그땐 잠수함을 사용하지 않을 때였으니까. 그러니 그저 계단으로만 아래의 작은 동굴까지 내려갔겠지. 하지만 나는 계단을 없애고 이동식 천장을 생각해냈네. 내가 프랑스에 주는 선물인 셈이야… 레이몽드, 옆에 있는 등불을 꺼주겠어요? 이제 더 이상 필요 없을 것 같군요."

실제로 동굴을 지나 바다로 들어가자 동그란 창문 두 개로 바다 색깔 같은 빛이 희미하게 들어왔고 천장의 반원형 창문으로는 수면을 볼 수 있었다.

이어서 검은 그림자 하나가 위를 지나갔다.

"공격이 시작될 모양이군. 적의 함대가 기암성을 에워싸고 있어…. 그런데 저런 배들로 어떻게 기암성에 들어갈 수 있다는 건지 도통 모르겠어."

뤼팽은 다시 송화기를 들었다.

"그대로 계속 상태를 유지하게, 샤롤레…. 지금 우리는 어디로 가고 있는 건가? 내가 말한 대로 포르뤼팽으로 가도록 하게…. 전속력으로… 해안으로 가야 해…. 같이 갈 여인이 있으니까."

뤼팽 일행이 탄 잠수정은 해안 암석층을 가까이 지났다. 해조류가 묵직한 검은색 식물처럼 꼿꼿하게 서 있었다. 가끔 바닷물의 영향으로 출렁이는 머리카락처럼 넘실거리기도 했다. 잠시 후 아까보다 더 기다란 그림자가 지나갔다.

"어뢰정이군." 뤼팽이 말했다. "대포가 발포되면 시끄러워지겠어. 뒤게 트루앵이 무엇을 할까? 기암성을 폭파할까? 보트를레, 뒤게 트루앵과 가니마르가 손잡는 모습을 보고 싶지 않은가? 육군과 해군이 손잡는 모습을 말이야! 샤롤레, 배가 너무 느리게 움직이는군."

하지만 잠수정은 빠르게 가고 있었다. 암석들이 멀어지는가 싶더니 어느새 모래사장을 지났고 또 다른 암석들을 지나 에트르타의 오른쪽 끝에 해당하는 포르트다몽에 도착했다. 잠수정이 다가오자 물고기들이 놀라 달아났다. 호들갑을 떨던 물고기들 중 한 마리가 둥근 천장으로 다가와 동그란 눈으로 안을 바라봤다.

"좋아, 이제 올라가서 걷자고." 뤼팽이 큰 소리로 말했다. "내 작은 배를 어떻게 생각하나, 보트를레? 나쁜 편은 아니지 않나? 하트 7 사건(《괴도신사 아르센 뤼팽》 중 〈하트 7〉 참조 – 옮긴이)에서 기술자인 라콩브의 불운한 죽음을 기억하지? 그때 나는 살인자들을 처벌하고 나서 새로운 잠수함 설계에 필요한 서류와 설계도를 국가에 기증했네. 프랑스에 주는 선물이라고나 할까. 설계도 중에서 잠수 기능이 있는 모터보트에 대한 내용은 따로 가지고 있었네. 그 덕에 자네는 나와 함께 이렇게 항해할 수 있는 거지."

뤼팽이 샤롤레를 불렀다. "이제 올라가게. 더 이상 위험은 없으니까…."

모터보트가 수면으로 떠오르자 유리 천장으로 하늘이 보였다. 해안에서 4킬로미터 정도 떨어진 곳인 듯했다. 보트를레는 새삼 얼마나 빠른 속도로 보트가 달리고 있는지 깨달았다.

우선 페캉이 펼쳐졌고 이어서 노르망디 해변, 생피에르, 프티트달, 뵐레트, 생발레, 뵐, 키베르빌이 펼쳐졌다.

뤼팽은 줄곧 농담했다. 보트를레는 그저 뤼팽을 바라보며 그의 말에 귀를 기울였다. 뤼팽이 보여주는 정열, 쾌활함, 장난기, 담담한 빈정거림, 삶의 기쁨에 정신이 팔려 있었다.

보트를레는 레이몽드도 바라봤다. 레이몽드는 아무 말 없이 사랑하는 남편에게 꼭 달라붙어 있었다. 레이몽드는 뤼팽의 손을 잡은 채 눈을 들어 뤼팽을 바라봤다. 보트를레는 레이몽드의 손이 조금 떨리는 모습과 슬픔이 짙어지는 눈빛을 여러 번 보았다. 마치 뤼팽의 허풍에 대한 무언의 고통스러운 대답처럼 보였다. 뤼팽의 가벼운 말투와 냉소적인 시각이 레이몽드에게 고통을 불러일으키는 것 같았다.

"그만하세요…. 운명을 가볍게 생각하지 마세요…. 언제든 불행은 찾아올 수 있다고요." 레이몽드가 중얼거렸다.

디에프 앞에서는 고기잡이배들에 들키지 않도록 다시 잠수해야 했다. 그리고 20분 후에 잠수정은 해안 쪽으로 방향을 잡았고 바위 사이에서 울퉁불퉁한 모습을 드러낸 작은 지하 항구로 들어가 선창을 따라간 후 수면으로 천천히 떠올랐다.

"포르뤼팽이야." 뤼팽이 알렸다.

디에프에서 20킬로미터, 트레포트에서 12킬로미터 떨어진 이곳은 좌우에 선 무너져 내린 절벽 두 개의 보호를 받고 있었다. 완만한 해변에 가는 모래가 양탄자처럼 깔려 있었다.

"이제 내리게, 보트를레…. 레이몽드, 손을 이리 줘요…. 샤롤레, 기암성으로 돌아가 가니마르와 뒤게 트루앵 사이에 무슨 일이 일어나고 있는지 보고 오게. 해가 질 때 돌아와 내게 말해 주게. 정말 재미있을 것 같군!"

보트를레는 절벽으로 막힌 이 포르뤼팽에서 어떻게 빠져나가겠다는 건지 궁금했다. 바로 그때 절벽 발치에서 쇠로 된 사다리가 걸쳐 있는 것을 보았다.

"보트를레, 지리와 역사에 대한 자네의 지식 정도라면 우리가 지금 파르퐁발 협곡에 있다는 것을 알 거야. 약 1세기 전, 1803년 8월 23일 밤에 조르주 카두달과 여섯 명의 공범은 제1집정관 보나파르트를 제거하기 위해 프랑스로 들어왔고 이 길을 걸어 높은 절벽까지 올라갔어. 그 길을 자네에게 보여주겠네. 이후에는 절벽이 무너져 내리면서 길은 사라진 거나 다름없지만 아르센 뤼팽으로 더 잘 알려진 루이 발메라스가 길을 원래대로 복구했지. 또한 발메라스는 뇌빌레트의 농가를 구매해서 신혼 첫날밤을 보냈고 세상 모든 일에서 손을 떼고 관심을 끊은 채 어머니, 그리고 아내와 함께 소박하고 멋진 인생을 살려고 하지. 괴도신사는 사라지고 농부신사의 시대가 열린다네!"

사다리를 오르자 오랫동안 빗물로 만들어진 급경사의 협곡이 이어졌고 그 안에는 난간까지 갖춘 계단이 있었다. 예전에 이 지역 사람들이 해변으로 내려오기 쉽게 말뚝을 박고 끈을 매서 만든 난간이라고 뤼팽이 설명했다. 한 시간 반을 올라가자 평지가 나타났고 여기서 얼마 떨어지지 않은 곳에 해안 세관 담당자들이 숙소로 사용하는 오두막이 나왔다. 오솔길 모퉁이에서 바로 세관 담당 한 명이 나타났다.

"별일 없나, 고멜?" 뤼팽이 세관 담당에게 말을 걸었다.

"없습니다. 대장."

"수상한 사람은?"

"없습니다. 대장, 하지만…."

"무슨 일인가?"

"뇌빌레트에서 재단사로 일하는 제 아내가…."

"그래, 알고 있지…. 세자린… 그런데?"

"오늘 아침 마을에 뱃사람 한 명이 어슬렁거리는 것 같다고 합니다."

"그 뱃사람의 인상착의는 어떻다고 하던가?"

"자연스럽지가 않다고 합니다…. 영국인처럼 생겼다고 하더군요."

"아! 세자린에게 당부는 해두었지?" 뤼팽이 걱정스럽게 말했다.

"눈 크게 뜨고 감시하라고 했습니다, 대장."

"좋아. 두세 시간 후에는 샤롤레가 돌아올 거야…. 지켜보다가 무슨 일이 생기면 알려주게. 난 농장에 있을 테니까."

뤼팽이 다시 길을 갔고 보트를레에게 이렇게 말했다.

"걱정되는군…. 숌즈겠지? 아! 만일 숌즈라면 여러모로 골치가 아프겠군."

뤼팽은 잠시 주저했다.

"우리가 이 길을 다시 나올 수 있을까…. 왠지 예감이 좋지 않아…."

가볍게 물결치는 초원이 눈앞에 펼쳐졌다. 약간 왼쪽에는 뇌 빌레트를 향해 펼쳐진 아름다운 가로수 길과 아담한 집들이 있 었다…. 뤼팽이 레이몽드와의 단란한 삶을 위해 준비한 은신처 였다. 이제 거의 눈앞에 다가온 행복을 알 수 없는 불안감 때문 에 포기할 것인가?

뤼팽은 보트를레의 팔을 잡고 앞서가는 레이몽드를 가리켰 다.

"레이몽드를 잘 보게. 레이몽드가 균형 있게 걷는 모습을 볼 때마다 가슴이 떨린다네. 레이몽드가 움직일 때나 가만히 있을 때나 말할 때나 침묵을 지키고 있을 때나 내 가슴은 애정과 흥 분으로 온통 흔들리지. 이렇게 레이몽드가 걸어간 발자국을 따 라 걷기만 해도 진정으로 행복해. 아! 보트를레, 레이몽드가 머 릿속에서 내가 뤼팽이었다는 사실을 지울 수 있을까? 레이몽 드가 싫어하는 그 모든 과거를 내가 기억 속에서 지워줄 수 있 을까?"

뤼팽은 잠시 입을 다문 후 다시 마음을 다잡은 듯 말을 이었 다.

"레이몽드는 잊어줄 거야! 내가 레이몽드를 위해 모든 것을 희생한 만큼 레이몽드도 내 과거를 잊어줄 거야. 난공불락의 기암성과 보물들, 내 힘과 자존심을 모두 희생했네…. 모든 것 을 희생했지…. 난 더 이상 아무것도 되고 싶지 않아. 그저 한 여인을 사랑하는 남자밖에는 되고 싶은 게 없어. 레이몽드가 사랑할 수 있는 정직한 남자…. 그런데 정직하다는 것은 무엇일까? 그 무엇보다도 수치스럽게 살지 않는 삶이겠지."

뤼팽은 자신도 모르게 마음속의 말을 허심탄회하게 했다. 뤼팽의 목소리는 진지했고 일말의 빈정거림도 없었다. 그리고 뤼팽은 마음을 강하게 자제하듯 중얼거리며 말을 이었다.

"아! 보트를레, 지금까지 내가 모험하면서 맛본 그 모든 즐거움도 레이몽드가 나를 바라볼 때 느끼는 기쁨에 비하면 아무것도 아니라네…. 마음이 자꾸 약해져서… 울고 싶은 마음마저 드는군…."

뤼팽이 우는 걸까? 뤼팽의 눈가가 축축해지는 것 같았다. 뤼팽의 눈에서 눈물이라니! 사랑의 눈물이라니!

두 사람은 농장 입구로 사용되는 어느 오래된 문으로 다가갔다. 뤼팽이 잠시 발걸음을 멈추더니 중얼거렸다.

"왜 두려운 생각이 드는 걸까…? 무언가 숨 막히는 듯한 기분이 들어…. 기암성의 모험은 끝나지 않은 걸까? 운명은 내가 선택한 결말을 받아들이지 않는 걸까?"

레이몽드가 걱정스러운 표정으로 뒤를 돌아봤다.

"저기 세자린이에요. 뛰어오고 있어요…."

세관 담당의 아내 세자린이 정말로 한걸음에 달려오고 있었다. 뤼팽이 서둘러 맞았다.

"무슨 일이지요? 무슨 일입니까? 말해봐요!"

세자린이 숨을 헐떡이고 더듬거리며 말했다. "한 남자가… 거실에 남자가 한 명 있어요."

"오늘 아침에 본 영국인?"

"예…. 하지만 이번에는 변장이 좀 달라졌어요…."

"그 영국인이 세자린 씨를 봤나요?"

"아니요, 하지만 어머님, 발메라스 부인을 봤어요. 발메라스 부인이 집을 나서려는 순간 그 영국인과 마주쳤어요."

"그래서요?"

"그 영국인이 부인께 친구인 루이 발메라스를 찾는다고 했어요."

"그리고?"

"부인은 아드님이 몇 년째 여행 중이라고 했고요."

"그러자 영국인이 그냥 갔나요?"

"아니요. 창문에서 초원 쪽으로 신호를 보냈어요…. 누군가를 부르는 것 같았어요."

뤼팽이 머뭇거리는 듯했다. 바로 그때 커다란 비명이 허공을 갈랐다.

"어머님 목소리예요…."

뤼팽은 레이몽드를 꽉 껴안고는 속삭였다. "어서… 도망칩시다…. 당신 먼저…."

그러나 이내 뤼팽이 당황한 표정으로 말을 멈추었다.

"아니야, 그럴 수는 없지…. 그럴 수 없어…. 용서해줘요…. 레이몽드… 가여운 여인이 저기에 있습니다…. 여기에 남읍시다…. 보트를레, 레이몽드를 잘 좀 봐주게."

뤼팽은 농가 주변의 길고 경사진 비탈길을 따라 달려 올라갔고, 방향을 바꾸어 초원으로 향한 울타리에 접근했다. 레이몽드는 보트를레의 만류를 뿌리치고 뤼팽을 쫓아갔다. 보트를레는 나무 뒤에 숨어 살폈다. 농가에서 울타리로 이르는 한적한 길에 남자 세 명이 있었다. 그중 가장 키가 큰 사람이 맨 앞에서 걸었고 나머지 두 사람은 고통스러운 신음을 내며 저항하는 여인을 붙잡고 있었다.

날이 점점 저물고 있었지만 보트를레는 헐록 숌즈를 알아봤다. 붙잡힌 여인은 나이가 들어 보였다. 흰머리가 창백한 얼굴을 가리고 있었다. 이렇게 네 사람은 울타리까지 왔다. 숌즈가 문짝을 여는 순간 뤼팽이 다가와 그 앞을 가로막고 섰다.

뤼팽이 준엄할 정도로 침묵을 지키자 숌즈는 깜짝 놀랐다. 두 앙숙은 서로 오랫동안 바라봤다. 둘 다 증오가 가득한 일그러진 얼굴로 꼼짝하지 않았다.

뤼팽이 무섭도록 조용한 목소리로 말했다.

"부하들에게 저 여인을 놔주라고 해."

"거절하겠네!"

두 사람은 본격적으로 난투극을 벌이길 꺼리고, 대신 상대보다 더 많은 힘을 모으기 위해 기다리는 듯했다. 이번에는 말싸움도, 빈정거리는 도발도 소용없을 듯했다. 침묵, 죽음과 같은 침묵이 흘렀다.

레이몽드는 불안감에 사로잡힌 채 두 사람의 대결을 마음 졸이며 지켜보았다. 보트를레가 레이몽드의 팔을 잡고 움직이지 못하게 했다. 잠시 후 뤼팽이 다시 말했다.

"부하들에게 저 여인을 놔주라고 해."

"거절하네!"

뤼팽이 말을 이었다. "잘 들어, 숌즈…."

하지만 뤼팽은 말이 필요 없음을 알고 멈추었다. 오만함과

의지로 똘똘 뭉친 숌즈라는 거구의 남자 앞에서 협박이 무슨 소용이 있겠는가?

뤼팽은 결심한 듯 갑자기 윗옷 주머니에 손을 넣었다. 숌즈가 눈치채고 볼모로 잡은 여인의 관자놀이에 서둘러 권총을 들이댔다.

"뤼팽, 움직이면 쏘겠다."

동시에 부하들도 권총을 꺼내 뤼팽을 겨누었다. 뤼팽은 안에서 일어나는 분노를 삭이며 냉정하게 두 손을 주머니에 넣고는 가슴을 적에게 펼친 채 다시 말했다.

"숌즈, 세 번째로 말하겠다. 그 여인을 그만 풀어줘."

하지만 숌즈는 빈정거렸다.

"이 여자에게 손댈 권리가 없다는 말투군! 자, 그런 허풍은 이제 질렸어! '나는 발메라스가 아니라 뤼팽'이라고 말해보게. 샤르므라스라는 이름을 훔쳤듯이 그 이름도 훔친 게 아닌가. 그리고 자네의 어머니라고 불리는 이 여자도 사실은 유모이고, 오래된 한패지….'"

숌즈는 긴장을 늦추었다. 복수심에 사로잡힌 숌즈는 레이몽드를 바라봤다. 레이몽드는 지금의 이 상황으로 겁에 질린 표정이었다. 뤼팽은 이 틈에 재빨리 총을 쐈다.

"빌어먹을!" 팔에 총을 맞은 숌즈가 소리를 내지르며 옆으로 쓰러졌다.

이어서 부하들에게 고함쳤다.

"어서 쏴! 쏘라고!"

하지만 뤼팽이 숌즈의 두 부하에게 달려들어 간단히 해치웠다. 오른쪽에 있던 부하 한 명은 가슴에 치명상을 입은 채 바닥에서 떼굴떼굴 굴렀고 나머지 부하 한 명은 턱이 으깨진 채 울타리에 부딪혀 쓰러졌다.

"빅투아르… 놈들을 묶어요…. 이제 이 영국놈은 내가 맡을게요…."

뤼팽이 몸을 숙여 숌즈에게 달려들려고 했다.

"이놈!"

그 순간 숌즈는 성한 왼팔로 총을 집더니 뤼팽을 겨누었다.

탕! 총소리와 동시에 고통스러운 비명이 들렸다. 레이몽드가 두 사람 사이에 뛰어들어 숌즈 앞을 막아선 것이다. 레이몽드는 손으로 목을 움켜쥔 채 비틀거리며 빙그르르 돌더니 뤼팽의 발아래에 쓰러졌다.

"레이몽드…! 레이몽드!"

뤼팽이 달려들어 레이몽드를 품 안에 안았다.

"죽었어." 뤼팽이 말했다.

끔찍한 침묵이 흘렀다. 숌즈는 자신이 저지른 행동에 당황한 듯했다.

"도련님, 도련님…." 빅투아르가 중얼거렸다.

보트를레가 레이몽드 앞으로 다가가 몸을 숙여 살펴봤다. 뤼팽은 아직도 상황을 이해하지 못하겠다는 듯 진지한 목소리로 같은 말을 반복했다.

"죽… 죽었어."

뤼팽의 얼굴은 고통스러운 분노로 일그러졌다. 광기가 치솟아 몸을 떠는가 하면 어쩔 줄 몰라 하며 주먹을 불끈 쥐기도 했다. 또 화를 이기지 못하는 어린아이처럼 발을 굴렀다.

"비겁한 자식!" 뤼팽이 증오가 잔뜩 어린 말투로 소리쳤다.

뤼팽은 숌즈에게 달려들어 바닥에 밀어 눕히고는 손톱이 살에 박히도록 목을 졸랐다. 숌즈는 발버둥도 치지 못하고 헉헉거렸다.

"도련님, 도련님⋯." 빅투아르가 애원하는 투로 말했다.

보트를레가 달려갔다. 바닥에 뻗은 숌즈 곁에서 뤼팽은 목을 놓고 흐느꼈다.

참으로 가슴 아픈 광경이었다! 레이몽드에 대한 뤼팽의 사랑이 어느 정도였는지, 사랑하는 여인의 얼굴에 화사한 미소를 피우기 위해 뤼팽이 모든 것을 버렸음을 잘 아는 보트를레는 지금의 이 광경이 잊을 수 없을 만큼 처절하고 슬펐다.

밤이 깊어지기 시작해 어둠의 수의가 이 전쟁터를 덮어주고 있었다. 영국인 세 명이 줄에 묶이고 재갈이 물린 채 키 큰 수풀 속에서 신음했다. 어디선가 들려온 노랫소리가 초원의 아득한 침묵을 달랬다. 작업을 마치고 돌아오는 뇌빌레트 주민이 부르는 노래였다.

뤼팽이 자리에서 일어나 단조로운 노랫소리에 귀를 기울였다. 그러고는 레이몽드 곁에서 평화롭게 살려고 마련한 아름다운 농가를 한번 돌아본 뒤 사랑 때문에 죽어간 가여운 여인, 백지장처럼 창백한 얼굴로 영원한 잠의 세계로 빠져든 레이몽드를 물끄러미 바라봤다.

농부들이 다가오고 있었다. 뤼팽은 몸을 숙여 강한 팔로 죽은 레이몽드를 안아 업었다.

"가요, 빅투아르."

"그래요, 도련님. 이제 가요."

"잘 있게, 보트를레." 뤼팽이 말했다.

뤼팽은 소중하면서도 끔찍한 짐을 짊어진 채 바다 쪽으로 걸어갔다. 나이 든 유모가 조용히 뤼팽의 뒤를 따랐다. 그렇게 뤼팽은 깊은 어둠 속으로 이내 모습을 감추었다….